KB076211

대기업 때려치우고 웹소설

대기업 때려치우고 웹소설

Guybrush 지음

종이책만 읽던 뉴비의
웹소설 탐험기

멜카르북스

벌거벗은 전화

2019년 어느 날 점심 무렵, 씻으려고 옷을 막 벗었는데 핸드폰이 울렸다. 함께 웹소설을 준비 중이던 편집자였다. 나는 잠깐 망설였다.

이 전화를 받을까 말까.

당시 나는《드라켄》이라는 서양 중세 정통 판타지를 웹소설 플랫폼 문피아에서 130회로 완결 내고 새로운 웹소설을 쓰고 있었다.《드라켄》의 성적은 처참했다. 첫 장편 소설을 유료로 출간하며 5권 분량으로 마무리 지었지만 딱 거기까지였다. 9개월에 걸쳐 소설을 썼지만 수익은 형편없었다. 돈으로만 따지면 소설 쓸 시간에 아르바이트를 하는 편이 훨씬 나왔을 것이다. 흔히 웹소설은 돈을 잘 번다고 하지만, 모두가 그런 것은 아니다. 특히 당시 나에게는 그럴 만한 이유가 있었다.

《드라켄》은 형식만 웹소설일 뿐, 내용은 사실 웹소설이 아니었다. 그때 나는 웹소설이 지켜야 할 문법, 캐릭터성, 전개 방식 등을 전혀 몰랐다. 그럴 수밖에 없었다. 그때까지 나는 거의 종이책만 읽었고, 웹소설은 유명하다는 소설 몇 편을 앞부분만 깨작깨작 읽은 게 전부였으니까. 나는 아무런 준비도 없이 웹소설에 뛰어들었다. 사실은 웹소설을 조금 얕잡아 보고 있었다. 나도 이 문제를 알고는 있었다. 머리로는. 그래서 다음 웹소설은 철저히 트렌드를 분석해서 정말 웹소설답게 쓰겠다고 다짐했다.

《드라켄》을 끝내고는 유명한 작품을 읽어 보고, 회별로 진행 방식과 캐릭터 등을 분석했다. 그러다 운 좋게 웹소설 매니지먼트(일종의 출판사)와 계약하고 다음 작품을 준비했다. 작품 전체 기획을 짜고, 초반부 원고를 작성하면 편집자에게 보냈다. 하지만 내 원고는 번번이 퇴짜만 맞았다. 이유는 여러 가지였다.

주인공이 이야기를 주도하지 않는다.

기대감이 생기지 않는다.

뒷이야기가 궁금하지 않다.

이야기 중간에 장르가 바뀐다.

주인공이 감정 과잉이다.

편집자가 전화를 했다는 것은 뭔가 할 말이 있다는 뜻이고, 그건 좋지 않은 신호였다. 수정할 내용이 얼마 안 되면 메신저로 수정 사항을 주고받으니까. 전화가 왔다는 건, 내가 보낸 소설에서 손볼 곳이 한두 군데가 아니라는 뜻이다.

마침 전화가 왔을 때 나는 샤워를 하려고 옷을 홀딱 벗고 화장실로 향하던 참이었다. 팬티 한 장 걸치지 않고 벌거벗은 상태였다. 그래도 전화를 하면 짧게 몇 분은 걸릴 텐데. 일단 샤워를 하고 나중에 다시 전화할까? 잠깐 고민하다가 일단 전화를 받았다. 수정 사항을 몇 가지 듣고 길어야 몇 분이면 통화가 끝나겠지 생각했다. 그런데 아니었다. 편집자는 당시 내가 7회까지 쓴 소설의 전체적인 문제점을 쭉 설명하더니 나에게 질문을 던졌다.

"작가님, 지금까지 100회 이상 읽은 헌터물이 몇 작품이나 되세요? 읽어 본 작품 제목 좀 불러 주세요."

이 질문을 듣는 순간, 나는 몸에 걸친 옷만 벗은 게 아니라 정신까지 완전히 벌거벗은 상태가 되고 말았다.

그때 나는 남성향 웹소설에서 가장 흔한 장르인 헌터물(레이드물)을 쓰고 있었다. 이 장르는 세상에 갑자기 정체불명의 괴물이 쏟아져 나오고, 평범하던 주인공이 괴물을 잡는 헌터로 각성해 싸울수록 점점 강해지면서 돈과 권력, 명예까지 모두 손에 넣는 이야기다. 여기서 복잡하게 괴물이 어디서 왔고, 사람은 왜 각성하며, 헌터들이 사용하는 무기가 왜 서양 판타지처럼 칼이나 창이고, 게임 같은 아이템이 있는지 등을 따지는 것은 중요하지 않다. 중요한 것은 갑자기 세상이 변하고, 그 와중에 별 볼 일 없던 주인공이 새로운 능력을 얻어 세상의 중심으로 급부상해서 원하는 모든 것을 손에 얻는 것이다. 그 과정이 얼마나 설득력이 있고, 얼마나 재미있는지가 중요하다.

그런데 편집자가 보기에 당시 내가 쓴 웹소설은 헌터물의 요건을 전혀 갖추지 못하고 있었다. 원고를 썼다 고치고, 또 썼다 고치기만 몇 달째 반복하고 있었다. 그러다 결국 내 배경지식을 체크하기 위해 편집자가 저 질문을 던진 것이다. 나는 나름대로 준비하면서 읽었던 소설을 떠듬떠듬 대답했다. 고백하자면 그때 제목을 말한 소설 중에서 100회까지 읽지 않은 작품도 있었다. 거짓말까지 했지만 나는 소설 열 편도 채우지 못했다.

웹소설은 기본적으로 장르물이다. 장르 소설은 독자가 그 장르에서 기대하는 이야기가 따로 있다. 더구나 헌터물처럼 일상에서 결코 일어날 수 없는 판타지라면 더욱더 그렇다. 그런데 나는 남다른 헌터물을 쓰겠다면서, 사실은 장르의 기본 요건조차 갖추지 못한 채 그저 괴물과 헌터만 등장하는 소설을 쓰고 있었던 것이다. 나침반이 고장 났는데, 방향을 아무리 바꾼들 목적지에 똑바로 도착할 리 없었다.

그 전화를 끊고 몇 달이나 매달렸던 헌터물에서 손을 뗐다. 내가 하루 이틀 준비해서 제대로 쓸 수 있는 장르가 아니라는 것을 깨달았으니까. 심지어 나는 여전히 웹소설의 문법이 무엇인지조차 제대로 깨우치지 못한 상태였다. 돌이켜 보면 나는 내 멋대로 기존 웹소설을 천편일률적이고, 진부하다고 깔보고 있었다. '비록' 웹소설이지만 나만의 참신하고, 종이책만큼 깊이 있는 소설을 쓰겠다고 생각했다. 정말 멍청한 객기였고, 대책 없는 시건방이었다.

장르의 문법을 창조적으로 파괴할 수 있는 사람은, 오직 장르의 문법을 마스터한 창작자뿐이다. 편집자의 질문은 여전히 익숙한 방식을 고수하려는 내 마음의 갑옷을 산산이 부숴 버렸다. 마흔의 나이에, 이때까지 오직 종이책만 읽었던 사람이 웹소설을 쓰려면 소설에 대한 고정된 관념을 모두 깨부숴야 한다는 것을 그때서야 진정으로 깨달았다. 그러고는 어땠을까?

웹소설 주인공처럼 각성해서 곧바로 다음 웹소설을 멋지게 써내고 대박을 쳤다면 좋았겠지만 그런 일은 일어나지 않았다. 그 후로도 몇 달 동안 장르를 바꿔 가며 새로운 소설을 쓰고, 수정하고, 비리기를 반복했다.

그러다 해를 넘겨 2020년에야 비로소 웹소설다운 웹소설 《NBA 만렙 가드》를 썼다. 목표로 했던 200회를 넘겼고, 내 예상보다 더 많이 팔렸다. 대박은 아니었지만 나에게는 무엇보다 값진 성공이었다.

웹소설은 일일 연재를 기반으로, 독자가 회마다 결제해서 본다. 문피아에서 연재한 내 첫 소설 《드라켄》은 전체 130회 중 구매 수가 가장 높은 회차가 마지막 회고, 구매 수는 12이다. 회당 가격이 100원이니, 마지막 회 매출액이 현재까지 1,200원이라는 뜻이다. 반면 《NBA 만렙 가드》는 전체 230회 중 구매 수가 가장 높은 회차가 53회고, 구매 수는 3,841(2022년 3월 3일 기준)이다. 53회 매출액은 384,100원이 된다. 웹소설을 잘 모르는 분들은 이런 차이가 무엇을 뜻하는지 쉽게 감이 잡히지 않을 것이다. 그래도 별로 상관없다. 앞으로 쭉 따라오다 보면 금세 알게 될 테니까.

본격적인 이야기에 앞서 몇 가지 당부드릴 말씀이 있다. 우선 이 책은 웹소설 작법서가 아니다. 내가 어떤 과정을 거쳐 진짜 웹소설을 쓰게 되었는지, 그 과정에 대한 이야기다. 지난 4년간, 마흔이라는 늦은 나이에 웹소설 작가로 발돋움하기 위해 겪었던 과정을 최대한 세세하게 기록했다. 그것은 내가 지난 40년간 견고하게 쌓아 왔던 하나의 세계를 부수고, 새로운 세계를 발견하고 만들어 나가는 과정이었다.

웹소설은 연재 기간이 길다. 짧아도 6개월이고 대부분 1년 정도는 연재가 이어진다. 가끔 몇 년에 걸쳐 수천 회를 연재하는 작품도 있다. 연재가 워낙 길다 보니 연재 과정에도 기승전결이 있고, 희로애락이 뒤섞인다. 웹소설이 관심을 받으면서 웹소설 작법서도 늘고 있다. 그렇지만 작가가 연재 도중 단계마다 어떤 과정을 겪고, 어떤 문제에 부딪히며, 어떤 고민을 하게 되는지 말해 주는 책은 아직 보지 못했다.

이유는 간단하다. 성공한 웹소설 작가는 모두 다음 작품을 쓰기 바쁘기 때문이다. 아무리 팔려 봤자 웹소설만큼 돈이 되지 않을 게 뻔한 에세이를 쓰는 것보다 빨리 다음 작품을 구상해서 연재하는 편이 훨씬 이익이다. 그런데도 내가 이 에세이를 쓰는 이유는 나의 지난 시간을 정리하고 공유하고 싶어서다.

또 한 가지는 이 책에서 언급하는 웹소설은 모두 남성향 웹소설이다. 웹소설 시장은 독자에 따라 남성향과 여성향 시장으로 구분되어 있고, 둘은 주요 장르와 소재는 물론, 주인공이나 전개 방식 등이 전혀 다르다. 나는 남성향 판타지 웹소설만 읽고 써 왔다. 그러니 여기서 '웹소설'이라고 언급하면 '남성향 웹소설'이라고 이해해 주길 바란다.

마지막으로 이 책은 어디까지나 내 웹소설 연재 경험에 관한 이야기이고, 나는 많은 웹소설 플랫폼 중에서 줄곧 문피아에서 활동했다. 그래서 다른 플랫폼을 통해 데뷔하고, 연재하는 과정이 어떤지는 잘 모른다. 그러니 이 책을 읽고 웹소설은 모두 이런 식이라며 확대 해석하는 일이 없길 바란다.

이 책은 총 3부로 구성되어 있다. 1부와 2부에는 내가 웹소설 작가로 거듭나는 과정을, 3부에는 무수한 시행착오를 거치며 내 나름대로 깨달은 웹소설의 원칙에 대해 썼다. 만약 당신이 웹소설을 쓰려고 한다면, 특히 여러 차례 시도해도 유료화의 벽을 뚫지 못하고 있다면 아마 이 책이 상당한 도움이 될 것이다. 혹은 웹소설이 무엇인지, 도대체 종이책으로 읽던 소설과 웹소설이 어떻게 다른지 궁금한 사람, 혹은 그냥 웹소설 작가의 삶이 궁금한 사람에게도 내 경험이 꽤 재미있는 이야기가 될 것이다.

그럼 본격적으로 이야기를 시작해 보자. 때는 내가 처음
웹소설을 알게 된 2017년으로 돌아간다.

차 례

웹소설의 세계

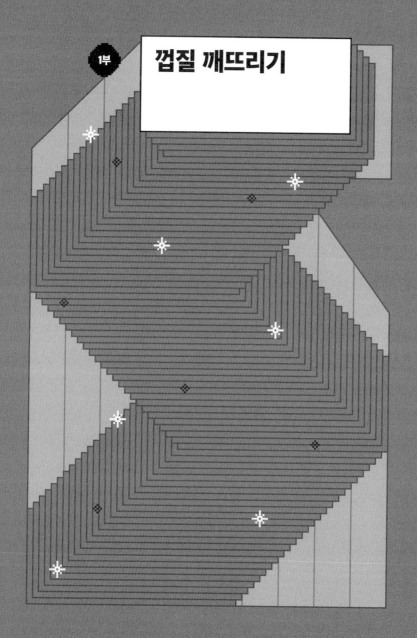

1부

껍질 깨뜨리기

웹소설, 100원의 전쟁

웹소설을 쓰기 시작한 계기

〰〰〰〰〰〰 2017년 말 처음으로 웹소설을 접했다. 그전까지 나는 약 10년 정도 직장 생활을 했다. 업종과 기업 규모는 각양각색이다. 50명 이내의 브랜드 컨설팅 회사도 있었고 1,000명이 넘는 게임 회사와 대기업 계열 IT 기업도 있었다.

본래 전공은 국문학이었다. 예전부터 나만의 이야기를 쓰고 싶다는 막연한 꿈이 있었다. 직장 생활 중 꾸준히 글쓰기를 하다가 친구와 인문학 서적을 한 권 냈고, 짧은 전자책도 몇 권 썼다. 당시 나는 직장 생활에 권태를 넘어 슬슬 환멸에 빠져들고 있었다. 내가 없어져도 상관없고, 내가 하는 일은 아무나 할 수 있는 것 같았다. 오직 나여야 하는 일, 나만이 할 수 있는 일을 하고 싶었다.

결국 조건보다 하고 싶은 일을 선택했다. 대기업을 퇴사하고, 연봉을 반이나 깎아 신생 잡지사에 취직했다. 1년 정도 매달 잡지 한 권을 내야 하는 긴박한 환경에서 글을 썼다. 그런데 회사 사정이 기울기 시작했다. 글을 쓰며 살겠다고 멀쩡하게 잘 다니던 대기업도 때려치우고 나왔는데, 아예 직장이 없어져 버렸다. 현실은 냉정하고 내 선택의 대가는 가차 없었다.

다른 회사를 알아볼까 어쩔까 이것저것 생각해 봤지만 더 이상 직장 생활은 그만하자는 결론을 내렸다. 내가 다니던 기업이 결코 나쁜 곳은 아니었다. 아니, 오히려 일반적인 기업보다 분위기도 좋은 편이고, 똑똑한 사람들도 많았다. 그런데도 나는 회사에서 일할 때면 늘 답답함을 느꼈다. 이제 와서 어느 회사를 다닌들 달라질 것은 없다는 생각이 들었다.

차라리 예전부터 막연하게 상상만 해 오던 일을, 소설을 본격적으로 써 보자는 생각이 들었다. 그런데 문제가 있었다. 아니, 문제가 많았다. 나는 이미 종이책을 한 번 출간한 적이 있기 때문에, 전업 작가가 책만으로 밥벌이하기가 얼마나 힘든지 잘 알고 있었다. 사실상 불가능에 가까운 일이다. 통상 종이책을 냈을 때 작가가 받는 인세는 책값의 10%다. 책의 콘텐츠는 작가가 책임지고 쓰지만, 실질적으로 책에서 작가의 몫으로 인정되는 지분은 10%밖에 되지 않는다.

가령 1만 5천 원짜리 책을 1,000권 판다고 해도 작가가 버는 돈은 150만 원에 불과하다. 당연히 세금도 떼야 한다. 만약 종이책이 매달 1,000권씩이라도 꾸준히 팔려 나간다면 쉽진 않아도 어떻게든 버틸 수 있을 것이다. 그러나 세상에는 1년에 1,000권도 팔리지 않는 책이 훨씬 더 많다. 내가 친구와 낸 책도 아직 1쇄를 다 팔지 못했다.

그나마 이것도 등단이라는 좁은 문을 통과해 소설을 출간했을 때의 일이다. 한국 문학 시스템에서 소설을 내려면 각종 신문사와 문예지에서 주최하는 신춘문예에 당선되거나, 권위 있는 출판사에서 개최하는 소설상을 수상해야 한다. 등단 없이 소설을 내는 것은 희귀한 케이스다. 등단이 어디 쉬운가. 오직 등단을 위해 문학을 공부하고 글을 쓰는 사람이 얼마나 많은가. 그들은 심사 위원 성향까지 파악해 가며 글을 쓰고 등단을 준비한다. 그런데도 대다수가 실패한다.

내가 등단할 정도의 퀄리티를 갖춘 소설을 쓰려면 앞으로 얼마의 시간이 걸릴까? 설령 운 좋게 등단해도 내가 과연 소설로 한 달에 200만 원 정도를 벌 수 있을까? 아니, 절대로 무리였다. 한국 문단을 뒤흔들 대형 신인 작가가 되지 않는 이상 불가능한 일이었다. 내가 만약 그 정도의 천재였다면 이미 그 전에 뭘 해도 했을 것이다. 꿈을 향해 도전하는 건 좋지만, 애당초 불가능한 목표에 도전할 마음은 없었다.

그때 같이 독서 모임을 하는 후배가 '문피아'를 알려 주었다. 웹소설이라는 게 있는데 생각보다 작가 수익이 많다면서 한번 살펴보라고 권했다. 그렇게 2017년 말, 호기심에 처음 문피아에 접속했다. 조금 살펴보니 구조가 독특했다. '권' 단위로 판매하는 책과 달리 웹소설은 '회' 단위로 팔았다. 1회 분량은 5,000자 이상이고, 25회면 한 권 분량이 된다. 일일 연재 방식으로 작가가 매일 소설을 1회 이상 올리면 독자가 회차별로 구매해서 읽는 방식이었다. 이를 '편당 결제'라고 부른다.

정말 이렇게 해서 돈을 번다고? 나는 의구심을 품은 채 문피아를 훑어봤다. 의구심은 점점 짙어졌다. 기존 출판이나 소설에 대한 상식으로는 이해할 수 없는 것투성이였다. 일단 제목부터 적응할 수 없었다. 《OOO이 힘을 숨김》, 《XX를 너무 잘함》 같은 제목에 나는 눈만 껌뻑였다. 같은 웹소설이라도 《달빛조각사》 같은 작품은 제목에 은유적인 뉘앙스도 있고 뭔가 멋져 보이는데 이건 뭐지? 힘을 왜 숨겨? 판타지 소설 주인공이 자기 특기를 당연히 잘하겠지. 근데 이게 제목이라고? 솔직히 유치하다고 생각했고, 어처구니가 없었다.

내용은 또 어떻고? 베스트 순위에 있는 소설 몇 편을 첫 부분만 조금 읽어 봤는데 제목을 볼 때보다 더 어이가 없었다. 내가 그때까지 알고 있던 소설이란 일단 문장이 아름다워야 했다. 이름을 남긴 옛 성현들이나 잘나가는 소설가들은 죄다 명문장가 아닌가. 힘이 넘치든지, 감성이 충만하든지, 생동감이 넘치든지, 정갈한 맛이 있든지. 문체는 작가가 자기 개성을 표현하는 첫 번째 수단인데.

그런데 웹소설은, 문장에서 기교는 둘째 치고 성의조차 느껴지지 않았다. 술술 읽히기는 하는데 이게 지금 문장이 제대로 된 건가 싶은 것도 많았다. 소설이면 으레 있기 마련인 멋들어진 배경 묘사 같은 것은 눈 씻고 찾아봐도 없었다. 오히려 군데군데 오타가 눈에 띄었다. 읽으면서 '이게 소설이라고?' 하는 의문과 '이 정도는 나도 금방 쓰겠는데?'라는 자신감이 동시에 들었다. 분명 소설의 형식을 띠고 있지만, 어딘가 소설이라고 부르기는 조악해 보이는 작품투성이었다. 그런데도 회당 조회 수가 몇 만이 넘는 작품이 수두룩했다. 나는 보면서 계속 눈을 의심했다. 정말 이런 작품을 몇만 명씩 읽는다고?

그러다 당시 가장 핫한 작품인 《재벌집 막내아들》이라는 소설을 봤다. 주인공은 재벌 기업에서 직원으로 일하지만 사실상 재벌가의 머슴이나 다름없다. 그러다 비리를 뒤집어쓰고 억울하게 죽는데, 깨어나 보니 바로 그 재벌가의 막내아들 집에 환생한다. 주인공은 이미 알고 있는 재벌 가문의 뒤엉킨 관계와 각종 경제 지식을 총동원해 재산을 불리고 재벌가를 통째로 삼키려 한다. 수많은 재벌물의 기초를 만든 작품이고, 현재 JTBC에서 드라마로 제작 중이다.

웹소설은 적으면 150회, 많으면 1,000회 이상도 연재한다. 그리고 한 권 분량인 25회 정도를 무료로 공개한다. 독자를 최대한 끌어모으기 위해서다. 그리고 유료화된 회차부터는 회당 100원씩 돈을 내고 읽는 시스템이다. 나중에 설명하겠지만 이렇게 '유료화'까지 가지 못하고 중간에 사라지는 작품이 무수히 많다. 문피아는 모든 무료 회차의 조회 수는 물론, 유료 회차의 구매 수까지 모두 공개한다.

나는 갑자기 호기심이 생겼다. 당시 《재벌집 막내아들》은 아직 완결 전이었다. 252회까지 연재하고 있었고(완결은 326회), 회차마다 구매 수가 2만에서 3만을 오갔다. 회당 100원이니까 구매 수가 3만이면, 그 회의 매출액이 무려 300만 원이다! 웹소설은 매일매일 올라오니 대충 하루에 300만 원씩 번다는 얘기고, 한 달이면 무려 9,000만 원이라는 소리다!

이름에 '웹'이 붙어 있듯이 태생부터 인터넷 기반인 웹소설은 매출에서 작가가 가져가는 비율도 종이책과 비교할 수 없이 높다. 정확한 비율은 계약에 따라 다르지만 못해도 매출의 절반 정도는 작가 몫이다. 이렇게 가정해도《재벌집 막내아들》작가가 한 달 동안 버는 돈은 4,500만 원을 넘는다. 나는 얼른 엑셀을 열었다. 그리고《재벌집 막내아들》의 회차별 구매 수를 모두 더해 보았다. 나는 처음 문피아에 접속했을 때보다 훨씬 큰 충격을 받았다. 252회까지 구매 수를 모두 더하고 100원을 곱하니, 무려 6억 8천만 원이 넘었다.

이것도 오직 문피아에서의 매출만 계산한 것이었다. 웹소설 플랫폼은 문피아 외에도 많고, 연재 플랫폼마다 차이는 있지만 이 정도 히트작이면 다른 곳에서도 엄청나게 팔리기 마련이다. 다른 곳은 문피아처럼 구매 수를 오픈하지 않기 때문에 정확한 매출 규모를 파악할 수는 없었다. 어쨌거나 종이책과는 비교할 수도 없는 돈이 모이고 있다는 것만은 확실했다. 제목부터 이상하고, 내용도 정말 소설인지 뭔지 모르겠고, 일일 연재에 회당 고작 100원씩 받는다고 계속 고개를 갸우뚱하던 나는 얼마나 어리석은 존재란 말인가.

물론 《재벌집 막내아들》은 문피아는 물론, 전체 웹소설에서 따져 봐도 0.1%에 속하는 최상위 작품이다. 그래도 매일매일 300만 원 넘게 버는 소설이 있다는 것만으로도 내게는 신선한 충격이었다. 소설 한 권으로 1년에 300만 원도 벌지 못하는 작가가 수두룩한 세상인데. 한국 문단에서 이름을 날리겠다는 명예로운 생각 같은 것은 전혀 없던 나에게, 갑자기 글만 써도 돈을 벌 수 있는 신대륙이지, 신세계가 열렸다. 그때부터 나는 문피아와 웹소설을 좀 더 진지하게 생각하게 되었다.

처음에는 어이없다며 혀를 차 놓고 돈을 보니까 금세 마음이 바뀌다니, 너무 속물 같은가? 그렇다. 나는 처음에 오직 돈을 보고 웹소설에 끌렸다. 그리고 돈은 여전히 내가 웹소설을 쓰는 이유다. 돈이 전부는 아니지만, 굉장히 많은 부분을 차지한다.

자고로 직업이라면, 그것도 전업이라면, 하루 여덟 시간 이상을 투자했을 때 최소한의 밥벌이는 가능해야 하지 않나. 글쓰기를 비롯한 많은 예술 계열 직업이 이를 충족하지 못해, 수많은 예술인이 배고픔에 허덕인다. 글을 써서 최소한의 밥벌이가 가능하고 운이 좋으면 엄청난 돈을 벌 수 있다니. 얼마나 환상적인가. 미국에 골드러시가 있었듯, 한국에서 글 좀 쓴다는 사람이 웹소설에 관심을 가지지 않는다면 그게 오히려 이상한 일이다.

웹소설에 진지하게 도전해 보려던 차에, 문피아에서 총 상금 3억 5천만 원을 걸고 공모전을 연다는 소식을 접했다. 망설일 필요가 없었다. 나는 본격적으로 웹소설 쓰기에 돌입했다. 비록 소설을 쓴 경험은 거의 없지만 '웹소설이라면' 나도 충분히 도전해 볼 만하다고 여겼다. 그리고 나의 첫 도전은 처참하게 실패했다.

나는 웹소설이 문학의 신세계(新世界)인 줄 알았다. 착각이었다. 웹소설은 결코 신세계가 아니었다. 그곳은 같은 문자만 공유할 뿐, 전혀 다른 문화와 생태계로 움직이는 이세계(異世界)였다.

첫 웹소설 공모전 도전
(feat. 문피아)

웹소설 공모전의 독특한 방식

〰〰〰〰〰〰〰〰 우리가 아는 소설 공모전은 소설 한 편을 완성해서 주최 측에 보내는 것으로 시작된다. 워드 프로세서로 작성한 소설 파일을 관련 사이트에 업로드하거나 폰트 크기, 줄 간격 등 정해진 서식에 맞춰 프린트해서 우편으로 보내 응모한다. 그러면 주최 측이 원고를 심사 위원들에게 나눠 주고, 심사 위원들은 후보작을 추린다. 그 후 토론을 거쳐 당선작을 선정하는 방식이다.

하지만 웹소설 공모전은 전혀 다르다. 웹소설 공모전은 웹소설 형식에 맞춰 정해진 기간 동안 연재를 한다. 내가 처음으로 도전한 2018년 문피아 공모전을 예로 들면 40일 동안 최소 30회 이상 연재, 매회 띄어쓰기 포함 3,000자 이상, 총 150,000자 이상을 써야 했다. 이 조건이 최소한의 커트라인이다. 웹소설 플랫폼마다 기간이나 회차, 글자 수 등의 디테일은 다르지만 대략적인 형식은 비슷하다.

웹소설이 일일 연재 시스템인 만큼, 웹소설 공모전도 자연스럽게 웹소설 시스템을 따라가는 것이다. 이때 연재 주기와 시간은 작가가 정한다. 작가는 각자 자신의 리듬과 독자가 주로 몰리는 시간대를 고려해 연재 시간을 정한다. 독자는 마음에 드는 소설이 있으면 그 시간에 접속해 소설을 읽는다.

웹소설에서 가장 중요한 핵심이 바로 여기에 있다. 일일 연재로 인해 생겨난 원칙으로, 웹소설은 독자가 내일도 다음 회를 읽고 싶게 만들어야 한다. 나중에 자세히 설명하겠지만 웹소설의 생태계는 이 원칙을 기반으로 돌아간다고 해도 과언이 아니다. 웹소설의 모든 문법은 '그래서 어떻게 독자로 하여금 내일도 소설을 읽게 만들까'에 초점이 맞춰져 있다.

어떤 소설은 사건이 쉴 새 없이 꼬리에 꼬리를 물고 일어나고, 어떤 소설은 독특한 매력으로 독자를 잡아끄는 캐릭터를 내세우고, 또 어떤 소설은 뭔가 일어날 만하면 이야기를 뚝 끊어서 궁금증을 유발한다. 작가마다, 장르마다 내세우는 무기는 달라도 목표는 똑같다. 더 많은 독자가 내일도 소설을 보는 것이다.

웹소설(특히 남성향의 경우)은 적게는 150~200회, 많으면 1,000회도 넘게 연재한다. 만약 작가가 주 7일, 매일매일 연재한다고 가정하고, 200회 완결이면 작가는 200일에 걸쳐 연재하는 셈이다. 1회를 읽은 독자가 200일 동안 꾸준히 따라와 준다면 정말 좋겠지만 초대형 작가조차 그러기는 쉽지 않다. 독자가 어느 정도 모였다 하더라도 작품이 유료가 되는 순간 우수수 떨어져 나가고, 그나마도 연재를 거듭할수록 계속해서 줄어든다.

그래서 웹소설은 재미는 물론이고, 퀄리티를 일정 수준 이상 유지하면서 몇백 회에 걸쳐 성실하게 연재할 수 있는가도 굉장히 중요하다. 문피아가 공모전을 한 달 넘게 진행하면서 30회 분량을 한 번에 받지 않고 '연재'를 요구하는 이유도 여기에 있다. 문피아가 공모전에 수억 원이 넘는 돈을 상금으로 쓰는 이유는, 공모전으로 독자의 관심을 끌고 좋은 작가를 확보하기 위해서만은 아니다. 공모전에서 좋은 성적을 거둔 작품들을 유료화하고, 최대한 오랜 기간 연재하며 무사히 완결까지 끌고 가서 상금보다 더 많은 돈을 벌기 위해서다.

공모전 기간은 정해져 있지만 공모전이 끝났다고 해서

끝이 아니다. 공모전 기간이 끝나도 연재는 계속해야 한다. 수상을 노리는 상위권 작품이라면 무조건이고, 상을 탈 가능성은 없어 보여도 유료화를 할 생각이 있거나, 아니면 기왕 시작한 소설이니 완결까지 가겠다고 다짐한 작가들은 꾸준히 연재를 진행해야 한다.

이런 상황을 인지하고 소설 구상에 돌입했다. 다행히 장르는 별로 고민할 필요가 없었다. 무조건 서양 판타지를 쓴다고 생각했으니까. 특별한 이유는 없었다. 영화 〈반지의 제왕〉을 좋아하고, 드라마 〈왕좌의 게임〉을 보며 입을 떡 벌렸고, 《드래곤 라자》, 《눈물을 마시는 새》, 《피를 마시는 새》, 《로도스도 전기》, 《룬의 아이들 – 윈터러》 같은 작품을 좋아했으니까. 기본적으로 웹소설은 장르 소설이고, 장르 소설을 쓴다면 당연히 서양 판타지라고 생각했다.

서양 판타지에 드래곤이 빠질 수는 없는 법. 나는 예전에 구상한 적이 있는, 이마에 박힌 보석으로 마법을 쓰는 드래곤들이 존재하는 세상을 바탕으로 한 소설을 써 볼 생각이었다.

전체적인 서사는 고래잡이 소설 《모비 딕》에서 가져와 강력한 마법을 구사하는 드래곤을 잡아 돈을 버는 중세의 용병대를 구상했다. 여기에 《모비 딕》의 광기 어린 에이햅 선장을 모티프로 신분 상승 욕구에 불타는 용병단 단장 '데이몬'을 만들고, 최고의 실력을 갖췄지만 상처 입은 영혼인 부단장 '레오하르트'를 옆에 두었다. 두 사람이 이끄는 용병대가 세계관 최강의 드래곤 '드라켄'을 잡기 위해 온 제국을 떠도는 이야기로 줄거리를 정했다. 제목은 목표가 되는 드래곤에서 따와 《드라켄》으로 정했다. 드라켄은 서양의 대표적인 환상 동물 드래곤과 크라켄을 합성한 이름이다.

지금 생각해 보면 여기까지는 괜찮았다. 어디까지나 설정이니까. 단장, 혹은 부단장을 중심으로 드라켄을 잡는 과정에서 여러 서브플롯을 주면서 시원하게 드래곤들을 때려잡고, 주인공을 방해하는 정치적 술수를 돌파하며 마침내 드라켄을 잡으면서 시원하게 마무리했다면 아마 성적(조회 수)도 훨씬 좋았을 것이다. 제목도 《드래곤 때려잡는 최강 용병대》 같은 식으로 내용을 한눈에 알아보기 쉽게 짓고.

하지만 나는 그때 웹소설이 무엇인지 전혀 모르는 까막눈에 불과했다. 당시 웹소설에 대한 나의 인식 수준은 '종이책을 5,000자 정도로 잘라서 매일매일 연재하면 그게 웹소설 되는 거 아니야?' 딱 이 정도였다. 말 그대로 웹소설은 인터넷에서 연재하니까 '웹'소설이라고 생각하는 1차원적 인식이었다. 웹소설이 기존의 종이책 소설과 호흡, 문법, 관점, 스토리텔링 등 소설을 구성하는 기본 요소가 전혀 다르다는 것을 알지 못했다.

아니, 더 정확하게 말하자면 뭔가 다르다는 것은 알았지만 굳이 자세히 알고 싶지 않았던 것 같다. 돈을 벌고 싶어 웹소설에 도전은 하지만, 그래도 내가 지금까지 좋아하던 종이책의 세계관을 유지하고 싶은 마음이 더 컸던 것 같다. 비록 웹소설이 어때야 하는지는 몰랐지만 나는 진지하게 소설 쓰기에 몰두했다. 마침 나에게 문피아를 알려 준 후배도 소설을 쓰고 있어서(웹소설은 아니었다), 우리는 주말마다 만나 서로의 소설에 대해 피드백을 주고받았다. 나는 월화수목금 5일 동안 5회분의 소설을 쓰고, 주말에 피드백을 받아 소설을 고쳤다.

연재를 하는 도중 어떤 일이 일어날지 모르기 때문에 공모전이 시작되기 전에 최대한 많은 분량을 써 놓고 싶었다. 이를 '비축분'이라고 부른다. 하지만 가장 중요한 소설 첫머리가 잘 풀리지 않아서 몇 번을 고치느라 시간을 보냈고, 서양 중세에 관해 공부해야 할 것도 많았다. 정확하진 않지만 공모전 시작 전까지 아마 10회 안팎의 비축분을 써 둔 것으로 기억한다.

2018년 4월 9일 오전 10시. 드디어 공모전이 시작되었다. 나는 심호흡을 한 번 하고 문피아 공모전에 소설을 등록하기 위해 접속했다. 그리고 곧바로 멘붕에 빠졌다.

심해 2만 리

3,000편이 넘는 소설 속에 가라앉다

▰▰▰▰▰▰▰▰▰▰ 문피아에 접속했을 때는 공모전이 시작되고 한 시간 정도가 지난 다음이었다. 그런데도 이미 수백 개가 넘는 소설이 등록되어 있었다. 내가 올라온 소설을 빠르게 훑어보는 와중에도 새로운 소설은 계속 올라오고 있었다. 그뿐만 아니었다. 별도로 마련된 공모전 순위에서 최상위권은 이미 수백에서 수천에 달하는 조회 수가 나오고 있었다. 그들 중에는 전작에서 상당한 성공을 거둔 작가들도 많았다. 대부분의 소설 공모전이 그러하듯 문피아 공모전도 신인, 기성 구분이 없다. 억대 상금이 걸려 있는 만큼 매년 기성 작가들도 많이 참여한다.

격투기로 따지면 체급 제한이 없는 링에서 갓 들어온 햇병아리와 산전수전 다 겪은 베테랑이 전부 모여 배틀로얄을 벌이는 것이나 다름없다. 이미 예상했지만 막상 눈앞에서 벌어지는 현장을 보자 과연 천둥벌거숭이인 내가 공모전에서 제대로 된 성과를 낼 수 있을까 의문이 들었다.

이러면 공모전 상위권은 모두 기성 작가가 싹쓸이할 것 같지만 신기하게 그렇지도 않다. 매년 공모전 상위권에 기성 작가가 포함되긴 하지만, 늘 어디선가 이들을 물리치는 대형 신인이 꼭 나타난다. 물론 그들이 정말 신인인지, 아니면 기성 작가가 필명만 바꾼 것인지는 알 수 없다.

앞이 캄캄했지만 그래도 어쩌겠는가. 이미 써 둔 비축분도 있는데. 나는 일단 공모전용 게시판을 열고 《드라켄》 3회를 올렸다. 필명 'Guybrush'는 어릴 때 가장 좋아했던 PC 게임 〈원숭이 섬의 비밀〉 시리즈의 주인공 이름이다. 한글 '가이브러쉬'는 이미 누가 사용하고 있어서 어쩔 수 없이 영어로 등록했다. 3회를 올린 이유는 웹소설 작가 커뮤니티에서 처음에는 3회 이상 올리는 게 좋다는 말을 들었기 때문이다. 작가 입장에서는 시작하자마자 3회분의 비축분을 소모하는 꼴이지만, 독자 입장에서는 1회 만으로는 파악하기 어려운 전체적인 윤곽을 어느 정도 파악할 수 있어 좋다. 3회까지 읽고 재미있다는 생각이 들면 독자는 이어지는 내용도 읽고 싶어 할 것이기 때문에 처음에는 3회 정도를 한 번에 올리는 게 좋다.

당시 공모전은 하루에 5회까지만 올릴 수 있었다. 한 번에 여러 회차를 올리는 걸 '연참'이라고 부른다. 문피아 독자 중에는 쌓인 회차가 적으면 감질난다며 읽지 않고 기다리는 사람도 있어서, 연참을 자주 하면 독자를 늘리는 데 유리하다. 불리한 게임이지만 어쨌든 게임은 시작됐다. 이제부터 내가 해야 할 일은 어서 다음 이야기를 쓰면서 비축분을 늘리는 것이다. 최소한 비축분이 연재에 잡아먹히는 일은 없어야 했다.

공모전은 연재 주기를 정해 주지 않는다. 작품을 일주일에 몇 번 올릴지, 몇 시에 올릴지는 모두 작가의 자유다. 연재 일정은 당연히 주 7일, 매일 올리는 것이 가장 유리하다. 사람은 자기가 하던 일을 쉽게 잊어버린다. 매일매일 습관처럼 읽던 소설이 어느 날 하루 끊겨서 넘어가면, 그다음부터는 다시 찾지 않는 독자가 분명히 생긴다. 매일매일 쓰는 것은 정말 힘든 일이지만 웹소설 생태계가 일일 연재 기반으로 되어 있는 한, 매일매일 새로운 회차가 올라오는 게 가장 유리한 것은 피할 수 없는 사실이다.

다만 나는 도저히 주 7일 연재할 자신이 없었다. 그래서 월화수목금 주 5일 연재를 하기로 정했다. 내가 좀 더 소설을 빨리 쓸 수 있었다면, 가령 5일 동안 7회분을 쓰고 주말에 수정할 수 있었다면 일일 연재를 했을 것이다. 하지만 내 머리는 그렇게 빨리 돌아가지 않았다. 갑자기 글발을 받아 하루에 2회분을 쓰는 날도 가끔 있었다. 그러면 다음 날은 거짓말처럼 글이 제대로 나오지 않았다. 써도 엉망이었다. 이건 지금도 비슷하다. 나는 마치 하루에 쓸 수 있는 분량이 정해진 인간처럼 하루에 1회분이 한계였다.

그나마 일주일에 5회분이라도 척척 해내면 다행이었을 텐데 그마저도 쉽지 않았다. 캐릭터의 대화나 행동이 너무 튀거나, 중요한 장면에서 어설프거나 밋밋하기 짝이 없었다. 그래서 장면을 고치고 고치다 아예 통째로 지우거나 바꾸는 일이 많았다. 이렇게 갈팡질팡하다 보니 한 달 정도가 지날 무렵에는 비축분이 반으로 줄어 있었다. 여기서 한두 번만 삐끗하면 비축분은 모두 사라질 테고, 이건 시간문제였다.

이런 상황이면 매 순간 글쓰기에 집중해야 한다. 더 좋은 장면, 더 재밌는 이야기를 위해 글쓰기에 전념해야 한다. 하지만 머리로는 알면서도 실제로는 그러지 못했다. 나는 몇 분마다 새로고침을 하면서 별로 오르지도 않는 조회 수와 내 소설의 선호 작품 수(줄여서 선작 수)를 체크하고 있었다. 문피아는 독자가 선호작으로 등록해 놓으면 빠르게 그 작품을 찾아 읽을 수 있다. 문피아에서 작품의 인기 지수를 살펴보는 데 조회 수만큼이나 중요한 것이 '선작 수'다.

당시 문피아 공모전 순위는 200위까지 나왔던 것으로 기억한다. 순위는 누적되는 게 아니라 매일 리셋되며, 그날 올라온 최신 회차 중에서 조회 수가 높은 순으로 매겨졌다. 매일매일 조회 수는 달라지지만 대체로 50위 정도 되는 작품의 조회 수가 1,000 안팎이었다. 그리고 그 밑으로 내려가면 조회 수는 뚝뚝 떨어졌다.

내 작품은? 당연히 바닥권을 기고 있었다. 어찌어찌 최신 회 조회 수가 세 자리는 나왔지만 공모전 순위에서는 100~200위 사이를 오르락내리락했다. 순위 목록에 《드라켄》이 오르는 것만 해도 다행이긴 했지만, 사실상 큰 의미가 없었다. 30위 밑으로는 공모전 당선은 물론이고, 유료화도 어렵기 때문이다. 나는 글을 써야 한다는 압박감과 함께 초조함과도 싸우고 있었다. 공모전 당일에만 1,000편이 넘는 작품이 올라왔다. 공모전이 끝날 때까지 등록된 작품이 3,000편도 넘는다. 이렇게 수많은 작품 사이에서 매일매일 내 소설을 읽어 줄 독자를 만들어야 했다.

하루가 지나고, 이틀이 지나도 최신 회 조회 수, 선작 수에는 큰 차이가 없었다. 댓글도 거의 없었다. 사흘째 되는 날 저녁에서야 겨우 댓글이 하나 달려서 얼마나 가슴을 쓸어내렸는지 모른다. 댓글이 하나도 없으니 텅 빈 광장에 나 혼자 소리를 지르고 있는 느낌이었다. 댓글은 며칠에 하나씩 달렸다. 댓글 알람이 뜰 때마다 두근거리며 눌러 보곤 했다. 선작 수도 기껏해야 10~20 사이를 오고 갔다. 이미 대부분은 이해하지 못할 것이다. 하지만 이때 나는 선작 수가 하나 오르면 뿌듯한 마음에 고개를 끄덕였고, 하나가 떨어지면 금세 시무룩해져서 고개를 떨궜다. 워낙 선작 수가 적어서 하나, 둘 오르고 내리는 게 티가 팍팍 났다.

머리로는 잘 알고 있었다. 어차피 선작 수가 이렇게 낮은데, 조금 오르고 내린다고 달라질 게 전혀 없다는 것을. 어떤 계기로 크게 반등하지 않는 이상, 지금 숫자에 연연할 필요가 전혀 없다는 것을. 하지만 처음 시도하는 공모전이었고, 심지어 웹소설 자체에 처음 도전하던 터라 내 마음을 통제할 방법을 알 수 없었다. 나는 계속 조회 수와 선작 수를 체크하면서 개미지옥 속으로 빠져들었다.

그래도 꾸준히 글을 쓰고, 주 5일 연재 주기를 지키며 꼬박꼬박 새 글을 올렸다. 사실 총 3,000편이 넘는 작품이 공모전에 출품되었다고 하지만, 이중 대다수가 허수에 불과하다. 겨우 몇 회만 올리고 반응이 없어서, 혹은 뭘 어떻게 써야 할지 몰라서 연재를 중단하는 작품이 부지기수다. 공모전 기간 중 매일매일 새로운 작품이 등장하고, 또 그만큼 많은 작품이 연재를 중단한다. 별 반응도 없는 소설을 한 달 넘게 꾸준히 쓴다는 것은 생각보다 쉬운 일이 아니다.

내 소설에 독자의 눈길을 잡아끄는 폭발력은 없었지만, 그래도 나는 꾸준하게 쓸 수 있는 성실함은 갖추고 있었다. 상위권 리스트는 며칠 동안 아무런 변화가 없다가도 어느 날 보면 달라져 있었다. 《드라켄》은 여전히 100위권 밑에서 별다른 주목을 받지 못한 채 근근이 연재를 이어 가고 있었다.

그렇게 잠수함처럼 바다 깊숙이 처박힌 채 공모전이 다 끝나 갈 무렵, 나에게도 반등의 기회가 찾아왔다.

뜻밖의 동아줄

공모전 완주 끝에 찾아온 뜻밖의 행운

〰〰〰〰〰〰〰 용병대가 드라켄을 잡기 위해 출정을 나가고 주요 인물들이 교차하는 30회가 되었을 때쯤, 나는 습관처럼 문피아에 접속했다. 그리고《드라켄》조회 수와 선작 수를 확인하고 깜짝 놀랐다. 분명 30 안팎이던 선작 수가 갑자기 100이 넘은 것이다! 이게 무슨 일이지? 나는 얼떨떨한 마음으로 새로고침을 눌렀다. 그때마다 선작 수가 조금씩 조금씩 올라가고 있었다. 나는 올라가는 숫자를 보는 게 좋아서 몇 번이고 계속해서 새로고침을 눌렀다. 그리고 이렇게 계속 오르는 이유를 직감했다.

추천 글이 올라왔구나!

웹소설이 성공하려면 반드시 충족해야 하는 조건이 있다. 일단 작품의 존재가 사람들에게 가능한 한 널리 알려져야 한다. 이는 꼭 웹소설만의 조건은 아니다. 어떤 상품이든 시장에 나오면 소비자에게 그 상품이 있다는 사실을 알려야 한다. 소비자가 존재를 알아야 사든지 말든지 고민이라도 할 테니까. 그래서 수많은 기업이 마케팅과 홍보에 많은 비용을 기꺼이 투자한다.

그래서 웹소설도 연재 플랫폼마다 프로모션이 굉장히 중요하다. 이미 초대형 히트작을 냈던 기성 작가라면 신작이 나오는 즉시 독자가 기대를 안고 몰려들고, 출판사와 플랫폼이 알아서 프로모션을 잡아 준다. 그렇지만 나는 전작이라고는 없는 신인이고, 맨몸으로 공모전에 뛰어들었으니 프로모션을 받을 일도 전혀 없다. 어차피 문피아는 공모전 기간 동안 공모전 출품작의 프로모션 활동을 제한한다. 그러면 아무런 뒷배가 없는 신인의 작품은 어떻게 뜰까? 막연히 사람들이 많이 봐 주기만 바라야 할까?

다른 방법도 있다. 문피아에는 사람들이 잘 모르는 작품을 수면 위로 끌어올려 주는 추천 게시판이 존재한다. 추천 게시판의 파급력은 생각보다 강력하다. 2020년만 하더라도 《전생하고 보니 크툴루》나 《철수를 구하시오》처럼 기존 웹소설과 약간 결이 다르지만 센세이션한 작품들이 추천 글을 발판으로 크게 히트했다.

극단적인 예를 들자면 2020년 문피아 공모전에 나온 《메이지 슬레이어》는 30회가 넘을 동안 매회 조회 수가 20~30 정도에 불과했다. 그러다 추천 글을 받고, 이런저런 커뮤니티에서 얘기가 돌더니 순식간에 선작 수가 수천으로 뛰고, 1회 조회 수가 1만을 넘을 만큼 날아올랐다. 작가는 추천 글이 올라오기 불과 몇 시간 전까지도 글을 접을까 말까 고민했다고 한다. 문피아 추천 게시판은 아무것도 없는 신인에게 아주 유용한 발판이다.

이러다 보니 문피아 독자들은 추천 게시판에 상당히 민감하다. 만약 순수한 독자가 아니고 작가 본인이나 지인이 모르는 사람인 척 추천 글을 올리면 귀신같이 알아내고 댓글로 지적한다. 유명한 글이 올라오면 볼 사람 다 봤는데 왜 추천하느냐고 짜증을 내기도 하고, 자기가 봤을 때 별로인 작품이 올라오면 반박 댓글을 달기도 한다. 그래서 추천 글이 올라왔는데 댓글로 논쟁이 붙어서 오히려 작품 이미지에 해가 되는 경우도 간혹 생긴다. 그래도 독자에게 추천 글을 받는 것은 무조건 좋은 일이다.

그리고 내 예상대로 《드라켄》이 추천 게시판에 올라왔

다. 추천 글을 쓴 독자는 〈왕좌의 게임〉에서 라니스터 군대가 드래곤과 싸우는 장면을 언급하며 《드라켄》을 읽어 보라고 권했다. 깜깜한 밤, 아무런 불빛도 없이 어둠 속을 나 홀로 더듬거리며 걷고 있는데 저 멀리 등대에 불이 들어온 것 같았다. 조회 수는 한참 바닥이고, 순위는 잠수함으로 심해 탐험을 하는 중이고, 댓글도 며칠에 하나씩 띄엄띄엄 달리는 상황. 조회 수가 찍히기는 하지만 정말 내 글을 읽는 사람이 있기는 한 걸까, 의심 속에서 책 한 권이 넘는 분량을 쓰고 있을 때였다.

그런데 내 글을 읽어 주는 독자가 있고, 심지어 위험(?)을 무릅쓰고 다른 사람에게 추천하는 글까지 써 주다니. 나는 선작 수와 조회 수가 올라가는 것이 신기해서 한 시간가량을 계속 새로고침하며 올라가는 숫자를 구경했다. 감사하게도 그 독자는 문피아 외에 다른 웹소설 커뮤니티에도 《드라켄》 추천 글을 올려 주었다. 덕분에 나는 계속 글을 쓸 수 있는 큰 용기를 얻었다.

하지만 추천 글이 《드라켄》의 히트로 이어진 것은 아니다. 당연한 일이다. 세상에 알려질 기회를 얻는다고 해서 모두 유명세를 얻지는 못한다. 추천 글을 받았다는 건 세상의 빛을 볼 수 있는 최소한의 기회를 얻은 것뿐이다. 히트작이 되려면 작품이 많은 사람들의 사랑을 받을 만큼 재미있어야 하고, 동시에 그 사랑을 견뎌 낼 만큼 작품도, 그리고 작가도 탄탄해야 한다.

첫 도전에 공모전에서 수상할 것이라는 생각은 없었다. 문피아 공모전의 장점이자 단점은 예심 결과를 따로 발표하지 않지만 대충 짐작할 수 있다는 것이다. 본선 심사 대상에 오르려면 적어도 공모전 순위 20~30위권에는 있어야 한다.

웹소설은 조회 수가 왕이다. 공모전 순위도 철저히 조회 수에 따라 정해진다. 그러니 공모전 기간이 끝나고 조회 수를 보면 자기 작품이 어느 정도 위치인지 확연히 알 수 있다. 작품성이 좋니, 문체가 참신하니, 주제가 돋보이니, 인물이 입체적이니 같은, 보는 사람마다 다르게 평가할 수 있는 모호한 기준 따위는 없다. 조회 수가 달리면 예심을 통과하지 못한다. 그것이 전부다. 웹소설은 숫자를 좋아한다. 잔인하다 싶을 수도 있지만 그것이 웹소설의 속성이다. 만약 당신이 이를 도저히 인정하지 못하겠다면 웹소설에는 아예 발을 들이지 않는 것을 추천한다. 기존 문학의 틀을 웹소설에 들이대면 아무것도 들어맞지 않는다.

《드라켄》은 100위 안에도 들지 못하는 성적이니 공모전 수상은 아무런 미련 없이 깨끗하게 접었다. 그나마 추천 글을 받고 독자도 조금 늘었으니, 진지하고 성실하게 쓰던 작품이 최소한의 인정을 받은 것으로 위안을 삼았다. 애당초 첫 도전에 수상할 것이라는 기대는 없었다. 처음 내 목표는 공모전 완주였다. 40일 동안 주 5일 연재를 해내는 것. 공모전에는 수천 개의 작품이 등록되지만 최소 여건인 30회 이상을 만족하는 작품은 생각보다 많지 않다.

다음 목표는 작품을 무사히 완결하는 것이었다. 첫 작품인 만큼 70~80회 정도에서 깨끗하게 완결을 내기로 마음먹었다. 종이책으로 치면 3권 정도의 분량이지만, 웹소설로 치면 단편이나 다름없다. 그렇다고 돈이 되지 않는 무료 소설을 100회 이상 쓸 엄두도 나지 않았다. 연재 중단(줄여서 연중)은 고려하지 않았다. 웹소설에, 장편 소설에 첫 도전한 작품인 만큼 나름대로 애정이 있었고, 여기서 그만두면 죽도 밥도 안 될 것 같았다. 그래서 다짐했다. 이대로 너무 길어지지 않게 마무리만 잘하자. 좋은 경험이었고, 짧지만 완결까지 간 경험으로 다음 작품은 제대로 준비해서 더 웹소설에 맞게 써 보자.

문피아 공모전이 끝나고 다음 날로 넘어가는 새벽, D 출판사로부터《드라켄》을 출간하고 싶다는 연락을 받았다.

《드라켄》 완결

첫 계약과 첫 완결

〰〰〰〰〰〰〰 문피아에서는 출판사가 작가에게 연락할 때 주로 쪽지(SNS의 DM과 비슷함)를 보냈다. 지금은 '계약제안'이라는 게시판이 따로 존재한다. 나는 출판사로부터 생애 처음 받은 쪽지를 찬찬히 읽어 보았다. D 출판사는《드라켄》이 요즘 보기 드문 정통 판타지에, 인물들이 살아 있고, 드래곤 사냥 장면 묘사가 좋았다면서 웹소설 트렌드와 맞지는 않지만 출간하고 싶다고 했다. D 출판사는 남성향 판타지, 무협은 물론 여성향 로맨스, 로맨스 판타지도 출간하고 있었다. 또한 e북뿐만 아니라 종이책도 출간하고 있다고 말했다.

나는 좀 의아했다. 웹소설은 처음부터 인터넷에 기반을

두고 있고, 종이책으로 나오는 작품은 아주 인기 있는 소수의 작품에 불과했으니까. 그런데 종이책을 출간한다니? 알고 보니 D 출판사는 명맥이 거의 끊어졌지만 아직 완전히 사라진 것은 아닌 도서 대여점에 소설을 공급하고 있었다. 그리고 만약 종이책 출간을 원한다면 최소한 5권 분량은 써야 한다고 알려 주었다.

3권 정도 분량으로 끝내려고 했던 나는 고민했다. 비록 웹소설에 경험은 없었지만 지금 조회 수에서 유료화에 들어가면 거의 팔리지 않을 거라는 것쯤은 알고 있었다. 그런데 종이책이 나오면 많지는 않아도 종이책 인세를 받을 수 있었다. 게다가 완결을 보겠다고 다짐한 이상, 출간 제의를 받았는데 망설일 이유는 없었다.

다만 내가 과연 《드라켄》을 5권 분량까지 제대로 끌고 가서 적절하게 마무리할 수 있을지 확신이 없었다. 대략적인 엔딩은 마음속에 그려 두었지만 겨우 35회까지 연재한 상태에서 최소 125회 엔딩은 너무나 멀고 까마득해 보였다. 하지만 웹소설을 계속 쓴다면 언제가 되었든 100회 이상 연재는 반드시 마주해야 할 벽이었다. 종이책으로 최소한의 인세는 보장받을 수 있으니 공모전 첫 도전에서 출간을 한다면 그것만으로도 의미가 있겠다 생각했다.

그래서 나는 D 출판사와 《드라켄》 출간 계약을 맺었다. 계약 조건은 무난했다. 상업적으로 성공할 가능성이 거의 없는 작품이었고, 내가 받은 유일한 제안이라 조건은 크게 따지지 않았다. 출판사 사람과 만난 적은 한 번도 없다. 주로 문자나 이메일로 커뮤니케이션했고, 계약서도 우편으로 주고받았다. 그게 편했다. 매일매일 소설을 써야 하는 판에, 누굴 만나러 왔다 갔다 하는 일은 시간 낭비였다.

막상 계약을 마치자 막막함이 밀려왔다. 이제 진짜 무슨 일이 있어도 《드라켄》을 5권 분량으로 완결해야 했다. 처음 시작부터 함께 준비했다면 모를까, 이미 상당히 이야기가 진행된 소설을 뒤늦게 편집자와 논의하며 쓸 수는 없었다. 내가 이 소설을 쓰며 만든 인물과 세계를 단시간에 편집자에게 완전히 이해시키기란 불가능하니까. 나는 처음부터 함께했던 후배에게 계속 피드백을 받으며 소설을 썼다.

목표는 오직 《드라켄》을 완성도 있게 마무리하는 것이었다. 나는 주 5일 연재하던 것도 주 4일로 연재 주기를 조정했다. 이전에도 그랬지만 이때부터 《드라켄》을 사실상 웹소설로 생각하지 않았다. 이제는 진짜 종이책을 내기 위해 인터넷에 사전 연재하는 것이 되어 버렸다. 그렇지 않으면 이렇게 쉽게 연재 주기를 조정하지는 못했을 것이다. 만약 평범하게 유료화를 진행한 소설이라면, 연재 주기를 주 5일에서 주 4일로 바꿀 때 상당한 매출 감소를 각오해야 한다.

그런 압박이 없었던 나는 심지어 작품에서 가장 중요한 장면인 용병대가 드라켄과 싸우기 직전, 전투를 제대로 쓰기 위해 2주간 휴재를 단행했다. 연재 주기 조정도 좋지 않지만, 지각 연재나 휴재는 더 나쁘다. 한 번 연재 주기와 시간을 정했으면 웬만하면 반드시 지켜야 한다. 사정이 생겨 늦어지면 사전 공지가 필요하다. 만약 휴재가 길어지면 그사이 독자는 우르르 빠져나가 버린다. 나는 이때 오직 소설의 퀄리티만 생각했기에 망설임 없이 2주간 휴재를 결정했다. 그리고 2주 동안 드라켄과의 전투 장면을 이리저리 바꿔 가면서 소설을 다듬고 또 다듬었다.

처음에는 2주면 충분할 거라 생각했다. 하지만 정작 휴재를 하고 보니 꿀 같은 2주는 정말 순식간에 지나갔다. 당시 나는 조회 수에 거의 신경 쓰지 않고 있었음에도 정해진 시간마다 하루하루 글을 올리고 결과를 확인하는 일에 상당한 압박을 받고 있었다. 2주 동안 업로드에 대한 압박 없이 글을 쓰는 것만으로도 홀가분한 느낌이었다. 그렇게 무려 12회에 걸친 드라켄과의 혈투 장면을 마무리하고, 2주 후 다시 연재를 시작했다. 2주나 휴재를 했기에 연재 주기도 다시 주

5일로 조정했다.

그리고 8월 말, 문피아에서 《드라켄》을 유료화했다. 유료화 전까지는 연재 분량을 전부 무료로 볼 수 있었다. 유료화 이후에는 26회부터 편당 100원씩 돈을 내야 볼 수 있었다. 유료화 성적이 처참할 것이라는 걸 이미 알고 있었기에 전혀 기대하지 않았다. 첫 유료화의 설렘 같은 건 없었다. 유료화 첫날이 왔다. 문피아는 작품의 회당 조회 수와 구매 수를 투명하게 공개하는 만큼, 작가가 매출을 실시간으로 확인할 수 있다. 첫날 《드라켄》을 돈 내고 본 사람은 두 명이었다.

매출액 200원.

4월부터 5개월이 넘게 소설을 썼지만 내 손에 쥐어진 건 달랑 100원짜리 동전 2개뿐이었다. 그나마도 문피아와 D 출판사와 나눠야 한다. 솔직히 나눠 가지기도 민망한 금액이었다. 예상한 일이었지만 막상 200원이 찍힌 매출을 보니 썩 기분이 좋지 않았다. 이후에도 상황은 전혀 나아지지 않았다. 새로운 회차가 올라와도 구매 수는 고작해야 2~3 정도였다. 돈을 내고 내 소설의 최신 회를 읽는 사람이 3명 정도라는 의미였다. 《드라켄》을 완결할 때까지 문피아에서 낸 매출액은 5만 원이 채 되지 않았다.

아무도 읽지 않는 소설을 쓰는 것은 괴로운 일이다. 사실 누가

읽든 읽지 않든 소설 쓰기는 힘들고 괴롭다. 그런데 돈도 되지 않으니 더욱 괴로울 수밖에. 똑같이 괴로울 거라면 돈을 많이 벌면서 괴로운 편이 훨씬 낫다. 나중에 《NBA 만렙 가드》를 쓸 때야 알았지만, 사실 《드라켄》을 쓸 때 나는 나름대로 속 편한 상황이었다. 매회 구매 수에 전전긍긍하며 이번에는 독자가 몇 명이나 떨어져 나갔는지, 독자들 반응은 어떤지 살필 필요가 없었기 때문이다. 그만큼 《드라켄》은 일반적인 웹소설 연재가 전혀 아니었다.

어쨌든 그렇게 130회를 쓰는 동안 표지도 정하고, 종이책 편집본도 수정하면서 매일매일을 바쁘게 보냈다. 표지는 몇 가지 시안을 받았지만 별로 마음에 드는 것이 없었다. 그래서 직접 인터넷을 뒤져 중세 시대 악명을 날렸던 란츠크네히트(Landsknecht) 용병대 삽화를 찾아 표지로 사용했다.

처음 계약했을 때는 과연 5권 분량을 쓸 수 있을까 걱정이었는데, 마무리가 가까워질수록 5권 안에 마칠 수 있을까로 고민이 바뀌었다. 이야기를 전개하다 보니 쓸수록 내용이 조금씩 길어졌다. 자칫 애매하게 길어지면 6권까지 써야 할 수도 있는데, 그러면 또 한 권 분량을 채우기 위해 새로운 이야기를 짜야 한다. 예상했던 분량 안에 스토리를 적절히 녹이는 것도 쉬운 일이 아니었다.

결국 예정했던 125회보다 5회 길어진 130회로《드라켄》을 끝냈다. 5권 분량이 약간 길어지긴 했지만 큰 문제는 아니었다. 2018년 4월 9일 프롤로그를 올리며 시작했고, 11월 9일 에필로그를 올리며 끝냈다. 공모전이 시작하기 한 달 전부터 준비했으니 사실상 2018년을《드라켄》하나를 쓰는 데 완전히 바친 셈이다.

공모전에 처음 도전할 때만 해도 이렇게 길어질 줄은 몰랐다. 완결을 해도 100회를 넘길 줄은 몰랐고, 중간에 연재 주기를 조정하고 휴재까지 하느라 기간이 더 길어졌다. 반면 쏟은 노력에 비해《드라켄》으로 얻은 경제적인 수익은 정말 미미했다. 그래도 내 힘으로 한 편의 장편 소설을 깔끔하게 마무리했다는 사실이 뿌듯했다. 첫 계약도 했고, 어쨌든 유료화에 출간까지 했으니 첫 시도치고는 나쁘지 않았다고 자위했다. 첫 소설을 완결 짓자 이제는 무슨 소설이든 쓸 수 있겠다는 자신감이 마구 솟아났다. 우려했던 100회도 넘겼고, 웹소설에 대해 조금만 더 공부하면 충분히 성공할 것 같았다.

그러나 그 자신감이 오히려 독이었다.

인간은 같은 실수를 반복한다

웹소설로 망하는 가장 쉬운 방법

▚▚▚▚▚▚▚▚▚ 돌이켜 보면 나는 시작부터 단추를 잘 못 끼웠다. 웹소설에 도전했으면서 웹소설과 전혀 다른 방식으로 소설을 썼다. 그러면서 소설을 출간할 만큼 완성도도 인정받고, 또 무사히 완결까지 내자 얼마든지 웹소설을 쓸 수 있겠다고 착각했다. 《드라켄》을 출간할 수 있었던 것은 D 출판사가 여전히 도서 대여점에 책을 공급하기 때문이었다. D 출판사는 이후에도 《드라켄》처럼 웹소설답지 않은 정통 판타지 소설을 꾸준히 출간했다.

쓰는 동안 나 역시 종이책을 더 염두에 두었고, 당연히 유료 연재에 따른 압박과 같은, 웹소설 연재에 있어 필수적인 경험을 하지 못했다. 130회가 이어지는 동안 매일 성실하게 글을 쓰는 습관을 들였고, 100회가 넘는 장편을 마무리했다는 경험 정도가 그나마 성과라 할 만했다. 그런데 사실 웹소설에 맞는 문법과 인물, 스토리텔링으로 이야기를 완성한 것도 아니었기 때문에 큰 의미는 없었다. 오히려 진짜 웹소설이 무엇인지도 모른 채, 할 수 있다는 쓸데없는 자신감만 붙어서 2019년을 온통 방황 속에서 보내고 말았다.

당시 나는 1년 가까이 《드라켄》 하나만 붙들고 있어서 힘들기도 했고, 무엇보다 너무 지겨웠다. 소설을 쓸 때 좀 더 집중해 시간을 절약하면 웹소설을 쓰면서 다른 일도 할 수 있을 것만 같았다. 하루에 네 시간에서 여섯 시간 정도는 웹소설을 쓰고, 나머지 시간에는 다른 일을 해 보면 어떨까 싶었다. 얼마나 얼토당토않은 자신감이었는지. 정말 무슨 생각이었는지 모르겠다. 본업으로 삼겠다는 웹소설조차 제대로 성공하지 못한 상태였으면서.

그렇게 2019년 초, 딴짓을 시작했다가 몇 달도 유지하지 못하고 접었다. 사이드잡이 생각만큼 잘되지도 않았고, 이제 두 가지 일을 동시에 한다는 게 불가능하다는 걸 깨달았기 때문이다. 나는 직장을 다니면서 밤새 책을 읽고, 글을 쓰던 에너지 넘치는 30대가 아니었다.

곧바로 다음 작품 구상에 들어갔다. 장르는 계속해서 판타지를 쓸 생각이었다. 중세 판타지는 한 번 썼으니, 이번에는 현대 한국에 어울리는 판타지를 써 보기로 했다. 가장 손쉬운 선택은 헌터물(레이드물)이라는 생각이 들었다. 문피아에서 가장 흔하고 인기 있는 장르이기도 했고, 재벌물이나 스포츠물은 어쩐지 별로 내키지 않았다. 잘 알지도 못하니 쓸거리도 없다고 생각했다. 1년 후에 농구 소설인 《NBA 만렙 가드》를 썼으니 정말 큰 착각이었다.

프롤로그에서 잠깐 헌터물 얘기를 했는데, 헌터물은 갑자기 괴물이 나타난 세상에서 평범했던 주인공이 헌터로 각성해 괴물들을 물리치고 세상의 정점에 올라서는 이야기를 담고 있다. 하지만 2019년의 나는 《드라켄》을 쓸 때와 똑같은 실수를 저질렀다. 인간이란 얼마나 어리석고 같은 실수를 반복하는 존재란 말인가.

나는 헌터물이 무엇인지 제대로 파악하지도 않고, 다른 헌터물의 앞부분 무료 회차만 대충 훑고는 《던전 키드》라는 소설을 쓰기 시작했다. 줄거리는 헌터라 불리는 특수 부대원 헥터가 괴물의 등장과 함께 사라진 아버지를 찾기 위해 괴물이 출몰하는 던전으로 들어가고, 거기서 특수 부대도 쩔쩔매는 괴물을 맨손으로 때려잡는 신인류 '던전 키드'를 만난다는 내용이었다.

헌터물을 한 편이라도 읽어 봤다면 《던전 키드》가 헌터물로서 얼마나 '허황된' 소설인지 줄거리만 보고도 파악할 것이다. 웹소설의 핵심은 주인공이 소설 속 세계의 정점으로 올라가는 과정을 보여 주는 것이다. 독자는 주인공에게 감정을 이입하며 이야기를 따라간다. 그러면서 마치 자신이 세상의 주인이 된 것 같은 쾌감을 느낀다. 그리고 이 쾌감을 계속 느끼고 싶어서 연재를 따라간다. 성공한 웹소설은 대부분 이 원칙을 따른다.

게다가 '헌터물'이라면 당연히 헌터가 주인공이어야 한다. 인간의 범주를 벗어나 초인으로 각성한 헌터 말이다. 그런데 《던전 키드》의 주인공은 똑똑하고, 신체 능력도 뛰어나긴 하지만 어디까지나 평범한 인간일 뿐인 헥터였다. 불리기는 헌터라고 불리지만 웹소설 독자가 '헌터'라고 알고 있는 종류의 헌터가 아니었다. 《던전 키드》는 그냥 이름만 헌터물일 뿐, 사실상 헌터물이 전혀 아니었던 셈이다.

문제는 여기서 끝이 아니었다. 웹소설은 1회가 아주 중요하다. 연재물 특성상 어떤 작품이든 무조건 1회의 조회 수가 가장 높다. 장르, 독자 성향, 플랫폼을 따지지 않는다. 제목에 흥미가 생겨 찾아온 독자는 먼저 1회를 보고 앞으로 이 소설을 읽을지 말지 결정한다. 따라서 1회에서 그 작품의 장르가 무엇인지, 앞으로 어떤 이야기가 전개될 것인지 확실하게 보여 주는 것이 좋다.

그렇다면 제목이 《던전 키드》인 만큼, 1회에 '키드'가 등장해야 한다. 직접적으로 등장하지 않는다면 최소한 언급이라도 되어야 한다. 1회가 어려우면 최소 3회 안에 독자가 충분히 느낄 수 있도록 존재를 드러내야 한다. 그래야 '던전 키드'에 대한 궁금증과 기대감을 품고 작품을 계속 읽을 테니까. 그런데 《던전 키드》는 무려 25회까지 연재할 동안 '던전 키드'가 등장하지 않았다. 그저 주인공 헥터가 이끄는 특수 부대원들이 던전 속에서 괴물들과 싸우는 장면만 이어질 뿐이었다. 열심히 쓴다고 썼지만 25회 동안 독자가 기대하는 이야기는 단 한 줄도 쓰지 않은 것이다.

《드라켄》은 보기 드문 정통 판타지를 지향했던 탓에 그래도 추천 글이라도 한 번 받았다. 하지만 《던전 키드》는 새롭게 올라오는 최신 회차의 24시간 조회 수가 《드라켄》보다도 적었다. 아무도 찾지 않는 심해에만 있었다.

지금까지 그저 '조회 수'로만 언급했는데, 웹소설에서 조회 수는 좀 더 세밀하게 살펴볼 필요가 있다. 웹소설의 성적을 알려 주는 여러 가지 지표 중 가장 중요한 것은 최신 회차의 24시간 조회 수다. 문피아는 이 최신 회차 24시간 조회 수를 기반으로 '투데이 베스트(줄여서 투베)' 랭킹을 공개한다.

문피아에 접속하면 제일 먼저 보이는 무료 웹소설 랭킹이 바로 '투베'다. 문피아는 그날그날 업로드되는 무료 연재 작품의 최신 회차 중에서 가장 높은 조회 수를 기록하는 작품을 한 시간 단위로 집계해 순위를 매긴다. 당시 투베에 들기 위해서는 평일 기준으로 최신 회차 24시간 조회 수가 보통 300~400은 되어야 했다. 이를 투베컷이라 부르는데, 투베컷은 이후에 계속 상승했다.

문피아에 연재하면서 히트작을 내려면 무조건 투베에 들어야 한다. 예외는 없다. 사실 문피아 연재는 투베에 들면서부터가 진짜 시작이다. 한 번 투베에 들었다고 끝이 아니다. 연재하면서 투베 랭킹을 계속 올려야 하고(즉 최신 회 24시간 조회 수가 계속 증가해야 하고), 1회에서 최신 회까지 독자가 얼마나 따라오는지 주의 깊게 살펴야 한다. 그러면서 이 작품의 유료화 가능성을 판단한다.

20~30회 이상 연재했는데도 투베에 들지 못했다면 사실상 사망 선고를 받은 것이나 다름없다. 그저 취미로 무료 연재를 하는 것이라면 모를까, 유료화를 노린다면 성공할 가능성은 거의 없다. 《던전 키드》는 투베 커트라인에서도 1/10

수준의 아주 낮은 조회 수를 기록했기 때문에 전혀 미래가 보이지 않았다.《던전 키드》를 50회 정도로 빠르게 마무리할까 생각도 해 봤지만,《드라켄》을 쓸 때하고는 상황이 전혀 달랐다.

나는 하루빨리 웹소설로 돈을 벌어야 했다. 결국 연재 중단 공지를 올렸다. 나의 첫 연중이었다.

두 번째 연중

어설프게 알면 더 위험하다

〰〰〰〰〰〰〰 첫 연중에 실망해 좌절하고 있을 틈이 없었다. 당시 나는 모아 놓은 돈을 거의 까먹어 대출까지 받은 터라 여유가 없었다. 다음 작품은 반드시 성공해야 한다고 이를 악물었다. 이번에는 정말, 진짜, 리얼리, 찐으로 내 자의식과 욕심을 죽이고 웹소설답게 쓰자고 결심했다. 오십보백보였지만 그래도 《드라켄》, 《던전 키드》를 쓸 때는 몰랐던 웹소설의 법칙 두 가지를 깨달았다.

하나. 주인공이 중요하다.

둘. 주인공이 많이 가질수록 좋다. 아니, 그냥 몽땅 가져라.

소설에서 주인공이 중요하다는 것은 너무나 당연한 이야

기다. 하지만 중요하다는 것은 여러 가지 의미를 가진다. 독자라면 누구나 스토리 속의 인물, 특히 주인공에게 감정을 이입한다. 주인공의 감정에 깊이 공감할수록 독자는 이야기에 더욱 몰입하게 된다.

그런데 웹소설의 주인공과 내가 지금까지 보았던 소설, 영화, 만화 속의 주인공은 서로 다른 길을 간다. 지금까지 알고 있던 주인공은 시련과 역경을 마주하고, 답이 없는 딜레마 속에서 헤매다가 클라이맥스쯤 마침내 자기만의 해답을 찾고 성장하는 존재였다. 하지만 웹소설의 주인공은 다르다. 아니 달라야 한다. 웹소설은 주인공이 이미 시련, 역경, 딜레마, 고민, 고통 등을 모두 겪고 자기만의 해답을 찾은 상태에서 이야기를 시작한다.

소설, 영화, 만화를 통해 배운 스토리의 핵심은 주인공이 시련 속에서 자신을 단련하고 새롭게 태어나는 그 과정이었다. 반면 웹소설은 모든 과정을 속성으로 끝마친 주인공이 깨달음이든, 재력이든, 초능력이든 새로운 힘을 바탕으로 원하던 것을 손에 넣는 과정을 보여 줘야 한다. 이것이 일일 연재라는 웹소설 시스템과 독자가 바라는 대리 만족이 결합하여 생겨난 웹소설에 특화된 스토리텔링이고, 주인공이 보여 줘야 할 모습이다.

2019년 당시 나는 주인공이 어쨌든 매우 중요하다는 것만 어렴풋이 알았을 뿐, 어떻게 달라야 하고, 왜 달라야 하는지는 깨닫지 못했다. 이미 시련과 고난을 겪을 만큼 겪고 등장하는 주인공이기 때문에, 세계관 최강자로 승승장구하는 이야기가 나와야 한다. 당연히 주인공은 이야기 속에서 좋은 것은 모두 쓸어 담는 특별한 존재가 되어야 한다.

왜 그런지 속내는 완전히 파악하지 못했지만 그래도 껍데기는 흉내 낼 정도로 냄새를 맡은 나는 새로운 소설을 구상했다. 이번에는 게임 회사에서 QA(Quality Assurance, 주로 버그를 찾는 직무) 일을 하는 주인공이 버그투성이인 아포칼립스 게임으로 들어가서 버그를 이용해 남들보다 빠르게 성장한다는 내용이었다. 어떤가? 줄거리만 들어도 《던전 키드》에 비해 훨씬 웹소설에 어울린다는 느낌이 들지 않은가?

제목은 《나만 아는 버그》로 정했다. 《드라켄》, 《던전 키드》에 비해 훨씬 직접적이고, 내용을 짐작할 수 있는 제목이다. 내 마음에 쏙 드는 제목은 아니었다. 솔직히 폼이 나지 않는다고 생각했다. 하지만 웹소설에 맞춰 확실히 변해야 했기에 《나만 아는 버그》로 결정했다.

《던전 키드》 연재를 중단하고 한 달 후, 2019년 7월 말 《나만 아는 버그》를 문피아에 연재하기 시작했다. 이제 최신 회 24시간 조회 수가 중요하다는 것을 깨달은 나는 엑셀 시트를 만들어 《나만 아는 버그》의 회당 24시간 조회 수를 매일매일 기록하기 시작했다. 월화수목금 주 5일 저녁 9시에 최신 회를 업데이트하면서 지난 24시간 동안의 조회 수를 적었다.

스포츠가 경기 결과와 선수 스탯을 기록하듯이, 웹소설도 회당 조회 수를 매일매일 기록하면 좋다. 그러면 독자가 늘고 있는지, 정체하거나 줄고 있다면 어느 부분이 문제인지 등을 추측이 아니라 데이터에 근거해 확인할 수 있다. 만약 당신이 앞으로 웹소설을 쓸 계획이 있거나, 아니면 지금 쓰고 있다면 반드시 24시간 단위로 조회 수를 기록하기를 권한다.

《나만 아는 버그》는 확실히 《던전 키드》보다는 반응이 좋았다. 선작 수도 꾸준히 증가했고, 전체 조회 수도 꾸준히 늘어났다. 《던전 키드》 때는 출판사로부터 아무런 컨택 쪽지도 받지 못했는데, 《나만 아는 버그》는 겨우 5회를 올렸는데 M 콘텐츠 사업부로부터 출간 제의 쪽지를 받았다. 《나만 아는 버그》의 도입부와 깔끔한 문체, 버그를 어떻게 활용할 것인지 등이 기대가 된다며 작품을 함께 만들어 가자는 제안이었다. 나는 한껏 기대에 부풀었다. 고작 5회 만에 컨택 쪽지를 받다니! 기나긴 터널을 지나고 드디어 나도 웹소설에 눈을 뜨기 시작했다고 생각했다.

그러나 안타깝게도 또다시 착각일 뿐이었다. 웹소설은 절대 녹록하지 않았다. 나는 《나만 아는 버그》가 초반 기세를 타고 올라갈 거라 기대했다. 처음으로 투베에도 들고, 유료화까지 무난히 이어질 거라 생각했다. 어떻게 150~200회까지 끌고 갈까 고민했다. 헛된 고민이었다. 문제는 인제나 그렇듯 24시간 조회 수였다. 부끄럽지만 그때의 기록을 꺼내 보겠다. 아래는 《나만 아는 버그》 연재 당시 최신 회 24시간 조회 수다.

29 - 38 - 29 - 26 - 22 - 23 - 14 - 14 - 10 - 15 - 11 - 11 - 11 - 7 - 12 - 10 - 13 - 13 - 7 - 9 - 10

보다시피 《나만 아는 버그》의 최신 회 24시간 조회 수는 연재를 이어갈수록 오히려 점점 떨어졌다. 하루하루 지날수록 선작 수는 꾸준히 늘었고, 전체 누적 조회 수도 세 자리씩 늘었다. 하지만 정작 가장 중요한 최신 회 24시간 조회 수는 뚝뚝 떨어지고 있었다. 이것은 웹소설 작가가 가장 경계해야 할, 심각한 위기 상황이다. 이는 제목과 초반 몇 회를 보고 독자가 조금 모이기 시작했지만, 매일매일 내 소설이 올라오길 기다리며 꾸준히 따라오는 독자가 없다는 뜻이다.

지금 쓰고 있는 작품의 성적이 어떤지 한눈에 알려 주는 것이 바로 최신 회 24시간 조회 수다. 만약 당신이 쓰는 웹소설이 아직 무료인데, 최신 회 조회 수가 계속 올라가고 있다면 당신은 일단 소설을 제대로 쓰고 있는 것이다. 소설 내용은 단 한 글자도 읽지 않아도 알 수 있다. 설령 아직 투베에 들지 못했더라도 최신 회 24시간 조회 수가 계속 오르고 있다면 충분히 희망이 있다. 그러다 투베 끝자락에라도 오르면 그때부터 진짜 승부가 시작되는 것이다.

하지만 《나만 아는 버그》는 그러지 못했다. 최신 회 조회 수가 성장하기는커녕 조금씩 줄어들다 급기야 한 자리까지 내려갔다. 《나만 아는 버그》는 스토리가 전개될수록 흥미를 더해 가는 것이 아니라 오히려 독자들의 기대감과 호기심을 깎아 먹고 있었다. 솔직히 충격이 컸다. 《던전 키드》까지는 그럴 수 있다 생각했다. 그때까지도 웹소설을 쓴다기보다는 그저 웹소설 플랫폼을 이용해 내 소설을 쓴다는 느낌이었으니까. 하지만 《나만 아는 버그》는 제목부터 주인공, 설정, 이야기까지 웹소설에 맞췄다고 생각했는데도 반응이 없으니 막막했다.

계속 써야 하나, 아니면 연재를 중단해야 하나, 연중하면 다음에는 뭘 하나, 여기서 연중하고 다른 걸 쓰면 잘된다는 보장이 있을까. 고민이 꼬리에 꼬리를 물었다. 대박까지는 아니라도 적어도 생활비는 벌 수 있기를 바라며 웹소설에 뛰어든 지도 어느새 1년 6개월이 넘어가고 있었다. 첫 소설 《드라켄》의 출간과 완결의 기쁨은 잠시뿐, 나는 여전히 웹소설이 뭔지 모르고 헤매는 이름 없는 작가에 불과했다.

그래도 나에겐 마지막 카드가 남아 있었다. 뭘 어떻게 해야 할지 모르는 상태에서 일단 컨텍 쪽지를 보낸 편집자를 만나 보기로 했다. 쪽지를 받을 때만 해도 자신감에 차 있었는데, 몇 주 사이 자신감은 소설과 함께 산산조각이 나 버렸다. 나에게는 좀 이상하고 쓸데없는 고집이 있다. 무엇이든 시작하면 일단 남의 도움 없이 끝까지 내 손으로 해내고 싶어 한다. 웹소설도 그렇게 하고 싶었다. 오직 내 노력으로. 처음부터 끝까지.

하지만 여러 시도 끝에 내 힘만으로는 불가능하다는 것을 인정해야 했다. 《나만 아는 버그》는 도저히 소생 불가였다. 편집자는 미팅 자리에서 소설의 주요 설정만 놔두고 이야기를 다시 써도 좋고, 아니면 자기와 함께 아예 다른 소설을 써도 괜찮다고 했다. 나는 웹소설 전문 편집자의 도움이 필요하다는 사실을 받아들이고 M사와 계약했다. 내게 쪽지를 보내고, 이미 망한 소설을 보고도 계약하자고 손을 내밀어 준 M사의 편집자가 바로 프롤로그에서 나에게 전화를 걸었던 그 편집자다.

이제 나는 진짜 웹소설 전문가와 함께 새로운 소설을 기획하기 시작했다. 그리고 진짜 웹소설이 뭔지 온몸으로 체험했다. 지금까지는 서론에 불과했다. 내가 혼자 할 때보다 몇 배, 아니 몇십 배는 힘들고 혹독한 웹소설 적응 과정이 기다리고 있었다.

무한 회귀 루프

N차 수정의 늪

~~~~~~~~~~~~ 계약 후 《나만 아는 버그》를 리메이크해 보려고 처음부터 스토리를 다시 짜기 시작했다. 보통 '리메이크'라고 하면 오리지널 콘텐츠를 만든 원작자가 아닌 다른 사람이 원작자의 허가를 얻어 새로운 방식으로 작품을 재창작하는 것을 말한다. 그런데 웹소설에서는 특이하게 창작자가 자기가 쓰던 소설을 다시 고쳐 쓰는 것을 가리킨다.

왜 용어가 그렇게 쓰이는지는 모르겠다. 아무튼 웹소설계에는 '작가들이 리메이크병에 걸린다'라는 말이 있을 정도로 리메이크가 흔히 일어난다. 리메이크 이유는 다양하다. 설정과 시작은 괜찮았는데 전개 도중 이야기 흐름이 꼬여서 독자가 떨어져 나갔다거나, 설정상 치명적인 실수를 발견했다거나, 예상과 달리 주요 캐릭터가 독자에게 비호감으로 찍혀 욕만 먹는다거나 등등. 대부분 초반 반응은 괜찮았는데 유료화를 할 만큼 독자가 늘지 않을 때 리메이크를 한다.

나는 나름대로 《나만 아는 버그》의 문제점을 진단했다. 일단 초반부에 나오는 보조 캐릭터 수영이가 문제였다. 수영이는 플레이스테이션 게임인 〈더 라스트 오브 어스〉의 주인공 엘리가 너무나 마음에 들어 비슷한 느낌의 캐릭터를 구현해 보려고 넣은 NPC(Non-Player Character, 플레이어가 조종할 수 없는 게임 캐릭터)였다. 소설에서 주인공은 중학생 정도 되는 수영이를 안전한 곳으로 데려다주어야 한다. 그런데 수영이로 인해 강제로 전개되는 이야기가 많았다. 이는 수영이라는 캐릭터가 좋고 나쁘고를 떠나서 주인공이 중요하고, 주인공이 이야기를 주도해야 하는 웹소설의 원칙에는 맞지 않는 방식이었다. 그래서 나는 주인공에 초점을 맞춰서 스토리를 다시 짰다.

새로 짠 내용은 대충 이렇다. 아포칼립스 게임을 만들던 주인공은 QA로 일하며 왕따를 당하다가 회사 사람들 모두와 함께 게임 속으로 빨려 들어간다. 회사에 있는 다양한 부서 사람들은 몇몇 임원들 중심으로 파벌을 이룬 상태였고, 파벌 관계는 게임 속에 들어와서도 유지된다. 그러다 파벌

사이 다툼이 심해져 결국 게임 안에서 진짜로 전쟁이 벌어진다. 아포칼립스 게임인 만큼 전투는 살벌하다. 그런데 주인공이 남들은 모르는 버그를 이용해 가장 먼저 성장하고, 회사에서 왕따당하고 소외당하던 설움을 극복하고 파벌을 정리하며 리더가 된다는 줄거리다.

나는 회사 안의 권력 관계가 게임 속으로 빨려 들어간 후에도 유지되는 것을 보여 주면서 현실을 풍자하고, 주인공이 최고로 성장하는 모습을 보여 주면서 웹소설의 재미도 함께 잡으려고 했다. 그러나 내 스토리를 받아 본 편집자의 첫 마디는 아주 단호했다.

"작가님, 이렇게 하면 망해요."

아직도 그 목소리가 들리는 것 같다. 그 목소리에는 정말로 내가 이렇게 소설을 써서 망하는 모습을 지켜보는 것 같은 다급함마저 느껴졌다. 그러면서 조목조목 안 되는 이유를 설명했다. 여러 이유가 있었지만 가장 중요한 이유는 장르가 아포칼립스인데 아포칼립스물이 보여 줘야 하는 이야기가 없다는 점이었다. 아포칼립스물 스토리의 정석은 멸망하는 세상 속에서 주인공이 각종 위협을 이겨 내고, 동료를 모아 인간성이 말살된 시대에 인간성을 지켜 내며 생존하는 것이다.

그런데 내가 짠 스토리는 아포칼립스 장르가 껍데기 혹은 양념에 불과했다. 나는 자기가 개발하던 게임 속으로 들어간 게임 회사 사람들의 이야기에 포커스를 맞췄다. 그건 아포칼립스 이야기를 기대하며 들어온 독자를 배신하는 꼴이었다. 당시의 나는 이런 점을 전혀 생각하지 못했다. 웹소설은 아니라도 제법 많은 장르 소설이나 영화를 봤다고 생각했지만 '장르'가 무엇인지 전혀 이해하지 못하고 있었던 것이다.

나는 장르물을 두루두루 봤을 뿐, 특정 장르에 관해 마니아나 덕후라고 불릴 만한 수준은 아니었다. 그저 좋은 작품이 주는 재미를 독자로서 즐겼을 뿐, 작가로서 장르란 무엇이고, 왜 중요한지 진지하게 생각해 본 적이 없었다. 편집자는 아포칼립스물 몇 가지를 추천해 주었다. 《나는 아직 살아있다》, 《납골당의 어린 왕자》, 《최초의 헌터》 같은 작품이었다. 그리고 이 작품들을 분석한 내용도 알려 달라고 했다. 이때 편집자는 이미 웹소설, 장르 소설에 대한 나의 기본 지식이 바닥이라는 걸 눈치챘던 것 같다.

편집자에게 분석한 내용을 알려 주면서도 나는 작품의 분위기나 감정선 같은 것만 다루고 정작 중요한 인물과 이야기에 대해서는 전혀 언급하지 않았다. 나는 완전히 헛다리를 짚고 있었다. 이후에는 유명 작품의 회별 [기-승-전-결]을 노트에 따로 정리하며 전개 과정을 분석했다. 이 글을 쓰느라 당시 편집자와 주고받은 메일을 보니 그때 기억이 나면서 가슴이 따끔거리고, 얼굴이 다시 화끈거린다. 길을 잡지 못하는 나도 나지만, 웹소설과 장르에 대한 개념이 전혀 없는 인간과 잘 모르고 계약한 편집자 역시 엄청나게 고생했다.

그 후로도 두어 번 더 《나만 아는 버그》의 시놉시스를 손봤지만, 도저히 웹소설로 쓸 만한 내용이 나오지 않았다. 그 사이 시간도 두 달이 넘게 지나고 있었다. 결국 나도 편집자도 더 고쳐 봐야 답이 없다는 데 합의하고 완전히 다른 소설을 쓰기로 했다.

다음에 시도한 소설은 아포칼립스의 연장선인 좀비물이었다. 시놉시스만 써서는 영원히 뫼비우스의 띠에 갇힐 것 같아 일단 원고부터 써 보기로 했다. 나는 현대를 배경으로 한 좀비물을 두 가지 버전으로 썼다. 첫 번째는 예전에 구상해 둔 나만의 설정을 첨가한 것이었고, 두 번째는 평범한 도시에 좀비가 등장하면서 벌어지는 이야기였다. 계속 수정해 가며 3~4회까지 소설을 썼다. 그러나 결국 좀비물도 중단했다. 좀비물이 보여 줘야 하는 심장을 쪼이는 긴장감, 특유의 분위기가 살지 않았기 때문이다. 게다가 처음 좀비가 등장한 이후 어떤 식으로 이야기를 전개해야 할지 감이 오지 않아

100회 넘게 끌고 갈 자신이 없었다.

그렇게 또 한 달이 갔다. 점점 초조해지고 마음이 급해졌다. 다시 헌터물로 시선을 돌렸다. 헌터물은 남성향 웹소설을 대표하는 장르고, 나는 앞으로 한국형 판타지 소설 중 최고의 작품은 바로 헌터물에서 나올 것이라 생각했다. 그래서 꼭 한번 제대로 헌터물을 써 보고 싶었다. 몇 가지 헌터물을 쓰면서 또 도돌이표를 반복했다. 이세계로 가는 헌터, 몬스터 사냥보다 나쁜 짓을 일삼는 빌런 헌터들을 잡는 헌터 수사관, 배신당하고 회귀하는 복수물 헌터 등. 초반부를 쓰면서 수정에 수정을 거듭하다 접고, 새로운 주인공과 배경을 설정해서 쓰다가 수정에 수정을 거듭하다 접고, 또 새로운 주인공과 배경을 설정해서 쓰다가 수정에 수정을….

마치 연옥에 빠진 듯, 초반부만 쓰고 고치는 무한 회귀 루프에 빠진 듯, 또 두 달 동안 아무런 결론도 내지 못하는 헌터물을 붙들고 늘어졌다. 이제는 나도, 편집자도 대박이고 뭐고 어떻게든 연재만 가능한 수준으로 만들려고 용을 썼다. 그러는 사이 편집자의 피드백도 무한 회귀 루프에 빠져 있었다.

"작가님, 이야기는 주인공이 주도해야 합니다."

"작가님, 이 원고는 기대감이 느껴지지 않아요."

"작가님, 주인공이 왜 이러는지 이해가 안 가요."

"작가님, 감정 과잉입니다."

"작가님, 이건 복수극인데 복수심이 느껴지지 않아요."

오직 시간만은 속절없이 잘도 흘러갔다. 어느새 M사와 계약한 지도 6개월이 넘어가고 있었다. 그사이 주고받은 원고만 해도 수십 편인데, 진전은 전혀 없었다. 나도 답답했지만, 편집자의 인내심도 서서히 한계에 달하고 있다는 게 느껴졌다. 당연한 일이다. 편집자가 담당하는 작가가 나 혼자도 아니었고, 게다가 편집자는 직장인이다. 자기가 추천해서 계약한 작가가 6개월 넘게 유료화는커녕, 연재도 시작하지 못하고 있다면 얼마나 눈치가 보이겠는가.

웹소설 작가, 웹소설 플랫폼, 웹소설을 공급하는 출판사/매니지먼트/CP(Contents Provider, 플랫폼에 콘텐츠를 제공하는 기업), 그리고 웹소설 편집자가 바라는 것은 명확하다. 히트작을 내고, 돈을 버는 것이다. 수많은 사람들이 매일매일 기꺼이 돈을 내고 읽는 작품을 만드는 것이다. 그런데 나는 웹소설을 쓰겠다고 계약해 놓고는, 사실상 편집자의 지도 아래 웹소설 습작 생활을 하는 것이나 다름없었다.

솔직히 말하면 그때 나는 몇 번이나 계약을 파기하자고 말하고 싶었다. 전문가의 피드백이 반드시 필요하다는 것은 알았고, 편집자의 피드백이 두루뭉술한 것도 아니었다. 내가 원고를 보내면 언제나 하루가 지나기 전에 원고를 읽고 또박 또박 수정 사항을 알려 줄 만큼 성실했다. 나는 문제점을 분명하게 말해 주는 편집자의 스타일이 좋았고, 나에게 꼭 필요하다 여겼으며, 충분히 견딜 수 있다고 생각했다. 그렇지만 원고는 계속 까이기만 하고, 나보다 한참 어린 편집자의 부정적인 피드백을 계속 받다 보니 자신감이 많이 떨어졌다.

아무리 조언과 피드백을 받아도 좀처럼 나아지지 않는데 차라리 계약을 파기하고 예전처럼 그냥 나 혼자 쓸까 여러 번 생각했다. 편집자에게 전화가 오는 게 달갑지 않았다. 6개월은 손이 빠른 웹소설 작가라면 연참을 거듭해 한 편을 완결 짓고도 남을 시간이다. 그런데 나는 장르도 몇 번이나 바꿔 가며 계속 앞부분만 만지작거리고 있었다. 도저히 앞이 보이지 않았다.

그리고 그 전화를 받았다. 완전히 벌거벗은 채, 나는 여전히 웹소설이 무엇인지 모른 채, 제대로 알려고 하지 않은 채 웹소설을 쓰고 있다는 사실을 깨달았다. 편집자는 나에게 항상 강조했다. 우선은 웹소설의, 장르의 정석을 따르라고. 장르마다 정석으로 통하는 설정, 전개, 스토리를 따라야 한다고. 진부하든 뭐든 일단 사람들에게 '먹히는' 소설을 써야 그다음이 있는 거라고. 지난 6개월이 허무하고 막막했다.

우리는 원점으로 돌아가기로 했다. 다시 처음부터 기획을 새로 짰다. 대신에 편집자는 반드시 내게 가장 익숙한 소재, 내가 가장 잘 아는 소재를 선택하라고 했다. 웹소설의 주류가 무엇이고, 트렌드가 무엇인지 그런 것을 따질 때가 아니었다. 일단 내게 가장 익숙한 지점에서부터 웹소설다운 웹소설 한 편을 쓰는 것이 중요했다.

나는 고민을 거듭하다 몇 가지 기획안을 보냈다. 편집자가 하나를 골라 써 보자고 했다. 소재는 농구였다. 《NBA 만렙 가드》의 시작이었다.

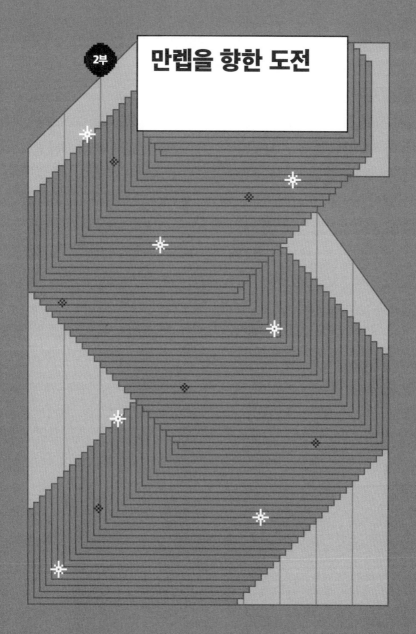

2부

만렙을 향한 도전

+ ··· ✕

《NBA 만렙 가드》 기획

가장 익숙한 소재로 돌아오다

⌁⌁⌁⌁⌁⌁⌁⌁⌁ 원점으로 돌아가기로 한 시점. 내게 가장 익숙한 소재가 무엇인지 생각했다. 이는 일단 '장르'의 기본으로 돌아가기 위함이었다. 웹소설을 웹소설답게 쓰는 것도 중요하지만, 웹소설은 기본적으로 장르 문학의 토대 위에 있다. 그런데 좀비/아포칼립스물 혹은 헌터/판타지물을 쓰기에 나는 장르에 대한 지식과 이해가 턱없이 부족했다. 마치 탐정은 등장하지만 살인도 없고, 긴장감도 없는 미스터리/스릴러 소설을 쓰고 있는 꼴이랄까. 주인공과 주변 인물은 어때야 하는지, 어떤 사건이 일어나야 하는지, 독자에게 어떤 감정을 불러일으켜야 하는지 감을 잡지 못했다.

그러니 고작 3~5회 정도밖에 되지 않는 초반에서도 이야기 전개가 자연스럽지 못하고, 장르 특유의 분위기가 잡히지 않는 것이다. 물론 장르의 법칙을 일부러 파괴하거나, 클리셰를 피하거나 비꼬면서 멋진 작품이 나오기도 한다. 하지만 그건 어디까지나 장르의 문법을 완전히 파악한 마스터들이 할 수 있는 일이다. 아니면 그냥 뭘 써도 재밌는 천재거나.

나 같은 초짜가 특정 장르에서 독자가 기대하는 내용과 전개를 무시하고 쓰고 싶은 대로 쓰는 것은 망하는 지름길이다. 물론 그저 취미로, 즐거움을 위해 쓰는 거라면 상관없다. 아마추어에게는 자기만족과 시도만으로도 충분히 의의가 있다. 그런데 돈을 벌기 위해, 전업으로 프로 작가를 노리는 사람이라면 '내 생각을 표현하는 이야기' '내 마음에 드는 이야기'가 아니라 '독자가 원하는 이야기'를 우선으로 생각해야 한다. 나는 이 태도의 중요성을 한참을 부딪치고 깨지고 나서야 배웠다.

그래서 일단 소재부터라도 내가 가장 잘 아는 소재를 택하기로 했다. 나는 학생 때부터 남들 다 하는 축구보다 농구를 더 좋아했다. 운동을 잘하는 편은 아니지만 대학을 가고, 직장을 다니면서도 종종 농구를 했고, 직장인 리그에 참여하기도 했다. 덕후라고 할 정도는 아니지만 그래도 10년 넘게

NBA를 보면서 응원하는 선수도 있었다. 마이클 조던을 비롯해 NBA 레전드 선수들의 히스토리도 어느 정도 알고 있었다. 농구 경기도 제법 봤고, 직장인 리그에서 직접 뛰어 보기도 했으니 스포츠 소설에서 가장 중요한 시합을 어느 정도 쓸 수 있을 것 같았다. 캐릭터 역시 유명한 선수들의 성격과 플레이 스타일에서 많이 따올 수 있을 것 같았다.

그래서 농구로 소재를 택하고 줄거리를 먼저 짜 봤다. 그런데 나는 여기서 또 한 번 같은 실수를 반복한다. 농구 하면 NBA고, NBA 하면? 당연히 마이클 조던이지! 그래서 나는 마이클 조던의 드라마틱한 인생을 기반으로 소설을 쓰면 재밌겠다고 생각했다.

마이클 조던은 통산 여섯 번의 우승을 이뤄 낸 NBA 최고의 슈퍼스타다. 그는 NBA를 미국만이 아닌 전 세계가 보는 리그로 승격시켰으며, 나이키와 함께 농구화 에어 조던을 만들어 농구화를 패션 영역으로 끌어들였고, 사람들의 라이프 스타일에도 영향을 끼쳤다. 그는 그야말로 농구라는 스포츠를 한 단계 끌어올린 농구의 신이었다. 그렇지만 그의 인생은 커다란 굴곡을 거쳤다. NBA에서 세 번째 우승을 이뤄 낸 후 아버지가 살해당한 것이다. 조던은 이때 큰 충격을 받고 NBA에서 은퇴하고 갑자기 프로 야구로 전향한다. 마이너 리그에서 괜찮은 성적을 거두며 메이저 리그 승격을 기다렸는데, 다행인지 불행인지 뜻하지 않게 그때 메이저 리그 선수 노조가 파업에 돌입한다. 리그 자체가 연기되자 조던은 NBA의 시카고 불스로 다시 돌아가고 이후 세 차례 우승을 이뤄 내며 두 번째 은퇴를 한다.

나는 이 이야기의 뼈대를 그대로 가져와서 디테일만 손을 보기로 했다. 뛰어난 능력에 전도유망한 한국계 미국인이 NBA에 진출하지만, 부상으로 능력을 제대로 펼치지 못하다가 회귀한다. 두 번째 기회를 얻은 주인공은 첫해부터 큰 활약을 펼치며 세 번의 우승을 거둔다. 그때 어린 시절 자기를 버리고 사라진 아버지가 갑자기 나타나 돈을 요구한다. 주인공은 돈을 주지 않기로 하지만 어머니는 아버지를 몰래 만나고, 하필 이때 교통사고가 일어나 부모님이 모두 죽는다. 최고의 자리에서 절망에 빠진 주인공은 잠시 농구계를 떠났다가 마음을 가다듬고 복귀해 다시 최고의 자리에 올라선다는 줄거리였다.

대놓고 조던의 인생 스토리를 따라가긴 했지만, 일단 NBA에서 가장 유명한 선수의 커리어와 인생을 변주해서 한 편의 소설로 만들어 보고자 했다. 하지만 편집자는 내 기획안을 단칼에 거절했다. 문제는 중간 부분이었다. 나는 약

100회 정도에 아버지가 나타나 정점에 있는 주인공의 인생을 흔드는 것을 생각했다. 하지만 편집자는 이렇게 쓸 경우 여기서 독자 대부분이 떨어져 나갈 것이라고 경고했다.

나는 마이클 조던의 인생을 본뜬 것이라고 변명했지만 씨알도 먹히지 않는 소리였다. 마이클 조던이 문제가 아니었다. 이야기 중간에 엄청난 시련이 주어진다는 게 문제였다. 편집자는 설령 시련이 있어도 가볍게 앓고 넘어갈 수 있는 정도여야지, 인생을 뒤흔들 정도의 시련은 안 된다고 못 박았다. 그는 내게 딱 잘라 물었다.

"작가님은 저렇게 살고 싶으세요?"

나는 당연히 아니라고 했다. 최고의 자리에 오르긴 하지만 그토록 큰 고통을 감당할 자신이 없었으니까. 그러자 편집자는 웹소설이 지향하는 바를 한마디로 정의해서 말했다.

"작가님도 그렇게 살고 싶은 내용으로 써야 합니다."

내가 살고 싶은 인생.

내가 되고 싶은 선수.

내가 보내고 싶은 커리어.

그 지점에서부터 스토리를 다시 점검하기로 했다. 그래서 부상으로 제 기량을 제대로 펼치지 못하다가 회귀한다는 설정만 그대로 두고, 본격적으로 커리어가 시작하는 대학 시즌부터 진행하기로 방향을 틀었다. 그러면서 각종 농구 서적을 사서 읽고, 유튜브에서 농구 관련 영상을 찾아보며 선수들의 인생과 플레이 스타일, 연습 방법 등을 공부했다.

느긋하게 준비할 여유 따위는 없었다. 나는 자료 조사를 하면서 동시에 원고를 쓰기 시작했다. 이미 은퇴한 주인공이 NBA 결승전을 시청하면서 지난날을 회상하는 장면으로 첫 회를 시작했다. 그런데 측은하기보다는 어딘가 궁상맞아 보였다. 그래서 열심히 노력했지만 결국 팀의 주축에서 밀려난 한국계 미국인 주인공 '마이클 원(Michael Won)'이 은퇴하는 시즌 마지막 경기로 첫 회를 수정했다.

그래도 어딘지 모르게 어색하고 마음에 들지 않아 1회만 다섯 번 넘게 수정했다. 이미 원고를 수정하는 데는 이골이 나 있었다. 몇 번을 수정하느냐가 중요한 게 아니었다. 독자의 마음에 들고, 재미있고, 이야기가 매끄러운 소설이 나오는가가 중요했다. 웹소설에서 1회의 중요성은 아무리 강조해도 모자란다. 웹소설은 반드시 1회의 조회 수가 가장 높고, 사람들은 일단 1회를 보고 계속 볼지 말지를 결정한다.

대학 리그인 NCAA에 대해서는 잘 몰라서 그때그때 인터넷에서 리그 규정 등을 찾아가며 소설을 썼다. 대학은 내가 좋아하는 농구 선수, 카멜로 앤서니(Carmelo Anthony)의 모교,

뉴욕주의 시라큐스 대학으로 골랐다. 마침 배경이 대도시라 이야기를 풀기에도 적당했다. 경기 스타일도 시라큐스 대학 스타일을 참조하고, 주인공이 가장 활약할 수 있을 만한 조건으로 주변 선수들을 하나하나 배치했다.

그리고 2020년 3월 2일.

드디어 《NBA 만렙 가드》 1회, 2회, 3회를 문피아에 올렸다. 첫 작품 《드라켄》을 끝마친 지 어느새 1년을 훌쩍 넘긴 후였다. 과연 이번 연재는 《드라켄》 때와는 모든 면에서 전혀 달랐다.

진짜 웹소설 연재가 시작된 것이다.

투베 그리고 폭풍 성장

처음 느껴 보는 성장의 맛

〰〰〰〰〰〰 처음 농구 소설을 기획할 때 제목 후보는 두 가지였다.

하나는 《NBA 플레이 메이커》.

또 하나가 《NBA 만렙 가드》.

'멋있는' 제목에 대한 미련을 포기하지 못한 나는 처음에는 《NBA 플레이 메이커》라는 제목으로 소설을 등록했다. 주인공 마이클 원이 포인트 가드인 만큼 전체적인 볼 흐름과 공격을 조율하는 역할인 '플레이 메이커'를 제목에 넣는 것이 좋겠다고 생각했다. 하지만 플레이 메이커라는 용어를 모르는 사람도 있고, 농구보다는 축구에서 더 흔하게 사용하는 용어라 혼란의 여지가 있었다. 그리고 무엇보다 '플레이 메이커'보다는 '만렙 가드'가 입에 더 잘 붙고 주인공이 어떤 선수인지 더 직접적으로, 확실하게 보여 주었다.

마지막 미련으로 《NBA 플레이 메이커》라는 제목으로 글을 올렸지만, 나는 곧 정신을 차리고 문피아에 제목 수정을 요청했다. 문피아에서 무료 소설은 연재 도중 제목을 바꾸는 게 가능하다. 많은 작가들이 제목 때문에 독자가 유입되지 않는다고 생각해 연재 도중 제목을 바꾼다.

문피아에는 하루에도 새로운 소설이 끊임없이 나타난다. 무료 웹소설란에는 카테고리만 해도 자유 연재, 일반 연재, 작가 연재로 세 개나 있다. 처음 글을 쓰는 작가는 자유 연재로 시작한다. 그러다 75,000자 이상을 쓰고 어느 정도 성실성을 인정받으면 일반 연재로 옮겨 간다. 만약 유료 작품을 2편 이상 완결했다면 작가 연재로 올라간다. 작가 연재에 글을 올릴 수 있는 작가는 문피아 전체 회원에 비하면 한 줌도 되지 않을 것이다. 하지만 그런 작가 연재란에도 매일매일 새로운 글이 올라오고, 수많은 작품이 유료화에 실패해 연재를 중단한다. 전작이 아무리 크게 히트했어도 다음 작품이 성공한다는 보장은 어디에도 없다.

그러니 자연히 '제목 어그로'가 중요해진다. 어그로를 끌

재주가 없다면 적어도 얼핏 보고 무슨 내용인지 바로 알 수 있는 제목으로 지어야 한다. 이게 뭐지? 의문을 품게 하는 제목은 독자의 호기심을 끌기보다, 흥미를 떨어뜨릴 확률이 높다. 나에게는 멋있는 제목이 중요한 것이 아니라, 일단 살아남는 것이 중요했다. 그것이 최우선 순위였다.

소설을 올리고 몇 시간 안 되어 제목을 《NBA 만렙 가드》로 바꾸고 하루가 지났다. 1회, 2회, 3회의 24시간 조회 수는 각각 68 - 57 - 60이 나왔다. 일단 출발은 무난했다. 그리고 다음 날부터 나는 새로운 경험을 했다.

4회 24시간 조회 수 101

5회 24시간 조회 수 104

6회 24시간 조회 수 113

7회 24시간 조회 수 136

8회 24시간 조회 수 143

9회 24시간 조회 수 142

10회 24시간 조회 수 153

최신 회 24시간 조회 수가 매일매일 계속해서 늘어나기 시작했다. 연재 초반이라 따로 프로모션 배너를 받은 것도 아니고, 아직 투베에 오른 것도 아니었다. 그런데도 신기하게 새 회차가 올라오는 주중에는 매일 30~50명의 새로운 독자가 유입되고, 최신 회 조회 수도 꾸준히 증가했다. 조회 수를 눈으로 확인하고 엑셀에 적으면서도 잘 믿기지 않았다. 이런 적은 처음이었으니까. 왜 편집자가 새로운 시도보다는 뻔해 보여도 정석을 따르라고 했는지 알 것 같았다. 확실히 반응이 달랐다.

놀라운 일은 또 있었다. 《NBA 만렙 가드》 연재를 시작하고 겨우 이틀 만에 어느 출판사의 정성스러운 컨택 쪽지를 받았다. 고작 4회를 올렸을 때였다. 물론 나는 이미 M사와 계약했으니 관심을 보여 준 것에 감사하지만 함께할 수 없다는 정중한 거절 쪽지를 보냈다. 제안은 한 번으로 끝나지 않았다. 이후에도 며칠 간격으로 새로운 회사로부터 여러 차례 컨택 쪽지를 받았다. 이름도 처음 들어 보는 신생 업체도 있었지만, 유명한 작품을 여럿 출판한 대형 출판사/매니지먼트도 있었다. 컨택 쪽지를 받아 보긴 했지만 《드라켄》 때 한 번, 《나만 아는 버그》 때도 한 번뿐이었다. 한 작품으로 이렇게 여러 곳에서 제안을 받은 건 처음이었다.

문피아에 접속해 새로운 쪽지가 왔다는 알림을 받으면 이번에는 어디에서 쪽지가 왔을까 설레는 마음으로 쪽지함을 열어 봤다. 내 소설이 재밌고, 분명 성공할 테니 우리를 통해 유료화하자는 제안을 받는 게 참 뿌듯했다. 컨택받은 쪽지는 모두 보관함에 따로 저장해 두었다. 그리고 가끔 생각날 때 들어가 보곤 한다. 내 작품을 원한다는 쪽지를 읽으면 그때가 생각나며 자신감을 다시 찾는 데 도움이 된다.

폭발적이진 않지만 뚜렷한 우상향 상승 곡선을 그리는 조회 수, 계속해서 오는 컨택 쪽지. 두 가지 신호만으로도 내가 제대로 가고 있다는 확신이 들었다. 신이 나서 연재를 이어 가던 3월 말, M사가 문피아 웹사이트에 《NBA 만렙 가드》배너를 걸어 홍보하기 시작했다. 그러자 최신 회 24시간 조회 수 증가 폭이 툭툭 늘더니, 급기야 2020년 3월 28일 《NBA 만렙 가드》를 연재하고 26일 만이자, 2018년 4월 9일 《드라켄》 연재를 시작할 때부터 따지면 거의 2년 만에 처음으로, 내 소설이 투데이 베스트에 올랐다! 정말 감격적인 순간이었다.

그리고 바로 그날, 어느 독자가 문피아 추천 게시판에 《NBA 만렙 가드》 추천 글까지 올려 주었다. 배너 홍보에, 첫 투베, 그리고 추천 글까지 3단 콤보가 터지자 이때부터 조회 수가 폭발적으로 치솟기 시작했다. 《NBA 만렙 가드》는 22회부터 투베에 올랐다. 19, 20, 21회의 24시간 조회 수는 각각 316 - 322 - 427이었다. 그런데 22회의 24시간 조회 수는 938이었다. 단 하루 만에 최신 회 조회 수가 무려 119%

증가한 것이다.

종종 웹소설 작가 커뮤니티에서 그런 말을 들었다. 문피아 연재는 투베에 들어가면서부터 시작이라고. 그 이전까지는 모두 준비 과정일 뿐, 진짜 승부는 투베에 든 이후부터라고 말이다. 투베 끝자락에라도 발을 걸치고, 이후 꾸준히 조회 수를 늘리면서 성장하느냐, 아니면 주저앉느냐의 승부였다. 투베에 들고 나니까 그 말이 결코 과장이 아니라는 걸 알 수 있었다. 투베의 힘은 굉장했다. 투베에 들자 조회 수가 미친 듯이 뛰어올랐다. 투베에 오르고 조회 수 938을 기록한 다음부터 23회는 1,363으로 처음으로 네 자리로 올라가더니, 이후 1,533(24회) - 1,622(25회) - 1,744(26회) - 1,894(27회)로 쭉쭉 늘어나기 시작했다.

무료 투데이 베스트 순위는 문피아 회원들이 가장 눈여겨보는 순위 리스트다. 자기 시간을 버려 가면서 재미있는지 없는지 모르는 소설을 일부러 읽어 보려는 독자는 많지 않다. 대부분은 재미가 어느 정도 검증된 소설을 읽고 싶어 한다. 이때 투베는 가장 확실한 검증 수단이다. 투베의 힘은 최신 회 24시간 조회 수에서만 드러나지 않았다. 1회로 유입되는 독자도 전에는 30~40명 수준이었는데, 이제는 하루 300~400명으로 늘어났다. 독자가 확실히 늘고 있었다. 가슴이 뻥 뚫리는 기분이었다.

투베의 효과는 폭발적이고, 직접적이고, 확실했다. 나는 드디어 궤도에 올랐다는 사실에 기뻤다. 그렇지만 한편으로는 언제 떨어질지 모른다는 불안함과 과연 소설을 계속 재미있게 유지할 수 있을까, 독자들을 실망시키지는 않을까 두렵기도 했다. 연재하면서 지금까지 한 번도 느껴 보지 못한 부담감이었나.

그러나 모든 일에는 빛이 있으면 반드시 그림자도 있는 법. 생각보다 그림자는 빨리 찾아왔다.

비판과 비난 사이

악플은 웹소설의 숙명일까

〰〰〰〰〰 투베에 들고 조회 수가 급속도로 증가하면서 또 하나 늘어난 것이 있었다. 바로 댓글이다. 물론 《NBA 만렙 가드》는 이전에 연재했던 작품들과는 달리 연재 첫날부터 꾸준히 댓글이 달리고 있었다. 그러다 투베에 들면서부터 댓글도 전보다 훨씬 많이 달리기 시작했다. 댓글은 조회 수만큼이나 작가가 신경 쓰는 부분이다. 댓글은 로그인 상태에서만 쓸 수 있고, 독자가 어떤 의도로든 수고를 들여야만 쓸 수 있다. 댓글이 많이 달린다는 것은 그만큼 많은 사람이 본다는 간접적인 증거다. 무엇보다 독자가 감상을 남긴다는 것이 작가 입장에서는 반갑다.

조회 수와 댓글은 모두 중요하지만 성격이 다르다. 조회 수/선작 수가 정량 평가라면 댓글은 정성 평가라고 할까? 조회 수는 숫자일 뿐 내용이 없다. 높으면 좋고, 낮으면 슬프고, 때로는 화가 나지만 그 자체는 아무런 의도도 없다. 그저 결과일 뿐이다. 반면 댓글은 사람이 적는다. 댓글에는 쓰는 사람의 생각과 의사가 담겨 있다. 당연히 작가는 댓글에 반응하게 된다.

웹소설 댓글은 절대 호락호락하지 않다. 독자가 보기에 내용이나 설정에 오류가 있거나, 전개가 이상하거나, 인물의 말과 행동이 마음에 들지 않으면 가차 없이 비판하는 댓글이 달린다. 특히 스포츠물에는 경기 방식이나 리그 운영, 게임 플레이, 역사, 레전드 선수 등에 관해 빠삭한 스포츠 팬 독자들이 있다. 인기 종목인 축구나 야구로 가면 더하다. 그래서 회마다 혹시 틀린 내용이 없는지 세심하게 주의를 기울이고, 재차 확인해야 한다.

투베에 들기 전에도 어떤 전조가 느껴졌다. 초반부인 13회, 주인공 마이클 원이 대학 농구부 선배와 주전 포인트 가드 자리를 놓고 경쟁을 벌였다. 둘은 1:1 길거리 농구로 승부를 보기로 하는데, 이 사건이 감독 귀에 들어가면서 둘은 연습 경기 출장 금지를 당한다. 뒤에서 팀이 위기에 빠지고 곧 주인공이 나서며 해결되긴 하는데, 감독이 출장 금지를 명령하는 13회에는 이전과는 다른 반응이 나왔다. 감독과 주인공의 반응을 이해할 수 없다면서 장문의 댓글이 달렸다.

이때까지 반가운 마음으로 일일이 답댓글을 적던 나는 고민했다. 지금까지 모든 댓글에 답을 했기에 여기에도 답을 해야만 할 것 같았다. 만약 답을 하지 않으면, 나에게 불리한 얘기를 하는 독자를 무시한다는 인상을 줄 것 같았다. 그래서 감독의 생각과 입장을 정리해서 답댓글을 적었다. 문피아에는 댓글에 찬성/반대 표시를 할 수 있다. 내 답댓글에 반대 표시가 10개 넘게 찍혀 있었다. 나는 신입생이 주전 자리를 차지하려다 생기는 자연스러운 경쟁 과정을 그렸다고 생각했는데, 뜻밖의 반응을 대하니 상당히 당황스러웠다.

지금 생각해 보면 감독의 생각이나 대응이 문제가 아니었다. 소설 초반부, 주인공이 막 회귀해서 쭉쭉 질주해야 할 타이밍에 주인공이 거스를 수 없는 장애물이 등장한다는 것 자체가 문제였다. 주전 경쟁을 보여 주고 싶었다면 주인공이 당연히 주전으로 인정받을 수 있는 다른 방식으로 풀었어야 했다. 나는 연습 경기 출장 금지를 작은 걸림돌이라고 생각했고 그렇게 넘어가는 독자도 있었지만, 민감하게 반응하는 독자도 있었다.

이후에도 13회에 계속 비슷한 댓글이 달렸지만 그래도 여기까지는 큰 문제가 아니었다. 진짜 사건은 24회에서 터졌다. 이즈음 주인공 마이클 원은 농구부에서 확고한 주전으로 자리 잡고 NCAA에서 승승장구하고 있었다. 나는 슬슬 마이클의 라이벌을 등장시킬 때라고 생각했다. 라이벌 체이스는 회귀 전 인생에서 NBA 최고의 스타로 설정했다. 마이클이 NBA에서 뛸 때 최고의 기량을 선보이는 체이스 앞에 번번이 무릎을 꿇었던 터라, 마이클은 회귀 후 대학 리그에서 다시 마주한 체이스에게 라이벌 의식을 불태우게 된다. 물론 상대인 체이스는 이 사실을 전혀 모른다. 또한 체이스가 속한 대학도 NCAA 대학 농구 최강의 팀 중 하나인 듀크 대학으로 설정했다.

마이클이 대학 무대에서 최고로 인정받기 위해서는 체이스가 뛰는 듀크 대학을 반드시 꺾어야 한다. 처음 등장한 라이벌인 만큼 나는 체이스의 실력을 확실하게 보여 주려 했다. 그런데 정도가 과했다. 체이스를 이겨야 한다는 생각에 긴장한 주인공이 실수를 연발하고 정신적으로 미숙한 모습을 보이고 말았다. 일부러 한 번 흔들리는 모습을 보여 준 다음, 곧장 다음 회에서 이를 극복하고 체이스와 대등하게 맞서는 모습을 보여 줄 계획이었다.

나는 《NBA 만렙 가드》를 직장인 점심시간에 맞춰 12시 30분에 연재하고 있었다. 그날도 24회를 예약 연재로 올려 두고 밥을 먹으러 나갔다. 그리고 밥을 먹으며 반응을 살펴보려고 핸드폰을 봤다가 깜짝 놀랐다. 몇 분 간격으로 여러 댓글이 달려 있었는데 전부 비판적인 댓글이었다. 주인공이 왜 과거 라이벌에게 사로잡혀 쩔쩔매는지 알 수 없다, 이럴 거면 왜 회귀했냐, 주인공이 생각이 없어 재미없다, 고구마다, 답답하다, 짜증 난다는 댓글뿐이었다.

지금까지 이렇게 많은 비판 댓글을 한꺼번에 받은 적이 없었기 때문에 나는 몹시 당황했다. 밥을 먹긴 먹는데 정신은 온통 댓글에 쏠려 있었다. 어떻게 대응해야 할지 판단이 서지 않았다. 이전처럼 답댓글을 달까 하다가 식사 중이기도 하고, 일단 분위기를 지켜보기로 했다. 하지만 비판적인 분위기는 변하지 않았다. 간혹 괜찮다는 댓글이 있기도 했지만 전체적인 분위기는 그대로였다. 그날은 하루 종일 형태도 없는 댓글에 두들겨 맞는 기분이었다.

하필이면 주 5일 연재를 하다가 상승세를 이어 가려고 주말에도 올렸다가 이런 일이 터졌다. 주말인데도 오후에 편집자로부터 연락이 왔다. 소설이 본격적인 상승세를 타기 시작하면 어떻게든 꼬투리를 잡아 악의적인 댓글을 달곤 하니까 너무 신경 쓰지 말라고 했다.

　그날 저녁, 나는 마음을 가라앉히고 댓글마다 일일이 답을 하는 대신 전개를 매끄럽게 이끌어 가지 못하고, 독자 여러분께 실망을 안겨 드려서 죄송하며, 앞으로 더 재미있게 쓰겠다는 댓글을 달았다. 내 댓글에는 기다렸다는 듯 수십 개의 반대가 찍혔다. 이후에도 비판적인 댓글은 계속 달렸다. 한참 시간이 흐른 뒤에도 잊을 만하면 새로 유입된 독자가 또 비슷한 댓글을 달았다.

　다음 날, 25회에서 주인공이 제정신을 차리고 체이스와 듀크 대학에 반격을 가하면서 분위기는 다시 평소대로 돌아갔다. 그렇지만 나는 이날 이후 연재가 끝날 때까지 댓글 알림이 뜨면 반가움보다는 두려움이 앞섰다. 언제든 다시 날이 선 댓글이 달릴 수 있었기 때문이다.

　나는 분명 미숙했다. 라이벌을 만난다고 해도 프로 리그를 거친 주인공이 회귀했는데 어리숙한 모습을 보인 것은 실수였다. 하필이면 시점도 좋지 않았다. 24회는 보통 1권 분량의 막바지였고, 유료화가 진행되면 곧 유료 회차로 이어지는 부분이었다. 그런데 여기서 독자의 기대감을 오히려 깎아 먹고 말았다. 게다가 비판적인 댓글로 도배가 되어 있으면 설령 재미있게 읽은 독자도 자기가 잘못 읽은 것인지 헷갈리게 되고, 댓글 분위기에 흔들릴 수 있다.

여러모로 나의 미숙함이 부른 참사였다. 하지만 댓글도 좀 과하지 않았나 억울한 마음도 있다. 왜 고작 댓글에 그렇게 민감하게 반응하는지 이상하게 여기는 분도 있을 것이다. 물론 댓글이 직접적으로 나에게 피해를 주는 것은 아니다. 누가 내 얼굴에 대고 욕을 한 것도 아니다. 누군지도 모르고, 어디에 사는지도 모르는 사람이 저 멀리 랜선 밖에서 댓글을 적은 것뿐이다.

머리로는 그렇게 이해하고 있다. 그러나 내 마음은 그렇게 쿨하지 않았다. 왜 많은 연예인이나 운동선수들이 인터넷 댓글에 그토록 상처받는지, 심하면 자살까지 하는지 조금 알 것 같았다. 그날 나는 사람들이 갑자기 내 앞으로 우르르 몰려와 시끄럽게 소리를 지르며 나를 비난하는 것 같은 느낌을 받았다. 이 오류는 절대적이며, 내 소설은 재미없고, 무가치한 증거라고 외치는 것 같았다. 댓글이 마치 칼날처럼 내 마음에 박혔다. 이후 시간이 흘러 차츰 무뎌졌다고 생각했는데도 이 글을 쓰기 위해 다시 댓글을 들춰 보니 기분이 썩 좋지는 않다.

사람의 마음이란 너무도 이상하다. 좋은 댓글 100개가 달려도, 안 좋은 댓글 하나가 더 신경 쓰인다. 칭찬은 작아

보이고, 질책은 터무니없이 커 보인다. 그러다 보니 차라리 댓글이 안 달렸으면 좋겠다는 생각도 들었다. 그렇지만 간혹 진짜로 댓글이 없거나, 아주 적은 회차에는 또 신경이 쓰였다. **웹소설을 쓰는 이상 언제나 좋은 댓글만 받을 수는 없다. 모두의 사랑을 받는 것은 불가능하다.** 누군가는 반드시 나와 생각이 다르기 마련이다. 개중에는 심하게 댓글을 다는 사람도 있다. 이는 연재를 계속하는 한 피할 수 없는 문제였다.

댓글 창은 시끄러웠지만 다행히 조회 수에는 타격이 없었다. 이후에도 최신 회 24시간 조회 수는 계속해서 올랐다. 그러면서 투베 순위도 꾸준히 올라갔다. 웹소설을 쓰면서 누구나 한 번은 겪는 통과 의례라 여기고 연재를 이어 갔다. 댓글 사건 이후 한 달 정도 계속 연재를 이어 가면서 웹소설의 다음 관문을 마주했다.

웹소설 연재 중 최고의 이벤트, 《NBA 만렙 가드》 유료화가 결정된 것이다.

유료화 돌입

웹소설 연재 최고의 이벤트

〰〰〰〰〰〰〰〰《NBA 만렙 가드》를 시작할 때 한 가지
다짐을 했다. 성적이 애매하더라도 무조건 유료화하겠다는
다짐이다. 수없는 삽질 끝에 겨우 연재를 시작한 작품이었다.
내가 가장 잘 아는 소재로 이만큼 전력을 다했는데도 성공
하지 못한다면 앞으로도 웹소설로 성공할 일은 없을 거라는
생각이 들었다. 이번이 마지막 도전이라는 각오였다.

작품마다 유료화 시점은 다르지만, 보통 문피아에서는
50회 전후로 유료화에 들어간다. 강제적인 것은 아니다. 언
제 유료화를 해야 한다고 정해진 룰은 없다. 유료화 시점을
결정하는 중요한 판단 기준은 '이 소설이 충분히 성장했는가'

이다. 50회쯤이면 연재를 시작한 지 두 달 정도 되는 시점이다. 소설이 인기를 끌면 그사이 투베에도 들고, 새로운 독자가 계속 유입되면서 최신 회 24시간 조회 수도 계속 늘어났을 것이다. 그렇지만 무료 연재 때 확보한 독자 수가 아무리 많더라도 유료화에 들어가면 뚝 떨어진다.

무료일 때가 유료일 때보다 조회 수가 높은 것은 당연한 일이다. 그렇다면 유료 독자를 한 명이라도 더 확보하기 위해서는 어떻게 해야 할까? 당연히 최신 회를 매일매일 따라오며 읽는 독자의 모수를 최대한 키워야 한다. 무료 분량이 끝나는 26회부터 바로 유료화에 들어가지 않는 것은 유료화 전에 최대한 많은 독자를 끌어모으기 위해서다.

유료화에 들어가면 더 이상 최신 회 24시간 조회 수가 늘어나지 않는다. 그때부터는 조회 수가 구매 수로 바뀌고, 99.9%의 웹소설은 유료 연재를 진행할수록 최신 회 24시간 구매 수가 줄어든다. 그러므로 최대한 많은 독자를 유료 연재로 끌어오기 위해 조회 수 성장이 한계치에 달할 때까지 유료화를 기다리는 편이 매출에 유리하다. 만약 독자를 더 모아야 할 것 같으면 유료화 시점은 50회보다 더 뒤로 미룬다. 반대로 시작부터 화제를 모으며 최신 회 조회 수가 고공행진을 벌이면 50회 전에도 얼마든지 유료화할 수 있다. 실제로 2020년 말에 연재를 시작한 지갑송 작가의 《악당은 살고 싶다》는 26회 만에 유료화를 시작했다.

나는 편집자와 《NBA 만렙 가드》 유료화 시기를 논의했다. 그리고 47회부터 유료화에 들어가기로 결정했다. 내용상 47회에서 NCAA 대학 리그 최고의 이벤트, 일명 '3월의 광란'이라고 불리는 전국 토너먼트 결승전이 시작되기 때문이었다. 결승전이 끝나고 유료화에 들어가면 바람이 빠질 것 같았고, 5월 초에는 문피아 공모전도 시작할 예정이었다. 아무래도 공모전이 시작하면 사람들의 관심이 공모전에 쏠릴 테니 그 전에 유료화하는 게 좋다고 생각했다.

개인적으로 무료 연재일 때 최신 회 24시간 조회 수 5,000을 기록해 보고 싶었다. 문피아는 유료화가 며칠 남지 않은 소설을 노출해 그때까지 독자를 한 명이라도 더 모으게 해 준다. 그렇지만 아쉽게 목표를 달성하지는 못했다. 유료화 직전 5회차의 24시간 조회 수는 3,885 - 4,034 - 4,366 - 4,564 - 4,643이었다. 이 목표는 다음 작품에서 노려야 할 것 같다.

자, 드디어 주사위는 던져졌다. 과연 4,600여 명의 독자 중에 유료화 이후 따라오는 독자가 얼마나 될까? 이를 정확히 예측하기란 상당히 어려운 일이다.

무료 연재일 때 가장 중요한 것은 최신 회 24시간 조회 수다. 그럼 유료화 이후에 가장 중요한 것은 무엇일까? 바로 최신 회 24시간 구매 수다. 무료든 유료든, 일일 연재 구조의 웹소설에서 가장 중요한 것은 똑같다. 유료화에 들어가면 유료화 직전의 무료 조회 수와 유료화 직후 최신 구매 수를 비교한다. 이를 '전환율'이라 부른다. 문피아에서 유료화 전환율 평균이 얼마인지는 아무도 모른다. 플랫폼에서 통계를 내고 있는지 모르겠지만 일단 발표된 자료를 본 적은 없다.

추측하건대 보통 유료화를 하면 전환율이 20~25% 정도 나오는 것 같다. 드물지만 전환율이 높은 작품은 절반 가까이 나올 때도 있고, 반대로 극단적으로 낮으면 10%가 안 되기도 한다. 작가에 따라, 작품에 따라, 또 장르에 따라, 여러 요소에 의해 전환율은 들쑥날쑥하다. 웹소설 작가 경력에서 가장 중요한 이벤트를 앞두고 전환율이 얼마나 나올지 가늠할 수도 없어 하루하루를 긴장 속에 보냈다. 나의 바람은 구매 수가 네 자릿수, 최소한 1,000 이상이 나오는 것이었다.

물론 전환율이 높으면 높을수록 좋겠지만 현실은 언제나 만만하지 않다. 무료 조회 수는 엄밀히 말해 준비 단계고, 유료화의 가능성을 보는 것이다. 무료일 때 조회 수가 높으면 기분이 좋지만 그 자체가 성공을 보장하지는 않는다. 반면 유료 회차 구매 수는 그저 기분 좋은 숫자가 아니다. 내 소설이 돈을 내고 구매할 가치가 있다는 독자의 인정이고, 매출이고, 정산이고, 내 통장에 들어오는 진짜 돈이다.

2020년 4월 27일 월요일 정오 12시.

드디어 《NBA 만렙 가드》가 유료화되었다. 나는 유료화 첫날 3연참을 준비했다. 유료화 첫날, 하루에 2회, 3회 이상씩 한꺼번에 올리는 '연참'은 일종의 관례이자 불문율이다. 플랫폼에서 정한 규율은 아니지만 연참을 하지 않으면 독자들이 실망한다. 하루에 2회를 올리면 2연참, 3회를 올리면 3연참이라고 부른다. 편집자는 5연참도 괜찮다고 했다.

나는 주 5일 연재를 원칙으로 했지만, 종종 주말에도 연재했기 때문에 비축분이 조금씩 줄어들고 있었다. 그래도 당시 10회 이상의 비축분이 있었기 때문에 유료화 첫날 3연참을 했다. 나는 초조하게 문피아를 계속 들락거리며 구매 수를 확인했다. 《드라켄》을 유료화할 때와는 전혀 다른 경험이었다. 그때는 하루 구매 수가 한 자리였으니까. 굳이 따로 확인할 필요도 없었다. 그러나 이번에는 달랐다. 이번에는 진짜 웹소설 유료화였다. 그리고 결과는?

NCAA 전국 토너먼트 결승전과 함께 3연참으로 시작한 첫 유료화 성적은(24시간 구매 수 기준) 1,365(47회) – 1,316(48회) –

1,389(49회)였다!

1,000만 되어도 좋겠다고 생각했는데, 내 기대를 훌쩍 넘어선 결과였다. 마지막 무료 조회 수 4,643과 3연참 중 가장 높은 구매 수인 1,389를 비교하면 전환율이 29.9%였다. 거의 1/3에 가까운, 예상보다 높은 수치였다. 사실 웹소설에서 대박으로 분류되는 작품들과 비교하면 구매 수 1,389는 대단한 성적은 아니다. 하지만 웹소설에 뛰어든 지도 3년 차. 멋도 모르고 첫 작품을 완결하고, 1년 이상을 웹소설에 적응하지 못해 방황만 하던 내게는 대단한 성공이었다.

나는 처음부터 대박의 꿈을 바라고 웹소설에 뛰어든 것은 아니다. 그랬다면 대기업을 퇴사하지도 않았을 것이다. 그저 내가 하고 싶은 일인 글쓰기로 밥을 먹고살기 위해 웹소설에 뛰어들었다. 내가 정한 전업의 기준은 월 200만 원 이상을 꾸준히 버는 것이었다. 웹소설을 연재하면서 월평균 200만 원 정도를 벌 수 있다면 웹소설을 쓰겠다고 생각했다. 수익이 높지 않아도 쓰다 보면 점점 더 실력이 향상될 것이고, 또 완결 작품이 늘어나면 새 작품을 연재할 때 예전 작품에서도 제법 수익을 기대할 수 있다.

그럼 웹소설로 월 200만 원을 벌려면 소설이 어느 정도 팔려야 할까? 나는 주 5일 연재를 해서 조금 다르지만, 편의

상 주 7일 연재를 한다고 가정하고 계산해 보자. 먼저 200만 원을 30일로 나누면 약 66,666원이다. 대략 하루에 6만 5천 원에서 7만 원 정도를 벌면 월 200만 원을 만들 수 있다.

그럼 웹소설로 하루 7만 원을 벌려면? 돈이 움직이는 과정을 따라가면서 살펴보자. 정확한 금액은 플랫폼의 수익 배분율과 작가가 계약한 출판사/매니지먼트의 수익 배분율에 따라 달라진다. 여기서는 가장 일반적인 비율에 따라 플랫폼 수수료를 30%, 출판사 수수료도 30%라고 가정하겠다. 한 편에 100원인 소설 1회분을 팔면 플랫폼에 100원이 들어온다. 여기서 플랫폼이 수수료 30원을 가져가고 70원을 출판사에 보낸다. 그러면 출판사는 70원에서 다시 자기들 수수료 30%를 제하고 49원을 작가에게 입금한다. 플랫폼 매출의 49%가 실제 작가의 몫이 된다. 작가가 하루 7만 원을 벌려면 플랫폼에서 14만 2,857원의 매출이 나와야 한다. 근사치로 따졌을 때, 하루 구매 수 1,428을 계속 유지하면 작가가 월 200만 원을 벌 수 있다는 뜻이다.

나의 경우 첫날 3연참을 했고, 3회 구매 수 합이 4,070이었다. 3연참이긴 하지만 월 200만 원의 기준을 훌쩍 뛰어넘는 매출이다. 일단 유료화 첫 단추는 아주 성공적으로 끼운 셈이다. 그렇지만 이는 말 그대로 첫 단추, 이제 시작에 불과했다. 유료화에 돌입한 것은 47회였고, 내 완결 목표는 최소 200회였다. 앞으로도 150회 이상을 더 써야만 했다. 1,389명의 독자들이 떠나지 않도록 재미를 유지하면서 말이다.

기나긴 싸움의 시작이었다.

연독률 싸움

과연 독자를 얼마나 지켜 낼 수 있을까?

〰〰〰〰〰〰 유료화 첫날 3연참으로 1,365(47회) – 1,316(48회) – 1,389(49회) 구매 수를 기록한 나는, 다음 날에도 2연참을 준비했다. 구매 수가 크게 떨어지지 않기만을 바랐다. 두 번째 날 구매 수는 1,349(50회) – 1,411(51회)이 나왔다. 1,389에서 줄기는커녕, 오히려 22가 올랐다. 나는 유료화에 들어가면 구매 수가 무조건 줄어들 거라고 생각했다. 하지만 반드시 그렇지는 않았다. 유료화 직후라 그런지, 아니면 NCAA 토너먼트 결승전이 이어지고 있어서 그런지 몰라도 구매 수가 오히려 조금 올랐다.

여기서 또 하나 재미있는 사실이 있다. 이상한 점을 발견했는지 모르겠다. 유료화 이후 연참을 하면 보통 연참 마지막 회 구매 수가 약간 더 높다. 작가는 독자가 처음부터 이야기를 순서대로 쭉 따라오며 읽는다고 가정하고 글을 쓴다. 그렇기 때문에 작가는 이야기를 어떻게 전개하고 캐릭터들 간의 관계를 쌓아 갈지, 감정을 어떻게 끌어 올릴지, 마지막에 어떻게 뻥! 터뜨릴지 고민한다.

하지만 독자가 반드시 작가의 규칙을 따를 거라 기대하지는 말자. 편당 100원을 내야 하는 독자 중에는 이런 과정을 거추장스럽게 느끼고, 100원을 투자하기 아까워하는 분도 있다. 그래서 연참을 하면 그중 마지막 편만 결제해서 이야기의 진행 상황만 확인하기도 한다. 작가 입장에서는 그깟 100원이 아까워서 중간을 뛰어넘고 보느냐 툴툴거릴 수 있다. 그런데 독자 입장에서는 실제로 100원이 아까운 것이다. 독자는 작가가 누구고 어떻게 이 작품을 쓰게 되었는지 모른다. 작가가 얼마나 고민하고 노력하며 썼는지 알 수 없다. 알 필요도 없다. 그저 100원어치 이상의 재미를 기대할 뿐이다.

마찬가지로 작가 역시 독자 개개인의 사정에 대해서는 알지 못한다. 돈이 흘러넘치는 사람일 수도 있고, 정말 힘들게 살지만 웹소설 한 편으로 잠깐의 즐거움을 누리는 사람일 수도 있다. 그러니 작가가 할 수 있는 일이란 돈을 내고 읽어 주는 독자에게 고마움을 느끼고, 기꺼이 100원을 내도록 재미있는 소설을 쓰는 것뿐이다. 언제나 그것이 최선이다.

이렇게 월요일 유료화와 함께 3연참, 다음 날인 화요일에는 2연참을 했다. 비축분이 있다면 연참을 더 하고 싶었다. 당연하지 않은가. 첫날 연재분 구매 수는 4,070이었으나, 다음 날 연재분 구매 수는 2,760이었다. 차이가 결코 적지 않다. 할 수만 있다면 주 7일 연재도 하고, 매일매일 연참도 하고 싶다. 새로운 글을 올리기만 하면 돈을 벌 수 있는데. 눈앞에 돈이 빤히 보이는데.

그렇지만 나는 이미 5회분 연재를 올렸다. 이틀 만에 일주일치 연재분을 소모한 것이다. 당연히 비축분은 그만큼 줄어들었다. 반드시 일주일치 분량의 비축분은 가지고 있자고 나만의 원칙을 정하고 있었다. 내 글쓰기 패턴이 5회분, 일주일치를 써서 한꺼번에 수정하는 것이니, 이 루틴은 꼭 지키고 싶었다. 매일매일 내일 연재분을 걱정하면서 쓰는 것만큼은 절대로, 절대로 피하고 싶었다.

그래서 욕심을 누르고 다음 수, 목, 금 연재는 원래대로 돌아와 하루 한 편씩 올렸다. 수, 목, 금 연재분의 구매 수는 1,433(52회) - 1,478(53회) - 1,433(54회)이었다. 구매 수는 결승전이 끝난 다음 회인 53회에 정점을 찍었다. 1,389로 시작해

1,478까지 올랐으니 유료화 첫 주 성적은 상당히 만족스러운 결과였다.

그리고 유료화 2주 차부터 본격적으로 구매 수가 하락하기 시작했다. 연재하는 동안 독자를 얼마나 유지하고 있는지 확인하는 지표를 '연독률'이라 부른다. 기준이 명확하게 정해진 용어는 아니다. 보통 무료 연재일 때 연독률은 4회의 조회 수와 최신 회에서 3회 전 조회 수를 비교한다. 가령, 내가 무료로 45회까지 연재했다면 연독률은 (42회 조회 수/4회 조회 수)×100으로 계산한다. 앞의 3회는 초반만 보고 이탈하는 독자를 제외하기 위해서, 뒤의 3회는 따라오고 있지만 아직 최신 회를 읽지 못한 독자를 고려하기 위해서 뺀다. 문피아는 최근 공모전을 열면 후반부에 작품의 연독률을 공개하고 있다. 문피아의 연독률 계산 방법은 앞에 서술한 방법과 달리 좀 더 복잡하고 정교하다. 앞의 공식은 추세를 확인하기 위해 간편하게 만든 것으로 이해하기 바란다.

유료 연재일 때 연독률 계산은 더욱 심플해진다. 유료 전환을 시작한 회차부터 최신 회차까지 구매 수가 얼마나 유지되고 있는지 보면 된다. 어떤 작품이 50회에 유료화를 시작하고 이때 2,000의 구매 수를 기록했다고 가정하자. 같은 작품의 100회 구매 수가 1,500이라면 이 작품의 유료화 후 연독률은 75%가 되는 셈이다.

유료화 첫날 전환율 확인은 극적인 순간이다. 반면 유료화 이후 구매 수를 완결까지 최대한 지켜 내야 하는 연독률 싸움은 마라톤이다. 연독률 방어는 연재가 끝날 때까지 끝난 게 아니다. 유료화 이후 작가의 모든 스트레스의 근원은 연독률에 있다고 봐도 좋을 정도다. 내 경우도 크게 다르지 않았다. 2주 차에 이르자 최신 회 구매 수 저하가 바로 시작됐다. 《NBA 만렙 가드》 유료화 2주 차 성적을 보자.

1,397(55회) - 1,410(56회) - 1,389(57회) - 1,320(58회) - 1,269(59회)

월, 화, 수 사흘간은 살짝 들쑥날쑥했지만 괜찮았다. 그러나 목, 금에는 수십 명이 쑥쑥 빠져나갔다. 유료화 3주 차에는 1,200대에서 왔다 갔다 하더니, 4주 차가 되자 1,100까지 내려왔다. 약 1,400명의 독자를 확보하고 시작했는데, 한 달 만에 300명의 독자가 더 이상 내 소설을 읽지 않고 빠져나간 것이다. 아마 내용상의 문제도 있었을 것이다. 대학 리그의 하이라이트, NCAA 전국 토너먼트 결승전을 치르자 꼭 1부 완결 같은 느낌이 들었다. 물론 내 소설은 따로 1부, 2부가 나뉘지 않고 쭉 이어진다. 그렇지만 그냥 대학 무대 정도면 충분하다고 느낀 독자들이 분명히 있었을 것이다.

또 다른 문제는 전개 속도였다. 토너먼트를 끝내면 NBA 진출을 노리는 선수들은 NBA 드래프트를 통해 30개의 NBA 구단에서 자기를 뽑아 주기를 기다린다. 드래프트를 하려면 먼저 NBA에서 진행하는 신체 측정과 구단별로 실행하는 테스트를 거쳐야 한다. 그런데 드래프트를 준비하는 과정에서 독자들의 불만이 터져 나오기 시작했다. 빨리 NBA로 가지 않고 질질 끌고 있다는 지적이있다. 24회만큼은 아니지만 댓글 창에 또 한 번 불만이 폭주했다. 구매 수가 떨어지는 게 눈에 보였다. 이때 작가가 할 수 있는 행동은 크게 두 가지다.

하나. 독자들이 원하는 방향으로 내용을 틀거나 전개 속도를 높인다.

둘. 연참으로 독자가 지루하다고 느끼는 부분을 빠르게 돌파한다.

나는 두 번째 방법을 택했다. 일단 이미 써 놓은 분량이 있어서 내용을 수정하기 어려웠다. 전개 속도를 높인다는 것도 지금까지 작품을 쓰면서 유지하던 호흡이 있기 때문에 갑자기 2배속, 3배속으로 건너뛰는 게 말처럼 쉽지 않았다. 이미 어느 정도 궤도에 오른 소설은 아무리 작가라도 함부로 통제할 수 없다. 그러면 이때까지 쌓아 놓은 것들이 우르르 무너질 수도 있다.

비축분을 써 버리는 것은 부담이었지만, 당시의 나는 이 것저것 뒤를 따져 볼 여유가 없었다. 내 페이스를 지키면 좋 겠지만 독자가 다 떠나 버린 다음에는 뒷 내용이 아무리 재 미있어도 소용없다. 웹소설에서 한 번 떠난 독자, 일명 '하차' 해 버린 독자는 웬만해서는 다시 돌아오지 않는다. 내 소설 말고도 세상에 읽을 작품은 넘쳐 난다.

영화 〈기생충〉에는 첫째 아들이 부잣집 딸의 과외를 하 면서 "시험은 기세다."라고 말하는 장면이 나온다. 이 대사로 그는 부자집 사모님과 딸의 마음을 모두 사로잡는다. 나는 이 말을 웹소설에도 적용할 수 있다고 생각한다. 무료 연재 에서 막 투베에 들고 독자를 끌어모을 때, 초반에 기세를 몰 아 치고 나가는 게 중요하다. 한 번 높은 순위에 오르면 다 음에는 더 높은 곳에 오르기 쉬워진다. 유료화 이후에도 차 츰 독자의 구심점이 흩어지고 있다고 느껴질 때, 흩어지지 않게 기세를 몰고 치고 나가야 한다.

나는 떨어져 나가는 독자를 붙잡기 위해 3주 차에 한 번, 4주 차에는 세 번 연속으로 연참을 질렀다. 무슨 일이 있어 도 네 자릿수 구매 수를 최대한 오래 유지하는 것이 가장 중 요하다고 생각했다. 구매 수 1,000과 999는 매출로만 보면 겨우 100원 차이다. 하지만 작가의 심리적 안정감에는 큰 차이가 있다. 또한 문피아는 구매 수가 모두 공개되어 있기 때문에 구매 수가 세 자리로 떨어지면 독자들도 바로 안다. 그러면 '아, 이제 재미없나 보다.'라고 생각하는 독자들이 생긴다. 나는 구매 수 1,000을 반드시 지켜야 하는 마지노선으로 정했다. 언젠가는 무너지겠지만 그 시기를 최대한 지연시키고자 했다.

그렇게 연참을 통해 4주 차에 독자들이 토너먼트 후 가장 궁금해하는 부분, 주인공 마이클이 NBA 드래프트에서 어느 팀에, 몇 순위로 지명되는가를 보여 주며 겨우 위기를 넘겼다. 드래프트가 끝나자 댓글 창에는 다시 평화가 찾아왔다. NCAA 토너먼트 이후 주인공이 NBA에 드래프트되기까지 독자들의 반응이 모두 똑같은 것은 아니었다. 특히 나중에 유입된 독자들은 오히려 전개 속도가 괜찮다고 했다. 대학 선수가 프로 선수로 되기까지 과정을 자세히 보여 줘서 좋았다는 댓글도 있었다.

하지만 중요한 것은 웹소설이 일일 연재라는 것이다. 결승전을 마친 52회부터, 주인공이 NBA 구단에 뽑히는 72회까지 연재 분량은 20회였다. 거의 책 한 권에 가까운 분량이다. 나중에 유입된 독자, 혹은 매일매일 읽는 게 감질나서 묵

혔다가 한꺼번에 읽는 독자는 한 번에 쭉 읽어 나가기 때문에 느리다는 느낌이 별로 없다.

그러나 매일매일 따라오며 읽는 독자는 받아들이는 호흡과 느낌이 다르다. 그러니 발생하는 감정도 달라진다. 20회를 이어 갔다는 것은, 내가 연재 주기를 그대로 지켰다면 자그마치 4주, 한 달을 기다려야 하는 기간이다. 한꺼번에 읽는 독자는 회당 5분씩 계산해도 두 시간이면 충분하지만, 매일매일 읽는 독자는 한 달이나 걸리는 것이다.

나는 기다리는 답답함을 이기지 못한 독자가 떨어져 나가는 것을 막으려고 연참을 퍼부었고, 기간을 일주일 앞당겨 드래프트 장면을 보여 주었다. 일일 연재는 매일매일 독자의 감정을 고려하고 배려해야 한다는 점을 겪어 보고 나서야 알았다. 연참을 계속한 덕분에 나는 가까스로 연독률이 무너지지 않게 지킬 수 있었다. 그렇게 유료화 이후 6주 동안 최신 회 구매 수 네 자릿수를 지킬 수 있었다.

그러나 얻는 것이 있으면 잃는 것도 있는 법이다. 나는 연참으로 비축분을 죄다 털어 넣은 나머지 더 이상 글쓰기 루틴을 지킬 수 없었다. 고작 하루나 이틀 정도의 비축분을 가지고 글을 써야 했다. 이제 전체적인 흐름을 살피며 몰아서 수정할 수 있는 여유는 사라졌다. 웹소설을 처음 시작할 때부터 지켜 오던 루틴이 무너지자 마음이 초조해지기 시작했다. 엎친 데 덮친다고 했던가. 그 와중에 내 앞에는 또 하나의 커다란 벽이 기다리고 있었다.

웹소설 작가라면 누구나 두려워하는 100회의 벽이었다.

한계 돌파

100회의 벽을 넘어

〰〰〰〰〰〰〰 웹소설 작가 커뮤니티에서 100회 무렵에 도달한 작가들의 푸념을 많이 봤다. 더 이상 쓸 얘기가 없다, 답답하다, 미치겠다, 죽겠다. 솔직히 나는 그 말을 잘 이해하지 못했다. 《드라켄》을 130회로 완결했지만, 그냥 글쓰기가 힘들었지 100회라고 해서 특별히 힘든 줄은 몰랐다.

그렇지만 《NBA 만렙 가드》 때는 달랐다. 나 역시 100회에 가까워지자 글쓰기가 너무 벅찼다. 100회가 어려운 이유는 작가마다 다를 것이다. 나의 경우는 일단 아득함이었다. 《드라켄》은 125회 완결 예정이었고, 100회면 이제 결말을 향해 달려가는 시점이었다. 반면 《NBA 만렙 가드》는 200회 이상 연재가 목표였다. 100회는 이제 겨우 절반일 뿐이었다. 《NBA 만렙 가드》 1회를 올린 날이 3월 2일, 100회는 6월 26일이다. 연재를 4개월째 이어 오고 있었고, 앞서 준비하던 기간까지 합치면 거의 반년째 《NBA 만렙 가드》에만 매달려 있었다.

그냥 쓰는 것도 아니다. 매일매일 독자가 얼마나 줄어들까 노심초사하며 쓰는 것이다. 웹소설 작가는 하루하루가 시험 날이다. 그날그날 구매 수라는 성적표를 받는다. 스토리 진행상 어쩔 수 없이 주인공이 위기에 몰리는 회차를 올리면 어떤 댓글이 올라올지 바짝 긴장하게 된다. 그러지 말아야지 머리로는 생각하지만 마음은 그렇지 못하다. 힘들게 하루하루 쓰고 있는데, 무려 100회라는 마일스톤을 달성했는데. 맙소사, 이제 겨우 절반이라고?! 앞으로 최소 넉 달 이상을 더 연재해야 한다고? 이 생각에 숨이 턱 막혔다.

이즈음 최신 회 24시간 구매 수도 900 후반에서 1,000 초반을 왔다 갔다 하고 있었다. 결국 101회에 구매 수 1,006을 찍고는 그렇게 지키려 했던 구매 수 네 자리가 무너졌다. 커뮤니티에서 100회에 구매 수가 반토막 났다는 푸념을 많이 봐서 그랬을까. 그래도 100회까지 구매 수 네 자리를 지켰으니 다행이라는 생각과 앞으로는 내리막뿐이라는 생각이 교차했다.

그럴 때 100회에 축하 댓글을 달아 주는 독자들이 있어 참 고마웠다. 문피아에 가차 없는 비판과 악플이 많은 것은 사실이다. 하지만 작가를 응원해 주는 독자도 많다. 보통 유료화할 때, 100회, 그리고 완결하면 축하와 응원 댓글이 쏟아진다. 특히 이때는 평소에 전혀 댓글을 달지 않던 독자도 축하 댓글을 달아 주는 경우가 많다.

그리고 문피아에서 연재할 때, 100회가 되면 또 하나 달라지는 것이 있다. 100회 이후에는 문피아 독점 기간이 풀리면서 다른 플랫폼에도 소설을 연재할 수 있다. 이때 타 플랫폼에 한꺼번에 올라가는 것은 아니다. 플랫폼별로 최대한 좋은 프로모션을 잡아 시간 차로 연재를 시작하게 된다.

그런데 《NBA 만렙 가드》의 경우, 가뜩이나 다른 플랫폼에서는 크게 반응이 없는 스포츠물인 데다가, 소재 역시 마이너한 농구였고, 문피아 성적도 애매한 탓에 프로모션이 쉽게 잡히지 않았다. 문피아에서 연재를 시작하는 작가는 당연히 문피아가 주요 수익원이지만, 여러 군데의 타 플랫폼에서 연재하는 수익도 무시할 수 없다. 가끔은 타 플랫폼 수익이 문피아 수익을 넘어서는 경우도 있다. 그렇지만 나는 이런 '타플 대박'은 애당초 물 건너간 상황이었다.

요즘 갈수록 웹소설 플랫폼들이 독점에 민감해지고 있다. 기간이 길든 짧든, '여기서만' 볼 수 있는 독점 기간을 원한다. 특정한 플랫폼에 일정 기간 동안 독점을 줄 때는 최대한의 매출을 올리기 위해 조건을 비교해야 한다. 플랫폼에 어떤 작품이 풀리는지, 현재 플랫폼의 정책이 어떤지, MD 성향은 어떤지 등 프로모션에 영향을 미치는 변수도 많다. 그만큼 운도 따라야 한다. 내 경우는 썩 운이 따르지 않았다.

매일매일 구매 수와 정산액을 확인할 수 있는 문피아와 달리, 타 플랫폼은 매달 한 번 정산액을 집계해 줄 때까지 기다려야 한다. 별점이 몇 점인지, 별점을 몇 명이나 달았는지, 댓글은 많은지 등을 보며 추측해 볼 수 있지만 확실한 결과는 정산 메일을 받아 보기 전까지 모른다.

이런 상황에서 앞으로 100회 이상을 더 연재해야 했다. 여기서 왜 꼭 200회를 채워야 하는지 궁금한 분도 있을 것이다. 웹소설 수익 구조를 생각하면 성적(구매 수)이 어느 정도 나온다고 가정했을 때, 무조건 연재 회차가 길수록 좋다. 연재가 길어질수록 매출을 낼 수 있는 회차도 당연히 늘어나기 때문이다.

〈드래곤볼〉, 〈원피스〉 같은 만화가 이야기가 늘어지는 것이 뻔히 보이는데도 재밌을 때 연재를 끝내지 않는 것과 같은 이치다. 웹소설 작가란 기본적으로 불안한 직업이다. 모든 콘텐츠 업계가 그렇지만, 작품의 흥행 여부는 아무도 모른다. 지금 인기가 있고, 오늘 잘 팔린다고 해도 인기가 언제까지 이어질지도 알 수 없다. 최고의 히트작을 낸 작가라고 해서 다음 작품이 잘된다는 보장도 없다. 지금 연재하는 소설이 인기가 있다면, 연재를 가능한 한 길게 끄는 것이 작가 입장에서는 가장 안정적이다.

연재를 길게 하는 것에는 또 다른 이점이 있다. 새로운 독자를 유입하는 데도 연재 중이 훨씬 유리하다. 유료화 시점에 유료까지 따라오는 독자가 전부가 아니다. 무료 투베 순위에서는 사라지지만, 연재 중에도 다양한 프로모션으로 꾸준히 노출하기 때문에 적은 수라도 매일 새로운 독자가 유입된다.

그러나 일단 완결하고 나면 독자의 발길은 뚝 끊긴다. 완결 이후에도 새로운 독자를 유입하고 싶다면? 가장 좋은 방법은 새로운 작품을 연재하는 것이다. 새로운 작품이 재밌으면 독자는 작가의 이전 작을 찾아보게 되니까. 그래서 내가 완결 이후 곧바로 새 작품에 들어가지 않고 이렇게 에세이를 쓰는 것은 사실 쓸데없는 짓이다. 그렇지만 지금이 아니면 쓰지 못할 것 같았고, 꼭 쓰고 싶은 글이라 참을 수 없었다.

어쨌든 여러 힘든 정황 속에서, 이제는 비축분마저 거의 다 떨어졌다. 그러자 혹시 무슨 일이 생겨서 연재를 펑크 내는 건 아닐까 하는 두려움까지 겹치기 시작했다. 만약 몸이라도 아파서 글을 못 쓰는 날이 생기면? 이런 걱정이 들자 오히려 병원을 안 가게 되었다. 병원을 가는 시간도 아깝지만, 혹시라도 연재가 어려울 만큼 장기적인 치료를 받아야 할까 봐 두려워서다. 물론 조금이라도 아플 때 병원에 가서 제때 치료를 받는 게 훨씬 좋다는 사실을 잘 알고 있다. 어리석지만 겨우 붙잡은 기회를 놓치게 될까 봐 두려운 건 어쩔 수 없었다.

단 하루라도 휴재를 하면 당장 구매 수에 나쁜 영향을 끼친다. 독자는 작가가 정한 연재 주기와 연재 시각에 맞춰 정확히 새로운 회차가 올라오길 기대한다. 유료화를 했다면 무엇보다 이 약속을 최우선으로 지켜야 하는 것은 기본 중의 기본이다. 성적이 얼마가 됐든 유료화를 했다는 것은 '프로 작가'가 되었다는 뜻이다. 내가 소비자일 때, 사업자가 제대로 약속을 지키지 않으면 어떤가? 당연히 화가 난다. 나 역시 내 작품의 소비자인 독자에게 추가적인 서비스(연참)는 제공하지 못할지라도 기본은 지켜야 했다.

이때쯤 정말 고민이 많았다. 글쓰기는 벅차고, 이대로면 곧 비축분이 완전히 사라져 오늘 써서 내일 올리는 하루살이로 살게 될 것이 뻔했다. 비축분이 전혀 없이 연재하는 것을 흔히 '라이브 연재'라고 부른다. 라이브 연재도 두려웠고, 그러다 혹시 펑크라도 낼까 두 배로 두려웠다. 그럴 바엔 차라리 연재 주기를 주 4회, 혹은 주 3회 정도로 줄이는 게 낫지 않을까 하는 유혹에 시달렸다.

물론 최선은 처음 정한 연재 주기를 지키거나, 혹은 연재를 더 늘리는 것이다. 퀄리티가 떨어지지 않는다는 가정 아래, 할 수만 있다면 주 7일 매일 연재에, 때때로 연참을 더하면 연독률 유지에 큰 도움이 된다. 그렇게 하면 돈도 더 많이 벌 수 있다. 그래서 웹소설은 손이 빠른 작가, 생산량이 많은 작가가 압도적으로 유리하다.

안타깝게도 나는 그런 타입이 전혀 아니었다. 처음에는 루틴이 무너졌어도 연재를 쉬는 주말에 보충해서 다시 5회의 비축분을 모으면 되겠다고 생각했다. 그런데 정말 거짓말처럼 주말이 돼도 글을 쓸 수 없었다. 토요일에 한 편, 일요일에 한 편 써야지 생각하고 책상 앞에 앉으면 토요일은 길어야 2,000~3,000자밖에 쓰지 못했다. 그러면 일요일에 나머지 분량을 채우고, 다음 회차를 1,000~2,000자라도 좀 써야지 다짐한다. 그러나 일요일이 되어 남은 부분을 채우고 퇴고를 하고 나면 이미 월요일 새벽이 되어 있었다.

많은 일이 그렇지만, 글도 앉아 있는 절대적인 시간보다 제대로 집중해서 쓰는 것이 더 중요하다. 하지만 멍하니 앉아 있는 시간이 점점 늘어났다. 마치 내 몸이 글쓰기를 거부하고, 내 머리가 생각하기를 거부하는 것 같았다. 어떨 때는 컴퓨터 앞에 앉기만 해도 가슴이 답답해서 한 글자도 쓰지 못했다.

정확히 언제부터 라이브 연재를 했는지는 기억나지 않는다. 처음으로 라이브 연재를 해야만 했던 날의 그 묵직한 피로감만 기억날 뿐이다. 어느 순간, 나는 그렇게 두려워하던 라이브 연재를 하고 있었다. 주말에 단 1회라도 비축분을 만들고 싶었지만 불가능했다. 도저히 그렇게 되지 않았다. 그래도 연재 주기는 어쨌든 하는 데까지 해 보자는 심정으로 주 5일을 고수했다. 여기서 해내지 못하면, 여기서 한 발 뒤로 물러나면 제대로 웹소설 작가가 되지 못할 것만 같았다.

그렇게 비축분 제로의 라이브 연재를 시작했다.

끝날 때까지 끝난 게 아니다

추락은 한순간이다

〰〰〰〰〰〰〰 여기까지 읽으면서 의아한 분도 있을 것
이다. 왜 계속 힘들다고만 하지? 가만히 앉아서 글만 쓰는데
그렇게 고통스럽나? 글 쓰면서 돈도 벌잖아? 대박 나면 대기
업 연봉도 우스울 만큼 벌 수 있다면서? 누가 글 쓰라고 등
떠민 것도 아니고. 세상에 힘든 일이 얼마나 많은데 하고 싶
은 일 한다면서 그렇게 징징거리는 거지?

지당한 의문이다. 우선 돈벌이에 대해 말해 보자. 아마
이 글을 읽는 대부분의 사람이 직장을 다니며 돈을 벌고 있
을 것이다. 아니면 아르바이트로 돈을 벌어 본 경험이라도 있
을 것이다. 돈을 번다고 해서 일할 때의 고통이 사라지는가?

전혀 그렇지 않다. 정말 그렇다면 월요일 출근길이 그렇게 고통스럽지는 않을 것이다.

그러면 이렇게 반문할 것 같다. 직장인이야 하기 싫은 일 떠맡아서 하니까 욕하면서 다니는 거지. 하지만 당신은 하고 싶은 일 하는 거잖아? 이 말도 맞다. 분명 웹소설을 쓰면서 나는 직장에서 감내해야 했던 비효율적인 일을 더 이상 겪지 않는다. 상사의 의중이 무엇인지 파악하려고 애쓰지도 않고, 그저 보고를 위한 보고도 하지 않는다. 후배를 끌어 줘야 한다는 의무감도, 남의 실수를 커버할 필요도 없다. 보기 싫은 사람들과 잘 지내려고 억지로 노력할 필요도 없다. 연초에 수립한 목표를 맞추기 위해 쪼임을 당할 필요도, 반대로 누굴 쪼아 댈 필요도 없다.

하지만 혼자 하는 일이기에 나는 내 일, 내 작업물인 소설의 결과에 대해 완전히 책임져야 한다. 나는 눈에 보이지 않는 독자의 마음에 들도록 그들의 욕구에 맞춰 글을 써야 한다. 글을 쓰며 살기는 하지만, 온전히 쓰고 싶은 글을 쓰는 것은 아니다. 글을 쓰며 산다는 형식은 내가 바라던 바가 맞지만, 쓰는 글의 내용은 내가 완전한 경제적 자유를 얻을 때까지는 웹소설의 규칙에 맞춰야만 한다. 아무도 나를 쪼는 사람은 없다. 그렇지만 돈을 받고 글을 쓴다는 책임감, 그리고 매일매일 눈에 보이는 조회 수와 구매 수가 나를 채찍질한다.

무엇보다 글쓰기가 고통인 진짜 이유는 바로 내가 글쓰기를 선택했기 때문이다. 안정적인 대기업을 때려치우고 글쓰기를 선택했을 때는, 누구보다 글을 잘 쓰고 싶다는 욕망도 작용했다. 어제보다 오늘 잘 쓰고 싶고, 오늘보다 내일 더 잘 쓰고 싶다. 소설을 쓴다면 탄탄한 세계관, 참신하고 예측 불가능한 스토리, 가슴 찡한 감동, 다면적이고 생생한 캐릭터, 탁월한 리얼리티와 깊이 있는 주제 의식 등등. 감히 시대를 뛰어넘는 명작까지는 아니더라도, 흥미롭고, 재미있고, 의미도 있는 소설을 쓰고 싶다. 잠깐 반짝하는 베스트셀러보다는, 5년, 10년이 지나도 꾸준히 읽히는 스테디셀러를 쓰고 싶다. 그러기 위해서는 다양한 분야에 걸쳐 독서하고, 왕성한 호기심을 유지하며 세상에 대한 통찰력을 계속 키워야 함은 물론, 글쓰기 기술도 끊임없이 갈고 닦아야 한다. 극의 재미를 유지하는 나만의 스토리텔링 기법을 만들어야 하는 것은 물론이다.

천재가 아닌 이상, 잘하기 위해서는 고통이 뒤따른다. 좋은 글을 쓰려고 노력하는 것도 고통이고, 결과물이 내 바람을 따라오지 못할 때도 고통이다. '회사까지 때려치우고 나왔는데, 겨우 이것밖에 안 되나?'라는 자괴감도 이겨 내야 한다. 그래서 글쓰기는 고통이 될 수밖에 없다. 다만 누가 억지로 시켜서 겪는 고통이 아니라, 내가 기꺼이 자처한 고통이라는 점이 다르다. 그렇기 때문에 나도 견딜 수 있다.

하지만 200회가 넘는 이야기를 써야 하고, 심지어 이제는 비축분도 없이 하루하루 연재에 급급하다 보니 소설을 더 잘 쓰고 싶다는 생각조차 흐려졌다. 그저 퀄리티를 유지하는 것만으로도 감지덕지다. 캐릭터마다 재미있는 백스토리를 넣어 더욱 입체적으로 만들고, 깊이 있는 관계를 만들어 보고 싶어도 만약 새로운 요소를 넣었다가 스토리를 제대로 풀어내지 못하면 어쩌나 두려움이 앞선다. 새로운 스토리를 넣고 싶어도 내가 과연 이걸 제대로 쓸 수 있을까 우려가 앞선다.

종이책은 책이 인쇄에 들어가기 전이라면 얼마든지 내용을 수정할 수 있다. 하지만 일일 연재인 웹소설에서는 오늘 회차를 올리면 그대로 내용이 확정된다. 오늘 올린 이야기에 맞춰 내일의 이야기가 진행되어야 한다. 간혹 정말 내용이 이상하면 이미 올린 내용을 수정해서 공지를 올리기도 하지만 이는 최후의, 최후의 수단이다.

비축분이 없으니 24시간 안에 다음 회차의 전개 방향

을 결정하고 글을 써야 한다. 매 경기 흐름과 승패를 결정하고, 주인공과 보조 캐릭터들의 활약상에 균형을 맞추고, 어떤 라이벌을 만들지, 부상과 같은 돌발 변수를 누구에게, 어디서, 어떻게 넣어야 할지 결정해야 한다. 오늘의 결정은 내일의 결과에 곧바로 영향을 미친다. 물론 어떤 결과가 나올지는 글을 올리기 전까지 아무도 모른다.

그러다 보니 글도 점점 보수적으로 쓰게 된다.《NBA 만렙 가드》는 계속 경기만 이어지면서 소설이 단조로워지기 시작했다. 아무리 스포츠 소설이라고 해도 계속 경기만 이어지면 읽는 독자도 피곤해진다. 소설이 계속 긴장감이 넘치면 좋을 것 같지만 그렇지 않다. 숨 쉴 틈 없이 몰아쳤다가도 긴장을 풀어 주는 완급 조절이 필요하다. 그래서 스포츠 소설은 경기가 없는 일상 장면도 잘 써야 한다.

계속 경기 장면만 이어지면 또 다른 문제가 생긴다. 경기가 패턴화되기 쉽다는 점이다. 압도적으로 이기는 경기, 비등비등하다 마지막에 치고 나가는 경기, 내내 끌려다니며 질 것 같다가 막판에 역전하는 경기 등 몇 가지 흐름으로 압축된다. 경기 장면의 디테일은 저마다 다르지만, 큰 틀에서 보면 비슷해진다. 나도 경기 장면을 쓰다 보면 어디서 본 듯한 느낌이 들 때가 있었다. 그럴 때 앞의 몇 경기를 다시 읽어 보면 어김없이 비슷한 내용이 나왔다. 그러면 썼던 걸 다 지우고 다시 쓰곤 했다.

작가가 흔들리면 누구보다 독자들이 귀신같이 알아차린다. 140회쯤 위기가 찾아왔다. 그렇게 지키려고 노력했던 구매 수 1,000 라인도 무너지고 이제는 900에서 800대까지 내려 앉은 때였다. 내용은 주인공 마이클이 올스타 투표 1위에 선정되어 NBA 올스타전에 나가는 상황이었다. 나는 올스타전을 통해 마이클에게 또 하나의 라이벌을 만들어 주고 싶었다. 그래서 올스타전을 조금 자세하게 쓰려 했는데, 그만 생각 이상으로 길어져 4회나 쓰고 말았다. 올스타전 한 게임이 거의 일주일을 차지해 버린 것이다.

지금도 올스타전을 쓸 때가 생각난다. 2020년 8월 말이었다. 미친 듯 쏟아붓던 장마는 겨우 끝났지만, 대기는 너무나 습했고, 날은 찌는 듯이 더웠다. 한증막이 따로 없었다. 평소 같으면 낮에는 카페에 나가서 글을 썼을 것이다. 하지만 이때는 코로나19 때문에 웬만하면 밖에 나가지 않았다. 나는 집에서 글을 써야만 했고, 우리 집에는 에어컨이 없었다. 창문이란 창문은 있는 대로 활짝 열었지만 푹푹 찌는 더위 속에서 나는 몽롱한 기분에 빠져들었다. 그런 상태에서 올스타전을 썼다.

결과는 참패였다. 올스타전은 이벤트 경기라 승패가 별로 중요하지 않다. 그러면 팽팽한 경기를 통해 새로운 라이벌전을 만들어야 했는데, 대립 구도 형성에도 실패했다. 독자 입장에서는 중요하지도 않고, 이기든 지든 상관도 없는 경기가, 4회나 밋밋하게 이어지니까 답답했을 것이다. 게다가 이제는 답답하다, 재미없다고 가차 없이 비판 댓글을 달아 줄 독자도 대부분 떠난 상황이었다. 그러니 댓글에서 지금 위험하다는 시그널을 캐치할 수 없었다. 그 대신 구매 수가 폭락했다. 올스타전 이벤트가 시작될 무렵인 137회 구매 수는 790이었다. 그런데, 올스타전이 끝난 144회에는 구매 수가 607로 내려앉았다. 겨우 8회를 진행하는 동안 독자가 무려 200명 가까이 줄어든 것이다. 유료화를 시작한 이후로 가장 큰 낙폭이었다.

이때 나는 분명 해이해져 있었다. 구매 수 1,000을 지키겠다는 마음이 너무 컸던 나머지, 이게 무너지자 허탈감을 느꼈고, 라이브 연재로 하루하루 어찌어찌 넘기면서 관성으로 글을 쓰고 있었다. 그러자 나도 모르게 될 대로 되라는 식이 되어 버렸다. 어떻게든 되겠지라는 허술한 마음으로 쓰다 보면 반드시 망한다. 그것도 즉각적으로. 내 경우에도 구매 수 폭락으로 이어졌다. 정말 내 심리가 내 소설에도 반영

되어 그랬는지는 모르겠다. 하지만 숫자는, 특히 구매 수는 거짓말을 하지 않는다. 급락하는 구매 수는 독자가 더 이상 내 소설의 다음 회를 읽고 싶어 하지 않는다는 사실을 명확하게 보여 주었다.

발등에 불이 떨어지자 나는 퍼뜩 정신을 차렸다. 이대로 정신을 놓고 있다가는 200회쯤에는 구매 수가 두 자리까지 떨어지겠다는 위기감이 엄습했다. 내 소설은 온전한 나의 책임이고, 내가 무너지면 커버해 줄 사람은 아무도 없었다.

"끝날 때까지 끝난 게 아니다."

메이저 리그 레전드 선수인 요기 베라가 남긴 유명한 말이다. 이 말은 완전히 기울어진 경기라도 마지막 스리아웃을 잡기 전까지 야구는 끝나지 않으니 끝까지 최선을 다해야 한다는 뜻으로 쓰인다. 웹소설 역시 끝날 때까지, 마지막 회가 올라와 완결이 날 때까지는 끝난 게 아니다. 다만 야구는 9회말 투아웃에도 역전이 나올 수 있지만 웹소설은 아니다. 중간에 무너진 소설은 이야기를 어떻게 수습한다고 해도 다시 예전의 인기를 회복하기는 거의 불가능하다.

그렇지만 중간에 삐끗했다고 손을 놓아 버리면 추락은 걷잡을 수 없다. 그래서 연재는 끝날 때까지 끝난 게 아니다. 다시 정신을 차려야 할 때였다.

웹소설 작가는 완결을 통해 성장한다

완성이 아니라 완결

〰〰〰〰〰〰〰〰 흐트러진 마음을 다잡고 연재를 이어 갔다. 150회쯤이었고, 완결 200회를 목표로 하고 있었으니 이제 두 달 정도만 더 고생하면 된다고 생각했다. 다행히 올스타전이 끝나자 구매 수는 다시 완만한 그래프를 그리기 시작했다. 어차피 떨어지는 구매 수를 막을 수는 없다. 최대한 완만하게 유지하는 게 관건이었다. 구매 수는 500대에서 400대로, 190회쯤에는 300대까지 떨어졌다. 시작할 때 구매 전환이 1,389였으니 유료 연재를 반년 정도 이어 가는 사이 1,000명 넘는 독자가 더 이상 내 소설을 읽지 않고 떠난 것이다.

독자가 떠난 만큼 내 수입도 함께 떨어졌다. 웹소설 작가는 장점만큼 단점도 많은데, 그중 가장 큰 단점은 역시 수입이 일정하지 않고 예측도 어렵다는 점이다. 그래도 연재를 이어 가는 동안 적지만 매일매일 새로 유입되는 독자가 있었다. 새로 유입되는 독자들이 그동안 쌓아 놓은 유료 회차를 구매해서 읽어 준 덕분에 문피아에서 수익을 어느 정도 유지할 수 있었다. 문피아만큼은 아니지만 타 플랫폼 수익도 큰 도움이 되었다.

웹소설 연재를 하다 보면 웹소설은 내가 아니라 시간이 쓴다는 생각이 들곤 한다. 처음 시작할 때는 대체 언제, 과연 내가 200회까지 갈 수 있을까 싶다. 새로운 시작이라는 흥분만큼이나 머나먼 완결을 향한 길이 막막하게 다가온다. 그러다 연재에 들어가면 하루하루 글쓰기도 벅찬데, 그 와중에 오타 같은 자잘한 실수부터, 생각지도 못한 돌발적인 상황까지 생긴다. 이런저런 상황에 대처하면서 정신없이 살다가 어느 순간 뒤를 돌아보면, 어느새 50회, 어느새 100회, 어느새 150회가 내 뒤에 쌓여 있는 것이다. 분명 내가 쓴 소설이 맞는데, 대체 내가 언제 이 많은 글을 다 썼는지 의아해진다. 잘 썼든, 못 썼든, 성적이 좋았든 나빴든, 그동안 써 온 몇십, 몇백만 개의 글자가 마치 벽돌처럼 차곡차곡 쌓여, 내가 딛고 올라가는 계단이 되어 준다.

돌발 상황은 꼭 연재와 관련된 일만 생기는 게 아니다. 나는 《NBA 만렙 가드》 연재 중에 어머니 혼자 사는 본가의 아랫집으로 물이 새고 있다는 연락을 받았다. 오래된 아파트라 이미 몇 년 전에도 한 번 물이 새는 부분의 난방 배관을 때운 적이 있었다. 그래서 이번에도 때우면 되겠거니 했는데, 시공 업체는 워낙 오래된 아파트라 부분 공사를 아무리 해도 위치를 옮겨 가며 또 물이 샐 것이 뻔하기 때문에 더 이상 부분 공사는 하지 않는다고 했다.

그렇다고 물이 새는데 방치할 수도 없어 결국 아파트 바닥을 죄다 뜯어내고 난방 배관을 전면 교체하는 대공사를 할 수밖에 없었다. 이삿짐 업체를 불러 짐을 모두 빼고, 2주간 보관을 맡겼다. 어머니는 보름 동안 호텔에 모셨다. 바닥을 전부 뜯고, 배관을 싹 교체했다. 온 집 안이 먼지와 시멘트 가루투성이가 되었고, 도배와 장판도 새로 할 수밖에 없었다. 내가 이사, 배관 공사, 도배, 다시 이사의 모든 과정을 관리했다. 물론 그렇다고 해서 연재를 쉴 수는 없었다.

웹소설 연재를 하는 동안 내 바람은 아주 소박해졌다. 나쁜 일은 당연하고, 심지어 좋은 일도 바라지 않게 된다. 그저 어제도, 오늘도, 내일도 아무 일도 생기지 않기를 바라게 된다. 설령 좋은 일이 생겨도 문제다. 마음이 들뜨게 되고, 축하하기 위해 사람들을 만나러 나가게 된다. 하루 이틀 정도는 글을 쓰지 않아도 되는 비축분이 있다면 또 몰라도 라이브 연재를 하고 있으면 모든 돌발 변수가 부담이다. 그래서 그냥 아무 일도 생기지 않기를 바라게 된다. 내가 매일매일 시계처럼 정확한 루틴으로 규칙적인 삶을 살았던 독일 철학자 칸트 같은 삶을 꿈꾸게 될 줄은 몰랐다.

그래도 변함없이 시간은 간다. 여러 난관이 있었지만, 다행히 내가 감당할 수 있는 수준이었다. 간혹 보면 대단히 성실한 작가임에도 어쩔 수 없는 상황으로 인해 연재를 쉬는 안타까운 경우가 있다. 인생은 결코 한 치 앞도 알 수 없다. 그저 큰일이 생기지 않기만을 바랄 뿐이다. 그렇게 어느새 완결 목표였던 200회까지 왔다. 생각했던 대로라면 이미 NBA 파이널까지 끝났어야 했다. 그런데 쓰다 보니 내용이 점점 길어졌고 205회에 가서야 파이널 1차전이 시작했다.

주인공 커리어에서 가장 중요하고, 소설에서도 클라이맥스가 되어야 하는 장면이다. 나는 마지막 힘을 끌어모아 파이널을 쓰기 시작했다. 200회를 쌓아 오는 동안 구축한 캐릭터와 관계들, 강력한 팀을 만들어 NBA 최강 팀과 격돌하는 가장 중요한 장면이었지만, 아이러니하게도 전개상 맨 뒤에

위치하기 때문에 읽는 독자는 가장 적었다.

NBA 파이널이 한창인 219회, 《NBA 만렙 가드》 24시간 구매 수 중 최저점인 341을 찍었다. 그런데 정말 신기한 점이 있다. 219회는 주인공 팀이 전반전 내내 힘 한번 제대로 쓰지 못하고 큰 점수 차이로 지고 있는 내용이었다. 그러다 주인공 마이클이 다시 활약하며 위기를 넘긴다. 그러자 구매 수도 천천히 반등하더니 파이널을 마치고 마지막 230회에 왔을 때는 다시 419까지 올라갔다.

나로서는 주인공이 위기를 겪거나, 재미가 없을 때 구매 수가 귀신같이 떨어지는지 알 도리가 없다. 독자들이 구매 전에 내용을 미리 알 수 있는 것도 아닌데. 전개가 다시 상승세를 타면 어떻게 다시 알고 구매 수가 올라가는지도 미스터리다. 독자들끼리 단톡방이라도 만들어 정보를 공유할 리는 없지 않나.

하지만 독자는 알고 있다. 모든 것을 알고 있다. 얼핏 보면 작가는 소설의 세계에서 신처럼 보인다. 인물을 창조하고, 이야기의 흐름을 비롯해 모든 것을 통제하는 것 같다. 하지만 정작 소설의 세계를 속속들이 아는 것은 독자고, 소설을 이어 가게 해 주는 힘도 독자에게서 나온다. 웹소설이란, 소설이란, 글이란, 독자 없이는 아무것도 성립하지 않는다. 《NBA

만렙 가드》도 무료에서 수천 명의 독자가 몰렸고, 유료화에도 천여 명 이상의 독자가 따라왔기 때문에 230회 완결까지 갈 수 있었다. 독자는 회당 100원을 결코 허투루 쓰는 법이 없다. 그러니 작가는 언제나 독자를 위해 최선을 다해 재미있는 소설을 쓰는 수밖에 없다. 언제나 독자를 존중하되 동시에 두려워하지 말고, 끌려가서는 안 된다.

2020년 크리스마스를 앞두고, 나는《NBA 만렙 가드》마지막 2회를 밤을 새워 써 내려갔다. 마지막 문장이 마음에 들지 않아 몇 번이나 고쳤던 기억이 난다. 그리고 내가 작품 속 캐릭터를 어떻게 설정했는지 '만렙 가드 TMI'를 작성해서 작가의 말에 넣었다. 크리스마스이브 새벽에 글을 완성해 예약 연재를 걸었을 때, 드디어 끝났다는 안도감 외에는 아무 생각도 들지 않았다.《드라켄》을 끝냈을 때처럼 이제 웹소설쯤 얼마든지 쓸 수 있겠다는 철없는 자만심은 생기지 않았다. 그저 다음에는 더 잘하고 싶다는 마음이 컸다. 그리고 머지않은 시간에 이 과정을 다시 겪어야 한다는 두려움도 있었다.

《NBA 만렙 가드》의 결과에 100% 만족하지는 않는다. 정말 어렵게 어렵게 이룩한 성과지만 글에도, 과정에도, 성과에도 군데군데 아쉬움이 남는다. 그렇지만 후회는 전혀 없다.

내가 할 수 있는 최선을 다했기 때문이다. 2020년, 《NBA 만렙 가드》를 쓸 당시의 나에게는 그만큼이 최선이었다. 오히려 내 역량 이상을 해냈는지도 모른다.

3년이라는 시간이 걸려 나는 이제서야 겨우 웹소설에 첫발을 떼었다. 그사이 연재에서 완결까지 온몸으로 겪으면서 많은 것을 느끼고 배웠다. 《NBA 만렙 가드》를 쓰면서 정말 성장한 것은 웹소설 쓰는 기술이 아니라, 오히려 나 자신인 것 같다.

새로운 영역에 도전하며 굳어 있던 생각을 깨고, 도저히 할 수 없을 것만 같았던 라이브 연재를 하며 230회로 완결해 냈다는 성취감이야 말로 나를 성장시킨 값진 경험이었다. 덕분에 글을 쓰는 나 자신에 관해 더 생각하게 되었다. 이 에세이도 그 연장선에 있다.

웹소설 몰라요

___

다시 공모전에 도전하다

〰〰〰〰〰〰〰〰 2021년 2월,《NBA 만렙 가드》를 완결하고 나는 잠시 딴짓을 했다. 웹소설 작가가 된 과정을, 여러분이 지금 읽고 있는 이 에세이를 브런치에 연재한 것이다. 사실 웹소설 작가는 작품을 완결하면 여유가 찾아오는 게 아니라 마음이 더 급해진다. 연재가 끝나는 순간, 수익도 추락하기 때문이다. 한 번 해 봤기에 전보다는 유리한 상황이지만, 그렇다고 다음 작품이 반드시 성공한다는 보장도 없다. 에세이를 쓰면서도 '내가 지금 이럴 때가 아닌데' 하는 생각이 불쑥불쑥 들었다. 그래도 내 경험을 꼭 정리해 보고 싶었고, 다른 사람과 공유하고 싶었다. 그래야만 내가 앞으로

한발 더 제대로 나아갈 수 있을 것 같았기 때문이다.

에세이를 쓰면서 생각을 정리한 나는 다음 작품 준비에 들어갔다. 무엇을 쓸 것인가는 비교적 명확했다. 스포츠 소설로 성공했으니 스포츠 소설로 한 번 더. 대신 이번에는 종목을 바꿔서. 사실《NBA 만렙 가드》는 성적이 좀 애매했다. 내 작품 중에서야 최고의 성과였지만, 대박과는 거리가 멀었다. 그저 밥 굶지 않고, 삶의 여유를 약간 찾은 정도다. 여기서 한 단계 더 도약해서 확고한 상업적 성공이 필요했다. 이미 거둔 성공은 더 이상 중요하지 않았다. 언제나 다음 단계가 중요한 법이다.

종목을 바꾸려는 이유가 있었다. 일단 스포츠 자체가 웹소설에서 주류 장르가 아니다. 그런 스포츠 중에서도 '농구'는 마이너다. 그러니까 농구 소설은 마이너의 마이너 장르였다. 거꾸로 생각하면 그럼에도 성공했으니 운이 좋았던 셈이다. 스포츠 장르에서 주류는 단연 야구와 축구다. 사실 마음 한편에는 농구가 아니라 야구나 축구를 썼다면 더 큰 성공을 거두지 않았을까 하는 생각도 있었다. '내가 글은 잘 쓰는데 소재가 마이너해서'라는 생각 말이다.

종목을 바꾸려는 두 번째 이유는 연달아 농구를 쓰면, 설령 포지션을 바꾼다고 해도《NBA 만렙 가드》와 비슷한 소설이 나올 것 같았다. 이제 겨우 자리를 잡아 가는 시기인데, 벌써부터 자기 복제는 하고 싶지 않았다.

자, 그럼 야구와 축구 중 무엇을 쓸 것인가 선택의 순간이 왔다. 야구는 메이저 리그(MLB), 축구는 잉글랜드 프리미어 리그(EPL) 중심으로 각각 미국과 유럽 리그가 메인이다. 한국 무대는 잘 다루지 않는다. 세계관 안에서 최대치의 성공을 거두는 것이 목표인 웹소설이다 보니 더 큰 세계가 있는데 굳이 좁은 한국 리그에 머무는 것을 독자는 좋아하지 않는다. 만약 출중한 기량을 갖췄는데도 한국 리그에 머문다면 독자가 납득할 만한 이유를 대야 한다. 스포츠 장르 원탑이라 할 수 있는 이블라인 작가의《천재 타자가 강속구를 숨김》을 보자. 여기서 주인공은 메이저 리그에서 크게 성공했지만 아내와의 관계를 망치고 후회한다. 주인공은 회귀 후 한국프로야구(KBO)에서 뛰면서 아내와의 관계를 처음부터 다시 시작한다.

그런데 문제가 있었다. 나는 야구나 축구를 농구만큼 좋아하지 않는다. 국가 대표 경기를 가끔 챙겨 보고, 스포츠 뉴스가 나오면 보는 정도였다. 그렇다면 야구와 축구 중 어느 쪽이 더 쓰기 쉬울까를 생각했다.

일단 축구는 전술이 매우 중요하다. 3-5-2나 4-4-2 같은 포메이션이 필드에서 서로 상호 작용하며 실시간으로 경기가 펼쳐진다. 물론 전술적인 부분을 최소화하고 먼치킨(독보적으로 뛰어난 인물) 주인공을 내세워 다 때려 부수고 우승하는 이야기를 쓸 수도 있다. 하지만 그러면 이야기가 빈약해지고, 경기의 흐름을 제대로 살리기 힘들 것 같았다.

아무리 주인공이 잘해서 이기는 경기라도 설득력이 필요하다. 스포츠물은 경기 장면이 가장 중요하고, 나는 그중에서도 자연스러운 경기 흐름이 아주 중요하다고 생각한다. 그런데 축구에서 전술을 빼고 경기를 묘사할 수는 없을 것 같았다. 축구 전술을 이제부터 공부해 가며 쓰자니 길이 너무 멀어 보였다. 게다가 축구는 필드에서 22명의 선수가 실시간으로 엮이고, 움직임도 역동적이다. 아무래도 묘사가 쉽지 않을 것 같았다.

그렇지만 야구는 다르다. 축구와 같은 팀 스포츠지만 기본적으로 야구는 1:1의 연속이다. 먼저 투수와 타자가 대결하고, 타자가 공을 치면 수비와 주자의 대결로 변한다. 팀플레이도 필요하지만, 개인의 능력이 더 강조된다. 수 싸움 역시 투수/포수와 타자로 압축되고, 경기의 호흡도 투구와 이닝으로 나뉘어 있어 완급 조절도 편할 것 같았다. 덤으로 야구 만화《H2》를 참 좋아하기도 하고.

이제 종목이 정해졌다. 다음 작품은 야구였다. 야구를 쓰기로 하고 M사와 다시 계약한 후 야구 공부에 돌입했다. 야구는 룰이 몹시 복잡한 스포츠다. 시중에 있는 야구에 관한 책과 잡지를 찾았고, 야구 웹소설을 읽기 시작했다. 공부해야 할 게 많을 거라 생각했지만 막상 해 보니 예상보다 훨씬 더 많았다. 가능하면 할 수 있는 자료 조사를 어느 정도 끝마치고 느긋하게 다음 작품을 쓰고 싶었지만 그럴 여유는 없었다.

돈은 날 기다려 주지 않았다. 웹소설 작가는 연재를 끝마치는 순간부터 수입이 곤두박질친다. 연재 종료 후 3개월 정도 지나면 e북이 나오면서 부수입이 생기지만, 대부분 연재를 할 때보다 수입이 훨씬 줄어든다. 특히 스포츠는 장르가 마이너라 e북 수입도 더 적은 편이라고 알고 있다.

휴식이 필요하지만 생계를 위해서도 너무 늦지 않게 다음 작품에 들어가야 한다. 작품 준비와 집필에도 시간이 들고, 연재를 시작해도 유료화까지 최소 한두 달이 필요하니, 새 작품으로 돈을 벌려면 아무리 빨라도 석 달 이상 걸린다. 물론 이것도 유료화를 성공했을 때 얘기다. 휴식은 달콤하고, 당장은 문제가 없다고 넋 놓고 있다가 때를 놓치면 현금 흐름에 문제가 생길 수 있다. 쉬면서도 늘 불안한 것은 고정 수입이 없는 웹소설 작가의 숙명이다.

그래서 자료 조사를 하면서 차기작을 쓰기 시작했다. 처음에는 첫 작품의 성공 공식을 따라 회귀물을 시도했다. 해외 진출 기회를 놓치고 후회하던 주인공이 회귀해서 처음부터 메이저 리그를 노리는 스토리였다. 그런데 3회 정도를 써 보니 《NBA 만렙 가드》와 전개와 분위기가 너무 비슷했다. 사실 전개는 그렇게 큰 문제는 아니다. 스포츠 회귀물이란 전개가 비슷하기 마련이다. 아쉬운 커리어를 보낸 주인공이 회귀해서 뛰어난 기량과 미래 정보를 바탕으로 리그를 평정하는 내용이니까. 이야기가 흘러가는 과정은 대부분 유사하다. 그래서 캐릭터가 아주 중요하다.

그런데 내가 3회 정도 쓴 작품의 주인공은 《NBA 만렙 가드》의 주인공 마이클과 느낌이 너무 비슷했다. 야구하는 마이클 같다고나 할까. 마이클이 코트에서 내려오면 그다지 재밌는 캐릭터가 아니라 한계를 느꼈는데, 차기작까지 비슷한 분위기의 주인공을 만들고 싶지는 않았다. 좀 더 유쾌하고 발랄하고 덜 심각한 분위기로 가고 싶었다.

그러다 지인과 대화 중 빙의를 써 보면 어떠냐는 말이 나왔다. 야구를 모르는 사람 몸에 야구 선수의 영혼이 빙의하면 어떻겠느냐고. 처음에는 대수롭지 않게 넘겼다. 스포츠물에 회귀만큼이나 빙의도 흔하기 때문이다. 괜찮은 수준의 선수였다가, 레전드 선수의 영혼이 빙의해 최고의 선수로 거듭나는 이야기는 많다. 그런데 곰곰이 생각해 보니 야구를 전혀 모르는 사람에게 야구 선수의 영혼이 들어온다면 야구 선수로 성장하는 과정을 재미있게 보여 줄 수 있을 것 같았다. 마치 《슬램덩크》에서 강백호가 농구를 하나하나 배워 가는 과정을 보여 주듯이 말이다.

그때 작고한 하일성 해설 의원의 유행어 "야구 몰라요"가 떠올랐다. 야구 소설 제목으로 찰떡이라고 생각했다. 야구를 전혀 모르는 주인공에게 메이저 리그 선수의 영혼이 들어와 메이저 리그 선수가 되는 이야기. 재밌는 이야기가 나올 것 같았다. 야구라면 역시 강속구 투수라고 생각했고, 가상의 현역 선수가 죽으면서 주인공에게 빙의하는 것으로 설정했다. 나는 실존 선수를 소설에 쓰는 것이 어쩐지 내키지 않는다. 실제 성격도, 말투도 모른 채, 플레이 영상만 보고 내마음대로 말하고 행동하게 한다는 게 영 이상하게 느껴졌다 (《NBA 만렙 가드》에는 내가 가장 좋아하는 농구 선수 카멜로 앤서니가 잠깐 등장하기는 한다).

주인공 이름은 '강속구'로 정했다. 유치하지만 이만큼 강력한 이름도 없다고 생각했다. 더 이상 설명이 필요 없는 이름이니까. 그리고 야구 선수는 도미니카 공화국 출신으로 야구에 관한 열정이 넘치고, 언제나 하이 텐션이지만 어딘가 나사 빠진 또라이로 잡았다. 이름도 일부러 장황하게 '찰리 어거스틴 산티아고 델라크루즈'라고 붙였다.

여기까지 생각이 정리되자 초반부는 어렵지 않았다. 월드 클래스 군필 야구 초보 대학생 강속구의 몸에 찰리가 들어오는 첫 장면에서부터 강속구가 야구를 시작하게 되는 부분까지 쭉 써 내려갔다. 그리고 편집자에게 회귀물과 빙의물 중 어느 쪽이 더 재밌는지 물었다. 나는 내심 《야구 몰라요》가 낫다고 하길 바랐는데 다행히 편집자도 그쪽을 골랐다. 그렇게 차기작으로 《야구 몰라요》가 확정되었다.

나는 신이 나서 《야구 몰라요》를 쓰기 시작했다. 그런데 쓰다 보니 문제가 있었다. 야구 소설을 쓰는 내가 사실 야구를 잘 몰랐다. 주인공 강속구가 야구를 배워 가듯이, 작가인 나도 야구를 공부하며 썼다. 그러다 보니 야구 경기 장면을 쓸 때 농구 경기를 쓸 때보다 시간이 배로 걸렸다. 어떤 타순에 어떤 선수들이 어떤 플레이를 펼칠지 머릿속으로 계속 시뮬레이션을 하고, 경기에 오류가 없는지 몇 번씩 점검했다. 물론 그러면서 경기가 재밌어야 했다.

'야구 몰라요'는 사실 작가인 나의 고백 같은 제목이었다. 주인공 강속구는 아무것도 모른 채 야구부 연습 경기에 깍

두기로 끼게 된다. 첫 경기 장면을 썼는데 내 생각에 경기 장면이 꽤 괜찮았다. 사실 농구는 실제로 많이 해 봤기 때문에 경기 묘사에 문제가 없었지만, 야구는 해 본 적이 없어서 시합 묘사가 좀 걱정이었다. 그런데 막상 써 보니 제법 치고받는 장면이 그럴듯했다. 편집자도 좋다고 말했다.

하지만 여전히 문제는 있었다. 강속구가 첫 경기를 할 때까지 빌드 업에 시간이 걸려서 7회에야 첫 시합을 시작했다. 게다가 첫 연습 시합으로만 6회분을 썼다. 시합 하나로 일주일치 연재 분량을 잡아먹은 것이다. 여기서 살짝 고민했다. 주인공이 야구를 하는 초반 과정도, 시합 하나의 분량도 너무 길었다. 그런데 그 과정이 충분히 설득력 있고, 재미도 있어 보였다. 속도감 때문에 내용을 줄이면 어색해질 것 같았다. 연습 경기를 마친 후 강속구가 찰리에게 야구를 하고 싶다고 말하는 장면도 아주 마음에 들었다. 내가 한 단계 성장한 듯한 느낌이 들었다. 그래서 우려는 되지만 그냥 밀고 나가기로 했다.

흔히 사람들은 작가가 작품에 대해 전권을 쥐고 있다고 생각한다. 완벽한 창조주로 무엇이든 할 수 있다고 말이다. 하지만 사실이 아니다. 물론 창조주 구간은 있다. 설정을 짜면서 초반부를 쓸 때다. 그렇지만 캐릭터들이 무대 위에서 자기 자리를 잡고, 상호 작용을 시작하면서 이야기가 궤도에 오르면 그때부터는 작가도 함부로 이야기에 손을 댈 수 없다.

나는 《야구 몰라요》의 약점을 알고 있었다. 그래도 이 정도면 통할 것이라 생각했다. 라이브 연재의 무서움을 사무치게 겪은 후라 이번에는 무조건 비축분을 최대한 많이 쌓을 생각이었다. 야구 장면을 쓰기가 쉽지 않아 더욱 그랬다. 그러다 보니 연재 시기가 다소 애매했다. 머지않아 문피아 공모전을 할 때가 다가왔기 때문이다. 공모전이 시작하면 독자들은 모두 공모전 작품에 관심을 쏟는다. 공모전에 참여하지 않으려면 최소한 공모전 2~3주 전에는 연재를 시작하는 게 좋다. 공모전이 시작하기 전에 미리 충분한 독자를 확보해야 하기 때문이다.

그런데 비축분을 많이 쌓고 싶었던 나는 연재를 망설였다. 결국 조금 늦더라도 문피아 공모전까지 기다리기로 결심했다. 4월 중순, 기다리던 문피아 공모전 공지가 떴고, 공모전 요강은 전과 크게 다르지 않았다. 나는 공모전 전에 최대한 비축분을 쌓으려고 노력했다.

그리고 2021년 5월 12일 오전 10시. 문피아에서 제7회 웹소설 공모전이 열렸다. 기간은 총 40일. 나는 《야구 몰라요》 비축분을 40회 써 둔 상태였다. 이번에는 제법 자신이 있었다. 3년 전, 아무것도 모르고 《드라켄》으로 도전했던 나하고는 완전히 달라졌으니까. 성공작도 하나 있고, 이제 어느 정도 웹소설을 안다고 생각했다. 가수 에일리의 노래처럼 완전히 달라진 나를 보여 줄 기회라고 생각했다.

그러나 그것은 나의 오만일 뿐이었다.

다시 초심으로

웹소설에 보장된 미래란 없다

〰〰〰〰〰〰〰〰 공모전이 열리고, 우선 공모전 순위부터 체크하러 갔다. 벌써 한 작품이 독보적으로 1위를 찍고 있었다. 작가를 보고 바로 납득했다. 무협을 쓰는 한중월야 작가였다. 그는 이미 《나노 마신(喇勞 魔神)》으로 3회에 대상을, 《절대 검감(絶對 劍感)》으로 5회에도 우수상을 수상한 바 있다. 두 번이나 공모전 최상위권에 들었으니 문피아 공모전의 황태자라 불러도 손색이 없을 것이다. 두 작품은 모두 문피아에서만 총 조회 수가 1,300만을 넘는 대작이다. 이해를 돕기 위해 비교하자면 《NBA 만렙 가드》는 총 조회 수 100만을 턱걸이로 넘었다.

나는 '한중월야 작가가 홀수 해마다 공모전에서 상을 타는 건가'라고 잠시 생각했다. 그렇다고 해서 달라질 건 없었다. 시작부터 몇 수 접히고 들어가는 느낌이긴 했지만 웹소설 공모전은 원래 그런 곳이니까. 초심자부터 업계 최고의 작가까지 모두 똑같은 링에 올라와 진검승부를 벌이는 배틀로얄이니까.

나는 그냥 나대로 가는 수밖에 없었다. 일단 《야구 몰라요》 3회를 올리고 반응을 지켜봤다. 사실 첫날 고민이 많았다. 공모전은 첫날 올릴 수 있는 편수가 5회로 제한된다. 나는 5회를 올릴까 아니면 3회만 올릴까, 마지막 순간까지 고민했다. 사실 40회면 비축분으로는 차고 넘치는 분량이다. 만약 첫 공모전이었다면 아무런 고민 없이 5회를 올렸을 것이다. 하지만 라이브 연재로 너무 힘들었던 나는 소심해져 있었다. 《야구 몰라요》를 하루에 한 편씩 꼬박꼬박 써내지 못할 때도 있어서 더 소심해졌다.

결국 불안감이 이겼다. 나는 보수적으로 연재 계획을 잡았다. 첫날에는 3회만 올리고, 다음 날에는 2회를 올렸다. 그리고 공모전 기간에는 상황을 보되, 되도록 주말까지 주 7일 연재를 하겠다는 계획이었다. 나는 항상 주 5일 연재를 지켜왔다. 작가 입장에서 주 5일 연재와 주 7일 연재는 어마어마한 차이다. 하지만 경쟁이 치열한 공모전에서 눈에 띄려면 매일 공모전 순위표에 올라가는 게 중요하다. 공모전 순위표는 한 시간 단위로 리셋되어 최근 24시간 동안 가장 높은 조회 수를 기록한 작품을 순서대로 보여 주는 방식이다. 하루 연재를 쉬면 하루 동안 순위표에서도 사라진다.

그렇다고 연재 계획을 공모전만 바라보고 짤 수는 없었다. 후에 진행될 가능성이 있는 유료 연재까지 염두에 두어야 했다. 유료 연재에 들어가면 종종 연참을 하게 될 텐데, 연참을 얼마나 하게 될지 미리 알 수가 없었다.

돌이켜 보면 나는 공모전 시작부터 참호를 파고 기어 들어가고 있었다. 공모전처럼 수많은 작품과 경쟁하려면 우선 주목을 끌 궁리부터 해야 하는데 말이다. 안정적인 연재도 중요하고, 연독률도 중요하다. 그렇지만 웹소설은 일단 많은 독자를 확보하는 게 가장 중요하다. 강렬한 제목과 콘셉트, 흡입력 있는 전개로 독자의 이목을 끌어야 한다. 그런데 《야구 몰라요》는 주인공이 재능을 보이기까지 시간이 오래 걸리는 작품이었다. 나는 이 작품이 초반보다는 20~30회가 쌓인 이후에 본격적으로 힘을 발휘할 거라고 생각했다. 그렇게 믿고 참호를 파고 들어갔다.

공모전은 시작했고, 나도 다시 링에 올랐다. 그러자 '새로고침병'이 다시 도졌다. 나는 수시로 《야구 몰라요》 조회 수를 확인하고, 공모전 순위를 확인했다. 조회 수는 생각만큼 오르지 않았다. 사람이 적은 오후 시간에는 한 시간에 고작 한 자리 조회 수만 오를 때도 있었다. 아직 연재 초기라 그렇다며 스스로를 다독였다. 이미 다 겪었던 일이지만 조바심이 나는 건 어쩔 수 없었다.

내가 조바심을 느끼는 또 하나의 이유가 있었다. 니에게는 공모전 순위 외에도 비교 가능한 또 하나의 지표가 있었다. 바로 전작인 《NBA 만렙 가드》의 24시간 조회 수였다. 전작의 24시간 조회 수를 매일 기록해 둔 나는 《야구 몰라요》와 《NBA 만렙 가드》의 조회 수 변화 추이를 계속 비교했다. 공모전은 수천 편이나 되는 다른 작품과의 싸움이다. 일종의 상대 평가다. 그런데 나는 '과거의 나'라는 또 하나의 적과 동시에 싸우고 있었다. 과거 지표는 움직이지 않는 지표이니 절대 평가였다. 나는 상대 평가에서도, 절대 평가에서도 한참 뒤쳐지고 있었다.

《NBA 만렙 가드》는 연재 이틀 차에 최신 회 24시간 조회 수가 100을 넘었다. 그런데 《야구 몰라요》는 6일 차에야 겨우 24시간 조회 수가 100을 넘었다. 초반 페이스가 《NBA 만렙 가드》에 비해 상당히 느렸다. 그래도 나는 침착함을 유

지하려고 애썼다. 이미 만렙에서 시작하는 전작에 비해 빌드
업에 시간이 걸리니까. 이 구간을 넘기고, 첫 연습 경기가 끝
나면 올라오겠지. 계속 그렇게 생각했다. 《야구 몰라요》를 읽
은 지인들도 전작에 비해 초반 전개가 좀 느리지 않느냐고
물었다. 나는 작품마다 고유의 호흡이 있어서 어쩔 수 없다
고 대답했다. 여기저기서 위험 신호가 울리고 있었지만 여전
히 자신이 있었다.

그리고 기회는 생각보다 빨리 찾아왔다. 연재 8일 차에
《야구 몰라요》 추천 글이 올라왔다. 《NBA 만렙 가드》를 봤
던 한 독자가 《야구 몰라요》의 재미는 물론 글 스타일의 변
화까지 세심하게 짚어 주었다. 추천 글과 함께 선작 수가 빠
르게 올랐고, 24시간 조회 수도 2배가 올랐다. 5월 22일 공
모전 순위 97위로 처음 100위 안에 오르더니, 다음 날인 23
일에는 공모전 순위 80위로 뛰어올랐다.

드디어 《야구 몰라요》가 통하기 시작했다고 생각하고 기
뻐했다. 모든 것이 이제부터라고, 이제부터 쭉쭉 날아오르리
라 생각했다. 그러나 현실은 달랐다. 내 행운은 거기까지였
다. 추천 글과 함께 24시간 조회 수가 200을 넘은 후, 《야구
몰라요》는 더 이상 성장하지 못하고 정체했다.

그에 비해 선작 수는 매일매일 꾸준히 성장하고 있었다.

선작 수가 느는 것은 대체로 좋은 신호지만, 만약 선작 수가 24시간 조회 수를 넘어가면 이는 좋지 않은 신호다. 일단 선호작을 찍어 둘 만큼 관심을 끄는 데는 성공했지만, 정작 독자가 글을 읽지는 않는다는 뜻이니까(다만 공모전 기간 동안 선호작 관련 이벤트가 있어서 독자들이 선작에 더 후한 편이다).

5월 23일, 선작 수와 24시간 조회 수가 크로스하며 역전되었다. 24시간 조회 수는 여전히 200 초반대에서 꿈쩍도 하지 않았다. 그사이 다른 작품들은 계속 성장해《야구 몰라요》를 추월했다.《야구 몰라요》는 공모전 순위 100위 밖으로 밀려났다.

내가 웹소설에 적응하는 3년 사이, 웹소설 업계의 체급은 빠르게 불어났다. 웹소설 독자도 늘었지만, 작가가 되려고 유입되는 사람도 늘어났다. 조회 수 경쟁은 훨씬 치열해졌다. 문피아는 경쟁이 너무 치열해지자 200위까지 표시하던 공모전 순위를 500위까지로 확대했다. 무명 신인 작가가 초반에 인기를 얻지 못해 사라지는 것을 막기 위해서였을 것이다.

내가 지지부진하는 동안 공모전도 요동치고 있었다. 첫날부터 1위를 차지했던 한중월야 작가는 얼마 지나지 않아 연재를 중단했다. 최신 회 조회 수가 점점 늘어나는 게 아니라 반대로 떨어진 탓인 것 같았다. 공모전이 끝난 후 다시 연재를 재개해 현재는 성공적으로 유료화했지만, 이 일은 웹소설 시장이 어떤 곳인가를 단적으로 보여 주었다.

제아무리 대형 히트작을 쓴 작가라도, 계속해서 독자의 관심을 끌면서 성장하지 못하면 살아남기 힘든 곳이 웹소설 판이다. 공모전이 기성 작가에게 유리한 것은 사실이지만, 수상 작가 중 다수가 신인 작가라는 점은 이 업계에서 꾸준히 히트작을 내는 것이 얼마나 힘든지, 시장이 얼마나 역동적인지 잘 보여 준다.

비슷한 사례가 같은 시기에 또 있었다. 《달빛조각사》로 웹소설의 정점을 찍은 남희성 작가가 공모전 기간 중 공모전에는 참여하지 않았지만 문피아에서 신작을 연재하기 시작했다. 남희성 작가의 명성에 걸맞게 시작과 동시에 수많은 독자들이 몰려들었다. 그러나 남희성 작가도 신작을 한 달 만에 연중하고 말았다. 웹소설 판이 이렇다. 전작의 명성으로 초반에 주목을 끌 수는 있다. 하지만 유료화까지 이어지려면 무조건 글이 재밌어야 한다. 독자에게 통해야 한다.

정체가 길어지자 위기감을 느낀 나는 작품 제목을 《강속구가 강속구를 던짐》으로 바꿨다. 《야구 몰라요》라는 제목을 참 좋아했지만, 통하지 않는다면 바꾸는 도리밖에 없었다. 다들 천재와 고인물을 내세우는 마당에 혼자 '모른다'고

했더니 튀는 게 아니라 묻히기만 했다. 게다가 20~30대에게 하일성의 멘트가 생소했던 것인지 독자층도 40~50대에만 몰려 있었다. 제목을 바꾸자 24시간 조회 수가 200 초반에서 200 후반으로 조금 올랐다. 하지만 기대한 만큼 효과는 없었다.

공모전이 시작하고 약 한 달 후, 문피아가 공모전 순위에 연독률을 추가했다. 문피아가 자동으로 작품 연독률을 계산하고 표시해 주는 것이다. 연독률이 90%를 넘으면 사실상 신의 영역이다. 상위권인데 연독률이 90%를 넘는다면 작품의 퀄리티를 유지한다는 가정 아래 성공은 보장된 것이나 다름없었다. 70~80%를 유지하면 무난한 편이고, 60%대면 호불호는 갈리지만 아직 가능성은 있다고 볼 수 있었다. 하지만 50% 이하라면 성공을 기대하긴 힘들었다.

문피아가 연독률을 보여 주는 것은 내실 있는 작품을 객관적으로 보여 주기 위해서다. 웹소설에서 조회 수만큼 확실한 지표는 없다. 이제《강속구가 강속구를 던짐》이 된 내 작품은 6월 초에 연독률 60%대를 유지하며 아직 산소 호흡기를 달고 있었다.

슬슬 최상위권 작품들은 유료화에 들어가고, 빡빡하던 공모전 순위가 조금씩 바뀌기 시작했다. 그런데도 내 소설은 살아날 기미가 보이지 않았다. 이제 현실을 자각하고 연재 중단을 생각하고 있었다. 아무리 노력했다고 해도, 독자가 읽어 주지 않으면 소용이 없다. 그동안 쓴 게 아깝다고 연재를 계속 이어 가야 마음만 아플 뿐이었다.

그런데 무슨 하늘의 조화일까. 내가 희망을 접으려고 하면 계속 어디선가 떡밥이 날아왔다. 문피아가 갑자기 103위까지 보여 주던 투베 순위를 200위까지로 확대한다고 발표했다. 앞에서도 말했지만 문피아 연재는 투베에 들면서부터가 진짜 시작이다. 그렇지만 나는 공모전을 시작하고 한 달이 넘도록 투베에도 들지 못하고 있었다.

투베 경쟁은 점점 치열해지더니 공모전이 시작하자 말도 안 되는 수준으로 높아졌다. 내가 《NBA 만렙 가드》를 쓰던 1년 전까지만 해도 최신 회 조회 수가 400~500 정도면 투베에 들 수 있었다. 가끔 운이 좋으면 300 후반에도 들어갈 수 있었다. 그런데 2021년 공모전 기간에는 투베컷이 700을 넘어 900까지 치솟았다. 경쟁이 얼마나 치열해졌는지 단적으로 보여 준다. 이러면 문피아 입장에서는 '신인 작가 등용문'이라는 플랫폼의 가치를 지키기 어려워진다. 그러자 투베 순위를 확대한 것이다.

덕분에 900까지 치솟았던 투베컷이 순식간에 100 전후로 확 내려왔다. 투베로 노출되는 작품이 갑자기 늘어난 만큼, 투베의 효과는 전보다 줄어들 것이 분명했다. 그래도 어쨌든 나에게는 마지막으로 다가온 찬스였다. 찬스는 연달아 찾아왔다. 투베 순위가 확장된 후 두 번째 추천 글이 올라왔다. 공모전 기간이 끝난 직후로 40회를 연재한 시점이었다. 효과가 반짝 나타나는 것 같았다. 300 초반이었던 조회 수가 곧 500 중후반대로 올라갔다. 나는 마지막 희망을 걸었다.

그러나 거기까지였다. 《NBA 만렙 가드》는 연재 27일 차에 투베에 올랐다. 그리고 투베에 오르자마자 24시간 조회 수가 1,000을 넘었고, 매일매일 최신 회 조회 수가 100이상씩 성장했다. 그러나 이번에는 아니었다. 투베의 효과가 예전만 못하다고 탓할 게 아니었다. 《강속구가 강속구를 던짐》이라는 작품이 가진 힘이 더 많은 독자를 끌어들이지 못하고 있었다. 나는 마침내 현실을 받아들였다.

회귀가 아닌 빙의로, 시작부터 만렙이 아닌 성장물로, 너무 진지한 분위기보다는 좀 더 유쾌하게 풀어 보려던 나의 시도는 먹히지 않았다. 내 의도와 변화를 알아봐 주는 눈 밝은 독자도 있었지만, 대중에게는 통하지 않았다.

이상하게도 이 작품은 희망 고문이 이어졌다. 초반 성장세 때문에 고민일 때 추천 글을 받았고, 글을 접을까 고민할 때는 투베가 확장됐다. 매번 그렇게 산소 호흡기를 달고 어떻게든 살려 보려 했지만 소용없었다. 《야구 몰라요》는 대중 독자의 선택을 받지 못했다. 그것을 받아들이자 그토록 지키려고 노력했던 비축분도 모두 무용지물이 되었다. 나는 연중보다는 조기 완결로 가닥을 잡고 주인공이 미국으로 향하면서 마무리되는 에필로그를 작성했다. 그리고 비축분을 모두 풀면서 7월 초에 작품을 조기 완결했다. 제목도 《강속구가 강속구를 던짐》에서 《야구 몰라요》로 다시 되돌렸다. 어차피 유료화하지 못한 작품이니 제목이라도 내가 좋아하는 제목으로 남기고 싶었다.

그렇게 내 두 번째 공모전 도전은 끝났다. 나는 《야구 몰라요》를 쓰면서 스타일에 변화를 주었고, 스스로 성장했다고 느꼈다. 빌드 업이 느린 만큼 매회 엔딩에서 다음 회가 궁금하게끔, 기대하게끔 만드는 데 특히 신경 썼다. 치열한 경기 묘사와 주변 선수들과의 관계도 강화했다. 하지만 결과적으로 대중 독자의 마음을 사로잡는 데는 실패했다. 아쉬움은 많았지만 현실을 받아들이고 연재 종료를 결정하자 오히려 마음이 편해졌다. 어쨌든 결말이 확실해졌기 때문인지도 모르겠다.

《야구 몰라요》를 조기 완결하면서 많은 것을 배웠다. 무엇보다 《NBA 만렙 가드》의 성적이 어중간했던 것은 결코 소재 탓이 아니었다. 그저 내 실력이 그만큼이었다. **웹소설은 결코 노력한 만큼 보상이 돌아오는 곳이 아니다. 팔린 만큼 보상이 돌아오는 곳이라는 걸 다시금 깨달았다.**

비축분을 그저 많이 쌓아 둔다고 연재할 때 마음의 평화가 오는 것도 아니었다. 연재하면서도 나는 조회 수를 높이기보다 비축분을 지키려 했다. 만약 생각대로 성공했다면 비축분이 큰 도움이 되었겠지만, 실패하니 오히려 큰 짐으로 돌아왔다. 비축분이 너무 많으니 연재 중 독자의 반응에 기민하게 반응할 수도 없었다. 성공과 실패를 예측할 수 없는 시장에서 비축이 능사는 아니었다.

《야구 몰라요》를 쓰기 시작한 2021년 3월 초부터 7월 초까지 5개월, 거의 반년의 노력이 물거품이 되어 사라졌다. 나는 웹소설을 쓴다면서 연재가 너무 두려운 나머지 방어적인 태도를 취하고 있었다. 다시 초심으로 돌아가야 할 때였다.

웹소설의 터닝포인트

먹물은 웹소설의 꿈을 꾸는가?

˅˅˅˅˅˅˅˅˅˅˅ 2021년 7월 초, 《야구 몰라요》를 조기 완결하고 한 달 정도 웹소설을 잊고 살았다. 《NBA 만렙 가드》를 완결하며 성공적인 유료화를 경험한 후, 성공 공식을 이어 가고자 스포츠를 선택했고, 소재도 더 범용적인 야구로 골랐다. 나름대로 조사도 많이 하고, 비축분도 40회나 쌓아 두었다.

전작과 다른 분위기를 내기 위해 유쾌하면서 때때로 가슴 뭉클한 분위기를 연출했고, 가독성에 더욱 신경 썼다. 《NBA 만렙 가드》는 선수 인터뷰나 방송 장면에서 한 사람이 대사로 수십 개의 문장을 쏟아 내기도 했었다. 휴대폰으로 보면 화면이 대사로 가득 차 답답해 보였다. 전작의 단점은 상쇄하고, 장점을 부각하려 했다. 그렇게 부푼 마음으로 두 번째로 공모전에 도전했지만 결과는 실패였다.

《야구 몰라요》를 빨리 잊고 새로운 작품을 시작하려 했지만 쉽지 않았다. 마침 이사도 해야 해서 본격적인 신작 구상은 이사 후에 하기로 했다. 집을 알아보고, 이사를 하고, 짐을 정리하다 보니 어느새 시간이 훌쩍 지나 있었다. 잠시 머리를 비우고 신작을 구상하기로 했다. 구상 초기에는 신작도 야구 소설을 쓸 생각이었다. 《야구 몰라요》의 가장 큰 약점이었던 긴 경기 장면을 콤팩트하게 줄이고, 전개를 빠르게 이어 가고, 주인공의 능력도 빨리 선보이겠다고 다짐했다.

생각해 둔 콘셉트도 있었다. 2021 시즌 메이저 리그(MLB)에서는 LA 에인절스의 오타니 쇼헤이 선수가 큰 화제였다. 그는 투수와 타자를 겸하면서 속칭 '이도류'라 불리는 플레이를 펼치며 엄청난 퍼포먼스를 보였다. 투수로는 9승 2패 평균자책점 3.18을, 타자로는 타율 0.257, 46홈런 100타점을 기록하며 만장일치로 소속 리그인 아메리칸 리그 최우수 선수(MVP)로도 선정됐다. "소설도 저렇게 쓰면 욕먹는다"라는 말을 들을 정도로 괴물 같은 성적이었다. 나는 오타니 쇼헤이의 엄청난 시즌을 토대로, 뛰어난 투수가 타자로도 활약하는 소설을 쓰려고 했다. 그동안 모은 자료도 있었고, 《야구 몰라요》를 쓰면서 얻은 경험도 있었다. 그래서 이번에는 훨씬 잘 쓸 수 있을 것 같았다.

그런데 막상 쓰려고 책상 앞에 앉아도 선뜻 손이 움직이지 않았다. 초반에는 이야기를 쭉쭉 전개하며 빠르게 쓸 수 있을 것 같았다. 그런데 과연 중후반에도 야구 이야기를 재밌게 쓸 수 있을지 자신이 없었다. 경기 장면을 빠른 속도로 전개하면 결국 어느 순간부터 경기가 패턴화될 게 뻔했다. 이를 상쇄하려면 경기장 바깥의 일상 장면과 인간적인 드라마가 필요한데 자신이 없었다. 수많은 야구 레전드 선수의 인생 이야기를 살펴보았지만 별다른 흥미를 느끼지 못했다. 《NBA 만렙 가드》는 자료 조사도 즐거웠는데, 이번에는 모든 것이 그냥 일로 느껴졌다. 초반에 인기를 끈다 해도 중반부터 성적이 떨어진다면 내가 도저히 감당할 수 없을 것 같았다.

또한 스포츠는 종목마다 팬이 공유하는 정서나 감성이 조금씩 다르다. 기본적으로 강한 승부욕이 전제되지만 종목에 따라 경기를 즐기는 팬의 성향도 조금씩 다르다. 농구의 경우 예전부터 관련 커뮤니티를 보면서 팬들의 정서와 경기에 관한 반응을 체득해 왔지만 야구는 그렇지 않았다. 이런 생각을 하자 선뜻 글이 써지지 않았다.

고민이 길어지면 이도 저도 못하게 된다. 고민보다 행동이 필요했다. 결국 야구 소설을 쓰려던 계획을 포기하고 완전히 새로운 소설을 쓰기로 했다. 《NBA 만렙 가드》를 선택했을 때처럼, 가장 친숙하고 잘 아는 분야를 써야겠다고 마음먹었다. 그즈음 인스타그램의 창업 스토리를 담은 책 《노 필터》를 읽고 있었다. 나는 스타트업 창업기를 다룬 논픽션을 좋아한다. 페이스북, 구글, 애플, 테슬라 등 IT 혁신 기업들의 창업 스토리는 언제 읽어도 흥미진진하다. 《노 필터》를 읽고 나자 비슷한 책을 또 읽고 싶어졌다. 다음으로 넷플릭스의 창업기 《절대 성공하지 못할 거야》 그리고 한국 게임 기업 크래프톤의 창업기 《크래프톤 웨이》까지 연달아 세 권을 읽었다. 그러면서 내가 이런 이야기를 좋아한다는 걸 다시 확인했다.

예전부터 스타트업 창업 소설을 써 보고 싶었다. 하지만 준비가 안 되었다는 생각에 미뤄 두고만 있었다. 때가 되었는지는 여전히 알 수 없었다. 그렇지만 지금 새로운 소설을 쓴다면 이 방향뿐이라는 생각이 들었다. 그렇다면 어떤 기업을 창업할까? 혁신 IT 기업으로 간다면 몇 가지로 좁혀진다. 검색을 포함한 인터넷 포털, 게임, 소셜 미디어 플랫폼, 모바일 메신저 등 엄청난 규모로 성장이 가능한 서비스여야 한다.

이 중에서 게임을 골랐다. 대학 때 밤새 PC방에서 놀 만큼 게임을 좋아했고, 게임 회사에서 근무한 경험도 있었다. 웹소설 중 게임 개발물을 찾아 읽었다. 종류가 많지는 않았다. 게임 개발물은 현대 판타지에서도 재벌물과 같은 메이저는 아니다. 농구도 마이너였지만 충분히 성공했기에, 소재가 메이저인지 마이너인지는 중요하다고 생각하지 않았다. 어떤 소재든 결국 독자의 취향에 맞출 수 있느냐가 관건이었다.

여전히 문제는 있었다. 내가 게임 회사에서 근무한 것은 사실이지만 아쉽게도 게임 개발 부서에 있지는 않았다. 나는 마케팅, 그중에서도 기업 브랜딩과 관련된 일을 해서 게임 개발과는 거리가 멀었다. 그래도 어쨌든 국내에서 손꼽히는 게임 회사에 다니며 회사의 분위기나 돌아가는 상황 정도는 보고 들은 바가 있으니 경험이 아예 없는 것보다는 나았다. 그리고 마침 게임 기획자로 일하고 있는 친구가 있어 도움을 요청했다. 본격적으로 소설을 쓰기 전에 그와 만나서 조언을 들으며 구상을 가다듬었다.

기본 서사는 회귀로 잡았다. 혁신 스타트업이 나오기 가장 좋을 때는 시대의 흐름이 변하는 순간이다. IT 분야에서 시대의 흐름이 바뀐 순간은 크게 세 가지가 있다. 80년대 개인용 컴퓨터가 보급될 때, 90년대 중후반 인터넷이 보급되기 시작할 때, 그리고 2010년대 스마트폰이 등장했을 때다.

개인적으로는 90년대 초반으로 가고 싶었다. 내가 게임을 제일 재밌게 했을 때가 그때였기 때문이다. XT/AT, 386, 486 컴퓨터를 쓰던 시절이었다. 주말이면 컴퓨터 앞에 하루 종일 앉아 〈삼국지〉나 〈원숭이 섬의 비밀〉 같은 게임을 했다. 하지만 90년대 초 한국에서 게임 개발을 하기엔 당시 환경이 너무나 열악했다. 그때까지 한국에서 컴퓨디 게임은 산업 취급도 받지 못했다. 게다가 게임은 공짜라는 인식이 강해서 정품 게임을 두고 모두 카피해서 즐기던 시절이었다. 작가인 내가 아무리 그 시절 게임을 좋아한다고 해도 90년대 초반으로 회귀한 주인공이 게임으로 대성하기엔 시대의 벽이 너무 높았다.

그래서 90년대 후반을 선택했다. 구체적으로는 인터넷이 확산되고, PC방이 들어서고, 〈스타크래프트〉와 〈리니지〉가 등장하는 1998년으로 정했다. 변화하는 시대에 맞춰 인터넷 게임을 개발하고 한국 게임 회사의 성장 루트와 해외 게임 회사의 성장 전략을 섞어 세계 최고의 기업으로 성장하는 게임 개발물이자, 벤처/스타트업물, 기업 경영물을 쓰면 괜찮게 나올 것 같았다.

'1998년으로 돌아간다'로 기획의 첫 깃발을 꽂고, 8월 중

순부터 1회를 쓰기 시작했다. 1회만 총 세 가지 버전을 썼다. 첫 번째는 천재 게임 개발자가 막대한 투자금을 받고 게임 회사를 차리지만 직원들의 의견을 무시하고 자기 고집만 피우다가 게임이 흥행에 참패하면서, 자기가 차린 회사에서 쫓겨나 회귀하는 내용이었다. 회귀 후에는 함께 일하는 사람들을 존중하며 게임을 만드는 이야기를 쓰려고 했다. 후회하는 주인공 콘셉트지만 제멋대로 하다가 망해 버린 주인공에게 호감이 가지 않았다. 두 번째 버전에서는 주인공의 레벨을 한 단계 낮췄다. 주인공은 한국 최고의 게임을 거의 혼자 개발하다시피 했지만, CEO와 경영진에게 이용만 당하다 과로사하고 98년으로 돌아가는 내용이었다.

세 번째 버전은 여기서 한 단계 더 낮췄다. 주인공 황제국은 똑똑하지만 커리어가 잘 풀리지 않는 비운의 개발자로, 소규모 스타트업부터 대형 게임 회사까지 두루 경험하지만 정작 제대로 된 게임 출시는 하지 못했다. 그러다 겨우 유명했던 게임의 PD를 맡게 되는데, 공들여 작업한 콘텐츠 업데이트 계획은 오직 매출만 생각하는 경영진에 의해 좌절된다. 황제국은 번아웃으로 허우적거리다 98년으로 회귀한다. 게임의 재미를 추구하는 개발자와 부분 유료화 아이템으로 매출만 챙기려는 경영진의 갈등은 게임을 즐기는 독자들에겐 대단히 익숙한 구도다. 그만큼 감정을 이입하기 쉬운 쪽이 세 번째라고 생각했다.

세 번째 버전으로 결정했지만 글쓰기는 좀처럼 속도가 붙지 않았다. 초반부만 계속 수정했다. 매출을 요구하는 사장과 주인공의 대화를 디테일하게 수정하고, 회귀 장면을 여러 가지로 써 보다가 결국 모두 지우고 가장 단순하게 갔다. 회귀 이후 첫 장면도 강원도로 헤돈이를 보러 가는 장면, 옛날 컴퓨터로 고전 게임을 즐기는 장면 등을 썼다가 용산 전자 상가를 방문하는 장면으로 고쳤다. 시점도 처음에는 1인칭 주인공 시점으로 쓰다가, 중간에 3인칭 전지적 작가 시점으로 통째로 바꿨다.

《NBA 만렙 가드》를 쓸 때처럼 마음에 들 때까지 초반을 계속 수정했다. 도입부는 독자가 웹소설을 읽을지 말지 결정하는 가장 중요한 요소이기 때문에 몇 배로 주의를 기울였다. 2회를 컴퓨터 문화의 성지이자 추억을 자극하기에 가장 알맞은 용산 전자 상가 장면으로 고친 것은 이 소설을 쓰면서 가장 잘한 일 중 하나다. 용산 전자 상가 덕분에 이 소설은 독자를 단숨에 1998년으로 데려올 수 있었다.

초반부를 계속 수정하면서 작품의 문체와 스타일에 전과 다른 변화를 시도했다. 이전까지는 글쓰기의 모든 것을 웹소설 스타일에 맞추려 했다. 가능하면 단문 위주로 쓰고, 문장도 한 줄마다 띄워서 문단을 만들지 않았다. 내용도 최대한 가볍게 쓰려고 노력했다. 《야구 몰라요》는 그런 노력의 산물이었다. 하지만 결과적으로 《야구 몰라요》는 실패했다. 눈에 보이는 스타일보다 주인공의 활약과 이야기의 흡입력이 더 중요하기 때문이다.

아무것도 모르고 《드라켄》을 썼던 2018년에서, 웹소설의 문법을 배우려고 몸부림쳤던 2019년과 《NBA 만렙 가드》로 마침내 성공한 2020년을 거쳐, 《야구 몰라요》로 또다시 실패를 경험한 2021년에 이르기까지 나는 항상 변화하려고 노력했다. 그 변화의 방향은 나를 웹소설 스타일에 맞추는 쪽이었다.

그런데 어느 순간부터 '웹소설 스타일'이 고정된 양식이 아니라는 게 보이기 시작했다. 웹소설 전개의 근본인 '승승장구'는 여전했지만, 예전보다 이야기를 전달하는 방식이나 눈에 보이는 문체 등의 스타일이 복잡해진 작품이 많아지고 있었다. 웹소설 독자가 양적으로 늘어난 것뿐만 아니라, 웹소설 독자가 작품에 요구하는 수준도 점점 높아지고 있었다.

게다가 게임 개발물을 스포츠물처럼 단문 위주로 속도감 있게 쓰기는 힘들었다. 스포츠는 수많은 행동이 연속으로 이어지며 경기가 이루어지기 때문에, 행동 단위로 짧게 끊어 속도감을 주기 쉬운 편이다. 하지만 때때로 전문적인 기술 내용까지 녹여야 하는 게임 개발물은 필연적으로 서술이 길어지고, 문장도 복잡해질 수밖에 없었다. 전개 또한 쉽게 쉽게 성공하는 구성이 아니라 게임을 개발할 때 이루어지는 다양한 요소들을 최대한 충실하게 반영해서 진지한 작품을 쓸 생각이었다.

이제는 웹소설에서 분위기가 가벼운가, 무거운가, 문장이 단순한가, 복잡한가는 더 이상 흥행에 문제가 되지 않을 거라고 생각했다. 중요한 것은 이야기가 '일일 연재'라는 웹소설의 원칙에 맞는가, 그래서 재미가 있는가였다. 웹소설 시장이 좀 더 다양한 스타일의 작품을 품어 줄 만큼 성장하고, 성숙했다고 판단했다. 그래서 이번에는 이전까지와 정반대 스타일로 밀고 나갔다.

그동안에는 내 안의 소위 '먹물기'를 빼기 위해 전력을 다해 왔다. 그것만이 웹소설로 성공하는 길이라고 생각했다. 그러나 이제는 웹소설의 이야기 원칙만 잘 따른다면, 먹물과 공존할 수 있을 것 같았다. 어쩌면 오히려 먹물기가 웹소설에서 독특한 스타일이 될 수도 있을 것 같았다.

그렇게 초반부를 쓰고 고치고, 쓰고 고치기를 반복하면

서 조금씩 조금씩 나아갔다. 소설을 쓰기 시작하고 보름이 넘도록 3회를 손보고 있었을 만큼 속도가 더뎠다. 그래도 1, 2, 3회가 정리되자 길이 조금 보이는 듯했다. 그런데 아직 제목이 없었다. 글을 쓰면서 계속 제목을 고심했다. 내 안의 먹물을 인정하기로 한 만큼, 이번에는 눈에 띄면서도 멋있는 제목을 짓고 싶었다. 그 욕망이 화근이었다.

```
┌─────────────────────────────────────────┐
│ +                              ···    ✕   │
│                                           │
│  유입은 제목발                              │
│                                           │
│  ─────────────────────────────────       │
│  제목 하나로 천국과 지옥이 나뉜다            │
│                                           │
└─────────────────────────────────────────┘
```

〰〰〰〰〰〰〰 지금까지는 제목을 짓는 데 오래 고민하지 않았다. 《드라켄》, 《NBA 만렙 가드》, 《야구 몰라요》는 콘셉트를 정하거나, 1, 2회를 쓸 때 확실한 제목이 떠올랐다. 그런데 이번에는 달랐다. 열정은 넘치나 실패했던 게임 개발자가 1998년으로 돌아가 자기만의 게임으로 성공한다는 콘셉트는 정했는데, 어떤 제목이 좋을지 떠오르는 게 없었다.

일단 이런저런 키워드를 뒤섞어 제목을 지어 보았다. 키워드는 게임, 벤처, 회귀, 천재, 스타트업, 빌드업, 갓겜, 제국 등이었다. '제국'은 게임 제국을 이룬다는 뜻도 있었지만 주인공 이름이 황제국이라서 넣었다. 작품 제목은 정하지 못했지만 주인공 이름은 처음부터 황제국으로 정해 놓았다. 게임의 황제가 되어 세계적인 제국을 이룩한다는 단순하고 원대한 꿈을 담은 이름이었다.

처음에 떠오른 제목은《스타트업 게임》이었다. 주인공 황제국이 98년에 게임 스타트업 기업을 일으킨다는 뜻도 되고, '스타트업을 엄청난 경쟁 속에서 최고의 기업으로 키우는 창업/경영 게임'이라는 뉘앙스도 줄 것 같았다. 하지만 좀 애매한 것 같아《게임 벤처 스타트업》으로 바꿔 보았는데, 오히려 줏대 없이 뒤섞인 짬뽕 같았다. 여기에 '벤처' 대신 '천재' 키워드를 첨가하자《게임 천재의 스타트업》이 되었다. 조금 실체가 잡히는 느낌이었다.

하지만 마음에 들지는 않았다. 두 가지가 걸렸다. 우선 황제국이 천재는 아니었다. 물론 대단히 똑똑하고, 재능 있고, 열정 넘치는 인물이지만 천재라는 타이틀을 달 정도는 아니었다. 또 하나는 1998년이 스타트업 시대가 아니었다. 그때는 모두 '벤처 기업'이라고 불렀다. 스타트업은 21세기가 되어 구글, 아마존, 페이스북, 트위터와 같은 인터넷 기업들이 대세가 되면서 많이 쓰이기 시작한 용어다.

분명 문제이긴 했지만 그렇다고 제목으로 못 쓸 정도는 아니었다. 하지만《게임 천재의 스타트업》이라는 제목을 달아 놓고 글을 쓰면서도 계속 어울리지 않는다는 생각이 들었다. 글을 쓰면서 제목에 관한 고민은 계속되었다.

회귀를 게임식으로 표현해 《리스타트 게임》, 《리부트 게임》이라는 제목을 붙여 보기도 하고, 《AAA 게임 제국》처럼 황제국이 이룩할 미래에 집중한 제목도 지어 보았다. 'AAA 게임'이란 막대한 제작비가 투입된 블록버스터 게임을 뜻하는 게임 업계 용어다. 게임 열성 팬이 아니면 잘 모르는 단어라 이것도 후보에서 탈락했다.

가제로 《게임 천재의 스타트업》을 붙여 놓고 글을 쓴 지 3주 정도 되었을 때, 갑자기 제목 하나가 떠올랐다. 드디어 이 소설에 딱 맞는 제목을 찾은 것 같았다. 그 제목은 《게임 체인저(Game Changer)》였다. '게임 체인저'는 경영 용어다. 시장을 완전히 뒤바꿀 만큼 혁신적인 제품이나 서비스를 '게임 체인저'라고 부른다. 98년으로 회귀해 시대의 흐름을 꿰뚫고 선도적인 게임을 만들어 나갈 황제국이 바로 게임 업계의 게임 체인저 아닌가? 게다가 황제국이 개발하는 게임이 말 그대로 그 시대의 '게임'을 바꾼다는 뜻도 된다. 내용과 앞뒤가 딱 맞는 제목이라고 생각했다. 마치 이 작품을 위한 고급 정장을 맞춘 느낌이었다.

물론 《게임 체인저(Game Changer)》에는 약점이 있었다. 《게임 천재의 스타트업》은 주인공이 게임 스타트업을 창업해 승승장구할 것이라는 대략의 내용이 드러난다. 하지만 《게임 체인저(Game Changer)》는 아니었다. 종이책이나 영화 제목에 어울리는 스타일일뿐더러, 제목만으로 무슨 내용인지 유추하기 어려웠다. 전문 용어라 무슨 뜻인지 모르는 사람도 많았다. 여러 가지 약점이 있다는 걸 잘 알고 있었지만 《게임 체인저(Game Changer)》만큼 이 작품에 어울리는 제목은 없다는 확신이 들었다.

때마침 문피아에는 글라딘 작가의 《러스트(RUST)》가 돌풍을 일으키고 있었다. 아포칼립스물인데 제목은 뉘앙스만 풍길 뿐, 제목만으로는 내용을 전혀 알 수 없다. 그런데도 유료화에 성공했을 뿐 아니라, 유료 투데이 베스트 10위에 들 만큼 큰 인기를 끌었다. 《러스트(RUST)》도 초반에는 고전을 면치 못했으나 뒤늦게 입소문을 타면서 크게 성공한 작품 중 하나였다.

《러스트(RUST)》를 보면서 용기를 얻었다. 나 역시 처음에는 좀 고전을 하겠지만 전작을 재미있게 봐 준 독자들이 있는 만큼 시간이 지나 입소문을 타면 분명 반응이 올 것이라고 생각했다. 그렇게 제목을 《게임 체인저(Game Changer)》로 확정했다. 이 제목이 정말 마음에 들었다. 혹시라도 내가 연재하기 전에 누가 같은 제목을 먼저 쓸까 봐《게임 체인저(Game Changer)》로 작품 게시판을 만들어 비공개로 설정해 두기도 했다. 그만큼 이 제목에 눈이 멀어 있었다.

이번 작품은 스타일에 변화를 주기로 한 만큼, 제목도 내 스타일대로 밀고 나가고 싶었다. 웹소설 작가로 커리어를 전환하긴 했지만, 그 이전에 30년 넘게 쌓아 온 종이책 독자의 습성과 내 안에 도사리고 있는 먹물의 자손심이 이제는 나를 찾아야 할 때라고 속삭였다.

2021년 9월 29일,《게임 체인저(Game Changer)》 3회를 올리며 야심 차게 연재를 시작했다. 초반에 반응이 없어도 절대 흔들리지 않겠다고 다짐했다. 제목이 웹소설 독자에게 매력적이지 않다는 걸 알고 있었지만, 뚝심 있게 나가다 보면 조회 수는 분명 오를 것이라 자신했다.

말도 안 되는 자만이었다는 걸 깨닫기까지 고작 이틀이면 충분했다. 9월 29일 오후 6시에 3회를 올리고, 다음 날 오후 6시에 1, 2, 3회 조회 수를 체크했다. 59 - 25 - 20이었다. 생각보다 나쁘지 않았다.《NBA 만렙 가드》의 첫 3회 조회 수는 68 - 57 - 60이었고,《야구 몰라요》는 60 - 49 - 46이었다. 전작보다 조회 수가 낮았지만 제목이 불리한 걸 생각하면 충분히 납득할 만한 수치였다. 다만 2, 3회 조회 수가 낮은 것, 그리고 첫날은 지인들이 읽는다는 점이 조금 불안했다.

그래도 앞으로가 중요하다고 애써 나를 다독였다. 4회를 올린 후, 초조하게 게시판을 주시했다. 조회 수는 정말 오르지 않았다. 이게 현실이 맞나 싶을 정도로 아무리 새로고침을 해도 4회 조회 수는 돌부처처럼 그 자리를 고수하고 있었다. 다음 날 오후 6시에 확인한《게임 체인저(Game Changer)》4회의 24시간 조회 수는 그야말로 처참했다. 고작 13이었다. 그중 1은 나였으니 실제로는 12였다. 하루 동안 새로 유입된 독자도 고작 11명에 불과했다.

그제야 꿈에서 깨어나 현실을 똑바로 보게 되었다.《게임 체인저(Game Changer)》는 웹소설에 어울리지 않는 제목이었다. 독자가 전혀 클릭하지 않았다.《러스트(RUST)》처럼 끝까지 버티다 보면 성공할 수 있을지도 모른다. 하지만 내가 결코 그때까지 버티지 못할 것이라는 걸 조회 수 13을 보는 순간 알았다.

반응 없는 소설을 쓰려면 커다란 인내심이 필요하다. 더구나 이제는 경험도 없이 어떻게든 유료화만 해 보자는 입장도 아니었다. 나름 유료작이 두 질(웹소설에서는 작품을 질 단위로 표시한다. 한 질은 작품에 따라 5권이 될 수도 있고, 10권이 될 수도 있고, 50권이 넘을 수도 있다)이나 있었다. 게다가 《야구 몰라요》가 유료화에 실패하면서 수입이 거의 말라 버린 때였다. 계산해 보니 연말까지 버틸 정도의 돈밖에 없었다. 이런 상황에서 언젠가 독자들이 알아줄 거라는 환상만으로 연재를 이어갈 자신이 없었다. 마음이 무너지면 글도 따라서 무너지게 되어 있었다. 고작 '게임 체인저'라는 제목을 지키기 위해 인생을 걸 수는 없었다.

급히 다른 제목을 물색했다. 발등에 불이 떨어지자 다른 제목이 마구 떠올랐다. 나는 '갓겜'을 새로운 키워드로 뽑았다. 갓겜은 '갓 게임(God Game)'의 줄임말로 신이 만든 게 아닐까 싶을 만큼 재미있는 게임, 게이머가 인생 게임으로 꼽을 만큼 인상 깊은 작품을 뜻하는 말이다. 나는 황제국이 갓겜을 만든다는 내용이 드러나도록 《갓겜 메이커》로 제목을 급히 변경했다.

제목을 변경하자 5회 조회 수가 28이 되었다. 여전히 턱없이 낮았지만 《게임 체인저(Game Changer)》의 13에 비하면 두 배가 넘었다. 어쨌든 최신회 24시간 조회 수가 반등했다는 것은 좋은 신호였다. 겨우 한숨을 돌리고 상황을 주시했다. 나는 여전히 주 5회 연재를 하고 있었다. 주말 동안 새로운 회차가 올라가진 않았지만 조금씩 독자가 유입되기 시작했다.

그런데 안도의 한숨을 내쉬는 것도 잠시, 또 제목을 바꿔야 했다. 워낙 급하게 제목을 바꾼 터라 문피아를 제외한 다른 웹소설 플랫폼에 겹치는 제목이 없는지 미리 체크하지 못했다. 다른 웹소설 플랫폼에서 갓겜 메이커를 검색해 보니 우려대로 네이버 시리즈에 《게임재벌 갓겜메이커》라는 웹소설이 있었다. 제목이 완전히 겹치는 상황이라 바꿔야 했다. 다시 새로운 제목을 고민했다.

갓겜이라는 키워드가 직관적이라 독자에게 잘 먹히는 것 같았다. 여기에 제국을 붙여 보았다. 《갓겜의 제국》이 되었다. 특별히 흠이 될 제목은 아니었지만 어딘가 심심했다. 조금 더 특색을 주고 싶었다. 마침 황제국이 98년으로 회귀하고, 그 시대의 분위기가 작품에서 중요하게 작용했다. 그래서 드라마 응답하라 시리즈처럼 제목에 숫자를 붙여 보았다. 《갓겜의 제국 1998》이었다. 완전히 마음에 들진 않았지만 일단 다른 작품과 똑같은 제목은 피해야 하니 《갓겜의 제국 1998》로 변경했다. 더 나은 제목이 생각나면 언제든 바꿀 생각이었다.

그런데 제목을 《갓겜의 제국 1998》로 바꾸자 7회 24시간 조회 수가 136이 되었다. 《게임 체인저(Game Changer)》였던 1, 2, 3, 4회는 59 - 25 - 20 - 13이었고, 《갓겜 메이커》로 바꾼 5, 6회는 28 - 41이었다. 제목만 《갓겜의 제국 1998》로 바꿨는데 최신 회 24시간 조회 수가 136으로 수직 상승했다. 동시에 《갓겜의 제국 1998》은 투베에 들었다. 문피아가 투베 순위를 200위까지 확대한 덕분이었다. 작품이 순조롭게 성장하기 시작했다. **바뀐 것은 아무것도 없었다. 똑같은 작품에 오직 제목만 바꿨을 뿐이다.**

웹소설에서 제목으로 인한 독자의 유입과 반응은 이처럼 천지 차이였다. 제목이 중요하다는 것을 알고는 있었지만 직접 겪어 보니 달랐다. 멋진 제목을 붙여 보겠다는 헛된 바람은 조회 수 앞에 넙죽 엎드렸다. 제목을 바꾸겠다는 생각은 싹 사라졌다. 이대로 순조롭게 연재를 이어 가며 별다른 논란 없이 유료화까지 쭉 달려 나갈 생각이었다. 그런데 전혀 예상하지 못한 암초가 나타났다. 이번에는 캐릭터였다.

쉽게 가려다 골로 간다

웹소설 연재에 쉬운 길은 없다

▚▚▚▚▚▚▚▚▚ 《갓겜의 제국 1998》은 투베에 들며 조회 수가 꾸준히 성장했다. 20회에는 최신 회 24시간 조회 수가 1,000을 넘어섰다. 성장 속도가 빠른 편이라고 할 수는 없었다. 문피아가 투베 순위를 확장하면서 투베의 위력이 예전과는 달랐다. 《NBA 만렙 가드》때는 투베에 들자마자 조회 수가 하루에도 200~300이 넘게 올랐다. 하지만 이번에는 상승 폭이 100 안팎이었다. 그래도 소설은 꾸준히 성장하고 있었다.

《NBA 만렙 가드》를 연재하면서 얻은 깨달음이 하나 있다. 연재 초반에 긴장감을 주겠다고 함부로 전개에 브레이크

쉽게 가려다 골로 간다   ◇◇◇ **187**

를 걸어서는 안 된다는 점이다. 유료화에 이르기까지는, 할 수 있다면 유료화 이후 완결까지 주인공이 벽에 부딪히지 않고 승승장구하는 전개가 가장 좋다. 이 점에 유의하며 쓸데없는 장벽을 만들지 않고 연재를 이어가고 있었다.

그런데 전혀 예상치 못한 부분에서 브레이크가 걸렸다. 《갓겜의 제국 1998》에는 '이진수'라는 천재 프로그래머가 등장한다. 황제국의 대학 선배로 사회성은 제로지만 코딩 능력은 압도적인 너드(Nerd) 캐릭터였다. 이진수의 말투가 문제였다. 어린 시절, 말을 더듬는다는 이유로 가족들에게 천덕꾸러기 취급을 받던 이진수는 오직 컴퓨터만 벗 삼았다. 그는 말끝마다 컴퓨터가 디스크를 읽는 소리 '드드득'을 붙이는 버릇이 있었다. 이진수는 황제국과 대화하면서 계속 '드드득', '므므', '브브브' 같은 의미 없는 소리를 냈다.

이 부분을 거슬려하는 독자가 생각보다 많았다. 20회가 올라오자 곧장 이진수 말투에 항의하는 댓글이 달렸다. 말을 더듬는 것까진 몰라도, 말끝마다 이상한 소리를 내는 것이 너무 거슬린다는 내용이었다. 오죽하면 추천 글에도 이진수 말투가 거슬려서 하차했다는 댓글이 달릴 정도였다. 이런 논란을 전혀 예상하지 못했던 나는 당황했다. 이진수는 황제국을 도와 게임 회사에서 중추적인 역할을 할 캐릭터였다.

또한 그는 황제국과 협업하면서 사람과 교감하는 법을 배우는 성장형 캐릭터이기도 했다. '드드득'은 그의 캐릭터를 상징하는 소리인데 독자들이 큰 거부감을 보이자 고민이 될 수밖에 없었다.

사실 이진수 캐릭터에는 모델이 있다. 〈울펜슈타인 3D〉, 〈둠〉, 〈퀘이크〉 등 FPS(First Person Shooter, 1인칭 슈팅 게임) 장르를 개척한 전설적인 프로그래머 존 카맥(John Carmack)이다. 존 카맥은 별다른 정규 교육 없이 독학으로 프로그래밍을 깨우친 천재였다. 그는 엄청난 속도로 코딩하고, 놀라운 프로그램을 짜는 천재였지만 맞춤법에는 서툴렀고, 말을 조금씩 더듬었으며, 말끝에 이상한 소리를 덧붙이곤 했다. 존 카맥에게서 이런 설정을 빌려 오고, 이상한 소리를 내는 이유에는 한국적인 요소를 덧붙여 보강했다.

독자들이 중요한 캐릭터에 큰 거부감을 보이면서 소설은 기로에 섰다. 독자의 불만을 수용해 이진수의 독특한 버릇을 말 더듬는 정도로 고칠 것인가, 아니면 그대로 밀고 나갈 것인가를 결정해야 했다. 이런 결정은 빨리 내려야 한다. 감당할 수 없을 만큼 불만이 높은 상태에서는 얼마 지나지 않아 독자가 모두 빠져나가 버린다. 그런데 뒤늦게 캐릭터를 고치면? 그때는 이진수 캐릭터를 마음에 들어 하던 독자들이 빠져나갈 것이다. 캐릭터보다 글의 성장세가 우선이라면 무조건 빨리 수정해야 한다.

나는 22회에 이진수가 왜 '드드득'이라는 소리를 내는지 이유를 설명해 놓았다. 그래서 일단 22회까지는 기다려 보기로 했다. 지금 생각하면 21, 22회를 연참해서 독자 반응을 조금이라도 빨리 살피는 편이 나았다. 22회가 공개되자 이진수에 대한 불만은 일단 잠잠해졌다. 독자가 납득했다기보다는 이진수 말투가 거슬리는 사람들이 더 이상 소설을 보지 않은 탓이 큰 것 같았다.

20회 이후 조회 수를 보면 성장세가 분명히 꺾였다. 19회까지는 연독률 78.4%를 보이며 순조로웠는데 이후 70% 초반대로 떨어지더니 일주일 후에는 60%대로 떨어졌다. 최신회 24시간 조회 수도 1,024(20회) - 1,084(21회) - 1,026(22회) - 1,063(23회) - 1,160(24회) - 1,196(25회)으로 일주일 내내 제자리 걸음이었다.

나는 끝내 이진수 캐릭터를 고수하기로 결정했다. 만약 그때 빠르게 수정했다면 아마 성장세는 더 빨랐을 것이다. 수정 자체는 어려운 일이 아니었다. 대사에서 '드드득'을 삭제하기만 하면 되었다. 하지만 이 대사가 이진수에게 중요한 요소라 손댈 수 없다고 생각했다. 지금도 이 결정은 후회하지 않는다. 그때 이진수의 말투를 손봤다면 이후에 이어지는 이진수의 변화가 와닿지 않았을 것이고, 자연스럽게 글의 힘도 떨어졌을 것이다.

이런 문제에 정답은 없다. 독자의 반응을 수용할 것인가, 끝까지 작가의 생각을 고수할 것인가는 전적으로 작가의 선택이다. 다만 독자의 반응을 수용할 때는 반드시 기준이 있어야 한다. 그렇지 않고 반응에 따라 흔들리면 연재 내내 독자에게 끌려다니게 된다. **웹소설은 독자와 함께 쓰는 릴레이 소설이 아니다. 독자의 말대로 글의 방향을 틀었다가 조회 수가 떨어져도 독자는 책임지지 않는다. 소설은 결국 작가의 책임이다.**

예상치 못한 암초를 만나 잠시 고전하고 있을 때, 재미있는 이벤트가 일어났다. 《갓겜의 제국 1998》의 세 번째 추천 글이 올라온 것이다. 추천 글을 써 준 사람은 웹소설 작가 '글쓰는기계'였다. 그는 카카오페이지에서 《나는 될놈이다》를 대히트시키고, 문피아에서 취미로 《방랑기사로 살아가는 법》을 쓰기 시작해 역시 대히트시킨 유명 작가다. 그는 필명처럼 엄청난 다작으로 유명하다. 과연 웹소설을 쓰는 시간 외에 다른 생활이 있을까 싶을 정도다. 그런 작가가 일부러 시간을 들여 내 작품을 소개하고, 내 글의 장점을 정성 들여 써 주니 소설이 제대로 가고 있다고 느꼈다.

《갓겜의 제국 1998》을 쓰기는 쉽지 않았다. 특히 게임에서 가장 중요한 개발 부분이 문제였다. 주인공은 대학에 입학해 이진수와 게임 엔진(Game Engine, 실시간 그래픽과 같이 비디오 게임 개발에 필수 요소로 구성된 소프트웨어)을 개발한다. 게임 엔진은 게임 개발에 필요한 필수 요소가 모두 들어 있는 복잡한 소프트웨어로, 이진수를 영입해야 하는 이유가 되기도 한다. 그런데 나는 프로그래밍을 알지 못한다. 그래서 관련 전문 서적을 읽고 가장 기초적인 부분만 뽑아서 소설에 녹였다. 그러면서도 제대로 쓰고 있는지 불안해 현직 게임 프로그래머에게 검토를 받기도 했다. 현대의 기술을 다루는 책을 읽고, 98년의 관점으로 글을 써야 했다. 매일매일 공부하면서 쓸 수밖에 없었다.

그래도 마침내 결실의 순간이 다가왔다. 연재를 시작하고 두 달 후에 유료화하게 되었다. 세 번째 웹소설 유료화였다. 무료 조회 수는 《NBA 만렙 가드》에 비해 상당히 낮았다. 《NBA 만렙 가드》는 유료화 직전 3회차 조회 수가 4,366 - 4,564 - 4,643이었다. 무료 독자를 더 모을 수 있었지만 공모전을 피하기 위해 조금 일찍 유료화에 들어갔다. 하지만 《갓겜의 제국 1998》은 상황이 달랐다. 성장세는 더뎠고 유료화 직전 3회차 조회 수도 3,062 - 3,296 - 3,800 정도였다.

《NBA 만렙 가드》보다 무료 연재를 더 오래 했지만 조회 수는 훨씬 적었다.

그래도 유료화를 결정했다. 댓글 반응을 보면 《NBA 만렙 가드》보다 고정 팬층이 훨씬 두터운 것 같았다. 이진수 사태에도 계속 소설을 읽는 독자라면 유료화를 해도 따라올 거라 생각했다. 사실 간당간당한 재정 상태 때문에 선택의 여지는 없었다. 무조건 유료화를 가야만 했다. 유료 전환이 얼마나 이루어질지 알 수 없었지만, 왠지 1,000 이상은 나올 것 같았다.

2021년 12월 7일 정오 12시. 《갓겜의 제국 1998》 52회부터 유료화에 들어갔다. 유료화 첫날에는 3연참을 했다. 그리고 결과는? 놀랍게도 1,609 - 1,548 - 1,525(24시간 구매 수 기준)가 나왔다. 《NBA 만렙 가드》가 1,389로 유료 전환을 했으니 무료 조회 수가 낮은데도 유료 전환은 더 많이 나온 것이다. 여기에는 유료화 첫날 댓글을 달면 골드(문피아에서 사용할 수 있는 사이버 머니)를 증정하는 이벤트 효과도 있었다. 첫날 이후 구매 수가 1,456 - 1,444 - 1,425 - 1,409로 떨어진 걸 보면 분명 이벤트 여파가 있었던 것 같다. 이벤트를 감안해도 42%가 넘는 전환율을 보인 것은 기대 이상의 성과였다.

《갓겜의 제국 1998》을 연재하면서 웹소설 독자가 계속 변하고 있음을 느꼈다. 《갓겜의 제국 1998》은 회귀한 주인공이 승승장구한다는 기본 구조를 빼면 스타일이 웹소설답지 않다. 특히 전개 속도가 몹시 느렸다. 첫 번째 게임을 개발하는 속도에는 문제가 없었다. 주인공 황제국이 혼자 개발할 수 있는 가벼운 게임을 다루었기 때문이다. 이후 황제국이 대학에 입학하고, 인재를 모아 본격적으로 회사를 차린 다음 대작 게임을 만드는 방식으로 전개했다.

그런데 두 번째 게임 개발이 길어도 너무 길었다. 게임 엔진 개발, 콘셉트 회의, 시나리오 작가 섭외, 시나리오 작성, OST 뮤지션 섭외, 서버 구축, 벤처 기업 설립, 투자 유치, 유통 업체 계약, OST 녹음으로 전개되는 일련의 과정을 빠짐없이 쭉 따라가다 보니 무려 60회가 넘도록 하나의 게임을 개발하고 있었다. 거의 세 권 분량을 게임 하나를 개발하는 데 쓴 셈이다. 60회 정도면 최소 2~3개의 게임은 개발하고도 남아야 할 분량이었다.

전개가 이렇게까지 느려질 줄은 몰랐다. 늦어도 40~50회 안에 게임 개발을 마무리할 생각이었다. 그런데 한 단계, 한 단계가 모두 중요해서 그냥 넘길 수가 없었다. 작품을 쓰다 보면 항상 계획보다 길어지곤 하는데 이번에는 정도가 심했다. 그럼에도 불구하고 《갓겜의 제국 1998》은 유료화에 성공했고, 유료화 이후 8주 차인 현재까지 24시간 구매 수가 1,200~1,300 정도로 연독률도 상당히 잘 유지하고 있다. 이제 재미만 있으면 문장이 좀 길어도, 전개가 좀 느려도 읽는 독자가 늘어났다고 생각한다. 만약 1~2년 전에 이 작품을 썼다면 이 정도 성적은 거두지 못했을 것 같다.

연재가 수월했다는 말은 아니다. 무료일 때는 주 5일로 연재했지만, 유료화 이후에는 주 6일로 늘렸고, 종종 연참도 했다. 회차마다 개발 진도가 빠르면 좋겠다는 댓글이 항상 달렸고, 나 역시 독자의 인내심이 바닥을 치지 않도록 중간 중간 프로토타입이나 데모를 보여 주면서 독자의 마음을 달래려고 애썼다.

대형 사건도 있었다. 유료화 이후 4주 차에 일어난 일이다. 75회에서 황제국은 벤처 기업을 설립하고 투자자를 만나러 간다. 투자자는 황제국에게 투자하겠다며 거액을 줄 테니 지분의 55%를 요구했다. 과연 황제국이 이 제안을 받을 것인지, 어떻게 협상할 것인지 궁금하다는 댓글이 쭉 달렸다. 그런데, 이런 댓글 사이에 투자 방식이 잘못됐다는 댓글이 있었다. 처음에는 대수롭지 않게 여겼다. 댓글이 지적하는 부분을 나도 알고 있다고 여겼기 때문이다.

보통 주식회사가 투자를 받을 때는 새로운 주식을 발행

하고, 투자자가 새로 발행한 주식을 매입하는 신주 발행 방식으로 이루어진다. 이때 주당 가격을 얼마로 할지, 주식을 얼마나 발행할지에 따라 투자 금액과 투자자의 지분율이 결정된다. 신주를 발행하면 전체 주식이 늘어나기 때문에 그만큼 기존 창업 멤버들의 지분율은 희석된다. 자칫하면 회사가 투자자에게 넘어갈 수도 있기 때문에 창업자는 투자를 받을 때 신중해야 한다.

나는 75회에서 투자 형식을 신주 발행이 아니라 이미 있는 주식(구주)을 거래하는 방식으로 묘사했다. 구주 매입 역시 투자의 한 방식이기는 하다. 그런데 크게 착각한 부분이 있었다. 구주 매입은 투자자 입장에서는 투자를 하는 것이지만, 기업 입장에서는 투자를 받는 것이 아니었다. 구주 매입은 기존 주주의 주식을 사는 것이다. 즉, 개인의 자산을 매각하는 개념이기 때문에 구주를 아무리 많이 팔아도 이는 기업의 자본금에 추가되지 않는다. 구주를 판 대금은 창업자의 개인 통장으로 입금된다. 댓글은 바로 이 지점을 지적했다. 관련 내용을 다시 체크하고, 금융업에 종사하는 지인에게 물어보면서 내가 틀렸다는 걸 깨달았다.

그때부터 부랴부랴 수정 작업에 들어갔다. 이진수 사태와는 성격이 달랐다. 《갓겜의 제국 1998》은 과거로 돌아간다는 판타지 설정을 제외하면 현실에 기반한 전문가물이다. 그런데 상법을 무시하고, 주식회사의 투자 방식을 제멋대로 왜곡해서 표현하면 작품의 가치가 크게 훼손된다. 내가 저지른 명백한 오류였기에 빨리 수정해야만 했다. 급하게 신주 발행과 지분 희석 방식을 찾아보고 75회를 수정해 공지를 올렸다.

그렇지만 진짜 문제는 75회가 아니었다. 이어지는 76회였다. 75회에서 구주 매입 방식으로 투자 협상을 전개했으니, 76회에서도 투자금과 지분에 관한 내용을 통째로 수정해야 했다. 계산하고, 확인하는 과정을 몇 차례나 거듭하며 수정하는 동안 두통으로 머리가 지끈거렸다. 그래도 다행히 오류를 지적해 준 댓글 덕에 더 늦지 않게 수정할 수 있었다. 이날은 오류를 수정하느라 새로운 회차를 쓰지 못했다. 소중한 하루를 날렸지만 어디까지나 내 잘못이었기 때문에 누굴 탓할 수도 없다.

사실 이 부분은 이전에도 한 번 지적이 있었다. 창업하며 지분을 나누는 과정에서 다른 독자가 투자는 신주 발행을 해야 한다는 댓글을 남겼다. 하지만 나는 구주 매입 방법으로 진행할 생각이라 그 댓글을 가볍게 넘겼다. 어설프게 알고 있기도 했지만, 신주 발행보다 구주 매입이 독자가 이해하기에도 직관적인 방법이라며 독자 평계를 대고 있었다. 그때 조금만 더 신경 쓰고 알아봤더라면 이런 실수는 범하지 않았을 것이다. 사실은 직접 알아보는 과정, 신주 발행과 지분 희석을 계산하는 과정이 귀찮았을 뿐이면서 마음속으로 독자 평계를 댔다. 그리고 그 대가를 치렀다. 쉽게 가려다가 하마터면 골로 갈 뻔했다.

이 책이 출판되는 시점에도 나는 열심히 《갓겜의 제국 1998》을 쓰고 있을 것이다. 이 소설을 몇 회까지 연재할지는 모르겠다. 다만 230회로 완결한 《NBA 만렙 가드》보다는 길게 쓸 생각이다. 유료화를 세 번쯤 하면 연재가 좀 쉬워질 줄 알았다. 전혀 아니다. 모든 연재는 제각각 다르다. 어쩌면 당연하다. 내가 쓰는 작품이 다르고, 연재하는 시기가 다르고, 시기가 다른 만큼 웹소설 시장도 다르며, 가장 중요한 독자가 달라지기 때문이다.

웹소설이 생겨난 지도 어느덧 10년이 되어 간다. 세월이 흐른 만큼 웹소설 독자의 층위도 아주 다양해졌다. 도서 대여점 시절부터 장르 소설을 꾸준히 읽어 온 독자가 있는 반면, 웹소설이 뜨면서 새롭게 유입된 독자도 많다. 나이대도 다양하고, 취향도 각기 다르고, 웹소설을 바라보는 시각도, 웹소설에 바라는 바도 다르다. 웹소설 독자는 단수가 아니다.

2018년부터 웹소설을 썼으니 어느새 나도 5년 차 웹소설 작가가 되었다. 웹소설을 쓰면서 가장 크게 느낀 점은 웹소설이 고정된 무언가가 아니라는 점이다. 웹소설은 시시각각 꾸준히 변하고 있다. 예전 같으면 도저히 뜰 것 같지 않은 작품이 주목을 받고, 하나의 소설 안에서 여러 장르와 코드가 복합적으로 뒤섞인다. 전혀 다른 배경과 직업을 가졌던 수많은 사람이 웹소설 작가에 도전하고, 그만큼 새로운 내용과 스타일이 매일매일 등장한다. 독자의 선택을 받기 위해 몸부림치는 만큼 웹소설 시장은 대단히 역동적이다.

'웹소설 시장이 앞으로 어떻게 될까?'라는 질문은 나에게 의미가 없다. 이 시장이 앞으로 얼마나 커질지, 어떻게 변화할지, 어떤 스타일이 뜰지 전혀 예측할 수 없기 때문이다. 오히려 반대로 생각해야 한다. 아마존의 창업자 제프 베조스는 10년 뒤 전자 상거래가 어떻게 변할 것 같느냐는 질문에 이렇게 답했다.

"구태의연한 질문이다. 10년이 지나도 바뀌지 않는 게 무엇일까가 더 중요하다. 예측 가능한 정보를 바탕으로 사업 전략을 세우는 일이 더 쉽다. 사람들은 누구나 싼 가격, 빠른 배송, 다양한 상품을 원한다. 10년이 지나도 이런 점은 변하지 않는다. 변하지 않는 전제에 집중해야 헛고생을 하지 않는다."

웹소설 작가도 이 말을 기억해야 하지 않을까. 웹소설 시장은 계속 변할 것이다. 하지만 변화 속에서도 결코 변하지 않는 원칙은 있기 마련이다. 작가라면 변하지 않는 원칙이 무엇인지 파악해서 이를 완전히 자기 것으로 만들어야 한다. 이어지는 3부에서는 앞으로도 변하지 않을 웹소설의 원칙에 관해 말해 보려고 한다.

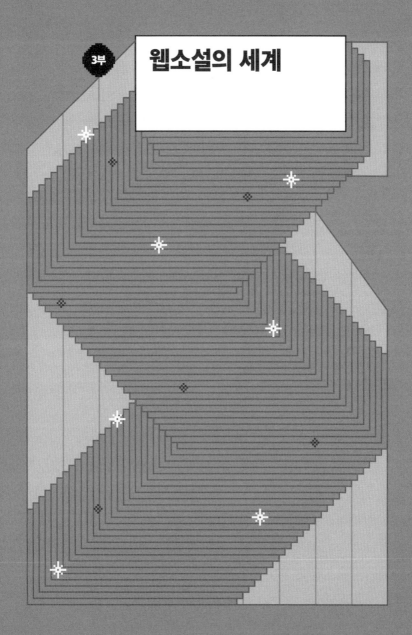

3부

웹소설의 세계

웹소설은 [일일 연재]다

웹소설 시스템 최상위 포식자

~~~~~~~~~~ 형식이 내용을 규정한다.

유명한 말이다. 하지만 나는 웹소설에 입문하기 전까지, 직접 웹소설을 써 보기 전까지 이 말의 의미를 제대로 알지 못했다. 그저 형식도 내용만큼 중요하다, 형식이 내용에 영향을 미친다 정도로 피상적으로 생각하고 넘겼다.

여기까지 읽은 분이라면 '웹소설은 일일 연재라서'라는 말이 이제는 지겨울 것이다. 하지만 어쩔 수 없다. 내가 생각하기에 웹소설의 핵심은 '일일 연재' 구조이고, 여기에서 웹소설 연재의 무수한 법칙이 태어났기 때문이다. 눈에 보이는 형태상의 형식들, 이를테면 '스마트폰으로 보는 독자가 대부분이기 때문에 문장을 짧게 써야 한다' '가독성에 맞춰 문단 구성에 유의해야 한다' 등은 그저 형태상의 규칙이지 진정한 웹소설의 형식이라 할 수 없다.

물론 가독성은 중요하다. 나 역시 가독성을 중시하고, 몇 번이나 퇴고를 거치며 쉽게 읽히도록 문장을 계속 수정한다. 그렇지만 가독성은 이 소설이 얼마나 읽기 편한가를 결정하지, 이 소설이 얼마나 재미있는가를 결정하지는 않는다. **읽기 편하다는 이유로 재미없는 소설을 읽는 독자는 없다. 반면 내용이 재미있으면 아무리 불편해도 독자는 참고 읽는다.** 심지어 비문 투성이에, 문장마다 맞춤법이 틀려도 읽는다. 문피아에는 웹소설의 기초적인 형식도 갖추지 않고, 종이책이어도 읽기 힘들 만큼 화면을 글자로 빡빡하게 채운 소설도 올라온다. 흔히 이런 문단 구성을 '벽돌글'이라고 부른다. 그런데 간혹 벽돌글 중에도 뜨는 글은 있다.

결국 진짜 중요한 것은 소설의, 특히 장르 소설로서의 재미다. 그런데 같은 장르 소설이라고 해도 종이책으로 나오는 장르 소설과 웹소설은 어마어마한 차이가 있다. 그 차이는 사실 너무나 단순하고 직관적이라 종종 그것이 왜 중요한지조차 알아차리지 못한다.

자, 그럼 여기서 질문 하나. 당신이 종이책을 읽을 때와,

문피아에서 연재 중인 소설을 매일매일 따라가며 읽을 때 독서 경험의 결정적인 차이는 무엇인가? '페이지를 손으로 넘기는 맛이 있느냐' 아니면 '화면을 스크롤하며 읽느냐' 하는 종이책/스마트폰/태블릿의 물성 차이일까? 그것도 있겠지만 결코 핵심은 아니다.

내 대답은 이렇다. 종이책은 얼마나 읽을지 독자가 통제할 수 있고, 연재 중인 웹소설은 독자가 통제할 수 없다.

허무한가? 아니면 생각지도 못한 대답인가? 그렇다면 왜 독자가 독서를 통제할 수 없다는 것이 그토록 중요할까? 왜냐하면 내용과 상관없이 일일 연재 형식이 독자에게 '답답함'을 유발하기 때문이다. 장르도, 소설의 재미도 상관없다.

여기 한 독자가 웹소설을 읽고 있다고 가정하자. 그런데 오늘따라 소설이 너무 재밌다. 맨날 벌벌 떨던 주인공이 드디어 각성해서 빌런을 해치우기 위해 벌떡 일어나 주먹을 꽉 움켜쥐었다. 이제 나쁜 놈 면상에 주먹을 날려서 독자의 목구멍에 시원하게 사이다를 퍼부을 차례다. "오오오! 드디어!" 육성으로 소리를 내며 스크롤을 내리는데 거기서 뚝! 소설이 끝났다. 그럼 독자의 감정은 어떨까? 재미있었으니 당연히 다음 편을 빨리 읽고 싶을 것이다. 그런데 다음 편은 없다. 내일 이 시간이 되어야 올라온다. 재밌는데, 빨리 보고 싶은데, 지금 기분이라면 100원이 아니라 200원이라도 낼 수 있을 것 같은데, 정작 소설이 없다.

답.답.하.다.

이상한 일이다. 분명 소설은 재미있었고, 독자가 원하던 전개하고도 딱 들어맞았다. 그런데도 독자는 답답함을 느낀다. 기대감은 잔뜩 불러일으켜 놓고, 독자의 고양된 감정을 해소하지 못했기 때문이다. 아니, 작가가 의도적으로 해소하지 않았기 때문이다. 짜릿함, 기대감, 답답함, 아쉬움과 같은 뒤섞인 감정이 독자로 하여금 다음 편을 원하도록 만든다.

일일 연재의 핵심은 오늘 읽은 독자가 내일도 '일부러' 찾아와 소설을 읽게 하는 것이다. 그렇게 하려면 그저 이야기가 흘러가게 두면 안 된다. 최대한 독자가 다음 이야기를 궁금해하도록 이야기 전개와 한 편 한 편의 흐름, 어떤 장면으로 어떤 감정을 불러일으킬지, 어디까지 보여 주고 어떤 떡밥을 던질지, 작가가 신중하게 내용을 배치하고 이에 맞춰 글을 써야 한다.

자, '하루를 기다려야 하는 독자의 답답함'을 이해했다면 왜 남성향 웹소설의 핵심 스토리라인이 무한 성장과 승승장구인지도 금방 알 수 있다. 방금 본 것처럼 내용이 흥미로운 소설조차 내일까지 기다려야 하면 답답하다. 그런데 내용마저 답답하다면 어떨까?

가령 어떤 웹소설이 초반 내용 전개도 빠르고, 주인공도 매력적이라 많은 독자가 생겼다고 가정해 보자. 그런데 갑자기 주인공에게 불행이 겹치기 시작한다. 가장 친한 친구가 사고로 죽고, 설상가상으로 가족이 아프기 시작한다. 병원비 때문에 학비를 낼 수가 없어 학교를 휴학하고 아르바이트를 시작했다. 그런데 너무나 기다려 왔던 유학 기회가 온다. 주인공은 어떻게든 돈을 마련해 보려고 하지만 사기를 당해 그나마 있던 돈도 날리고, 여자친구는 갑자기 잠수를 탄다. 이런 일련의 상황이 한 편에 몰아서 일어나는 게 아니라 10회에 걸쳐 일어난다.

그러면 이 소설을 읽는 독자는 10회가 연재되는 열흘 동안 주인공이 당하는 고통을 고스란히 느끼게 된다. 내일이면 좋아지겠지, 내일이면 좋아지겠지 기대하며, 소설 때문에 생긴 고통스러운 감정을 안고 살아야 한다. 이야기로 뒤엉킨 감정은 이야기로 해소해야 한다. 그런데 다음 내용은 없다. 언제 이 고통이 끝날지도 모른다. 이때 소설은 독자에게 도리어 형벌이 된다.

만약 이 소설이 종이책이었다면, 독자는 주인공을 한없이 불행의 나락으로 떨어뜨리는 과정을 기꺼이 감내하면서 책장을 넘길 것이다. 종이책 독자에게 그 감정은 길어 봤자 한두 시간 정도의 인내다. 고통을 함께 겪었기에 더 깊은 감정과 여운을 느낄 수도 있다. 종이책 독자는 책장을 넘기다 보면 곧 이야기가 끝난다는 걸 안다. 남은 두께가 얼마인지 가늠할 수도 있다. 정 읽기 힘들면 과감하게 그 부분을 건너뛰고 읽을 수도 있다. 이미 전체 이야기를 손에 쥔 독자는 독서를 얼마든지 통제할 수 있다.

그러나 일일 연재로 읽어야 하는 독자는 다르다. 주인공의 고통을 하루하루 따라가며 함께 견뎌야 한다. 진짜 최악은 고통이 언제 끝날지 모른다는 점이다. 만약 작가가 작정하고 20회, 30회 이상 주인공에게 고난을 부여한다면 독자는 꼼짝없이 그 기간 동안 주인공의 고통을 함께 느껴야 한다. 고통 그 자체보다 언제 끝날지 모른다는 사실이 훨씬 더 고통스럽다.

간혹 장르에 따라서는 일부러 어두운 이야기를 추구하기도 한다. 다크 판타지나 로맨스의 피폐물처럼, 암울한 분위기에서 끊임없는 고통으로 밀고 들어가는 이야기도 있다. 하지만 이런 장르는 이미 고통을 한계까지 밀어붙일 거라는 작가와 독자 사이에 암묵적인 합의가 있다. 장르는 작가와 독자 사이의 약속이기 때문이다. 그런데 고통으로 얼룩진 장르도 아닌데, 주인공이 고난에 빠져 허우적거리기만 한다면 웹소설 독자의 선택은 하나뿐이다. 더 이상 소설 읽기를 포기하는 것이다. 웹소설 작가가 가장 무서워하는 댓글 "하차합니다"는 덤이다.

웹소설의 핵심은 결코 웹/모바일로 간편하게 소설을 읽는다는 것이 아니다. '매일매일 읽는다'가 핵심이다. 그렇다면 소설의 내용도 매일매일 읽고 싶은 쪽으로 맞춰 가야 한다. 사람은 오늘보다 밝은 내일을 기대한다. 우리는 오늘보다 내일 더 성장해 있기를 바란다. 웹소설은 기본적으로 독자가 주인공에게 강력하게 감정을 이입하면서 읽는 장르 소설이다. 그러니 자연스럽게 남성향 웹소설의 서사 구조가 무한 성장과 승승장구가 되는 것이다. 장르가 서양 판타지든, 게임 판타지든, 아포칼립스 판타지든, 무협이든, 스포츠든, 재벌물이든, 전문가물이든 큰 틀에 보면 서사 구조는 비슷하다. 독자의 욕망이 때로는 아주 노골적으로 웹소설에서 매일매일 구현되고 있는 것이다.

매일매일이라는 핵심 구조를 이해하지 못한 채 피상적으로 웹소설을 받아들이면 무슨 시도를 하든 실패할 확률이 높다. 몇몇 종이책 출판사는 웹소설의 형식을 빌려 와 기존 종이책 소설을 적당한 분량으로 나눠서 인터넷에 올리거나,

이름 있는 작가의 신작을 인터넷에서 선연재하기도 했다. 하지만 작가의 이름값만큼 성공한 사례는 보기 힘들다.

그럴 수밖에 없다. 종이책을 염두에 두고 쓴 소설은 이야기의 흐름과 전개, 리듬과 호흡, 지향점 등이 웹소설과 전혀 다르니까. 영화로 예를 들어 보자. 여기 두 시간짜리 영화가 있다. 그런데 최근 10분 내외로 즐기는 숏폼(Short form) 영상물이 인터넷에서 대세가 되자, 영화사에서 각종 동영상 플랫폼에 영화를 10분 단위로 잘라 12회로 나눠 올렸다. 말도 안 되지만 그냥 그렇다고 가정해 보자. 눈으로 보지 않아도 12회로 토막 난 영화가 얼마나 형편없을지 우리는 잘 안다. 영화의 흐름과 편집에 상관없이 이야기와 감정선이 뚝뚝 끊겨서 감동만 파괴할 것이다. 태생적으로 형식이 다른 이야기를 억지로 끼워 맞춰 봐야 본래의 장점마저 잃게 된다. 그런데 왜 종이책 소설을 웹소설처럼 나눠서 연재하면 사람들이 읽을 거라고 기대하는가?

웹소설은 일일 연재고, 매일매일 일부러 찾아와 읽는 독자의 감정을 배려해야 한다. 주인공에게 아무런 고통도 주지 말라는 말이 아니다. 독자의 감정을 배려하며 세심하게 이야기를 배치하라는 뜻이다. 자기 세계에 갇혀, 독자의 감정과 고통은 무시하고, 오직 자기 하고 싶은 이야기만 쏟아 내면서 왜 내 글은 조회 수가 나오지 않느냐고, 독자 수준이 낮다고 화를 내 봐야 아무런 소용도 없다. 결코 웹소설 독자의 수준이 낮은 것이 아니다. 당신이 웹소설의 구조와 독자의 마음을 이해하지 못한 것이다. 그럼 조금 더 구체적으로 일일 연재로 인해 웹소설이 어떻게 서술되는지 살펴보자.

하나. 이야기 구조가 직선적이고 비교적 단순해진다.

독자들의 유형은 천차만별이다. 자기가 읽는 소설의 내용을 빠삭하게 파악하는 독자도 있지만, 그냥 대충 훑어보는 독자도 많다. 수십, 수백 회가 넘게 이어지는 웹소설에서는 어제 읽은 내용을 기억하지 못하는 독자도 분명히 있다. 사람이니까 충분히 그럴 수 있다. 나는 내가 어제저녁에 뭘 먹었는지도 기억 못 할 때가 많다. 매일매일 웹소설을 읽는 독자는 짧으면 몇 달, 길면 몇 년에 걸쳐 소설을 읽는다. 그런데 만약 이야기가 끝없는 반전에 반전을 거듭하고, 등장인물의 관계가 얽히고 설키며, 100회 동안 코빼기도 보이지 않던 캐릭터가 갑자기 튀어나와 이야기를 뒤틀어 버린다면? 독자는 헷갈릴 수밖에 없다.

일일 연재에서 내용이 너무 복잡하게 꼬이면 따라가며 읽기 힘들어진다. 그 외에도 여러 가지 사건이 동시다발적으로 터진다거나, 동일한 사건을 여러 인물의 관점으로 돌아가며 보여 주는 등의 서술 방식은 웹소설에서 인기를 끌기 힘들다. 웹소설에서 주인공은 모든 것을 빨아들이는 강력한 블랙홀 같은 존재다. 이야기의 시점이 주인공을 벗어나 버리면 당장 독자들은 흥미를 잃는다. 그래서 웹소설은 정상을 향해 나아가는 주인공의 행보를 따라가는 직선적인 이야기가 많다.

웹소설에도 이야기 구조와 서술 방법에서 새로운 시도가 없지는 않을 것이다. 그렇지만 새로운 시도 역시 일일 연재라는 구조적 한계 안에서, 독자의 흥미를 잃지 않도록 유지하면서 이루어져야 한다. 더 쉽게 인기와 돈을 얻는 길이 열려 있는데 굳이 어려운 길을 가고자 하는 웹소설 작가는 소수일 것이다.

둘. 한 회에 한 가지 사건이 벌어지고 마무리되는 것이 좋다.

웹소설은 1회부터 마지막 회까지 연결되는 이야기다. 하지만 독자는 그날 하루, 한 회분의 이야기만 읽는다. 꾹 참고 기다렸다가 모아서 읽는 독자도 있지만, 기본적으로 웹소설 독자는 일일 연재에 맞춰 일일 독서를 한다. 당연히 독자 입장에서는 그날 읽는 분량에서 어떤 사건이 발생하고, 주인공이 이야기를 진행시켜 해결까지 하는 것을 보고 싶어 한다.

그렇지만 웹소설은 매회 정확한 리듬으로 구성되고 반복

되는 시트콤이 아니다. 매회 정확하게 분량과 이야기 호흡을 맞춰 쓰기란 대단히 어렵다. 때로는 하나의 사건(에피소드)을 몇 회에 걸쳐 진행해야 하는 경우도 있다. 이럴 때도 사건 단위를 가급적 3~5회 정도로 끊는 게 좋다. 아무리 중요한 내용이라도 회차가 너무 길어지면 독자들의 머릿속에서 내용이 흐려진다. 3회만 써도 독자에겐 사흘이다. 작가의 시간과 독자의 시간은 다르게 흘러간다는 점을 명심해야 한다.

셋. 멋진 묘사보다 빠른 전개가 더 중요하다.

특히 이 부분은 종이책을 오랫동안 읽은 독자나 작가에겐 당황스러울 것이다. 모름지기 겉모습과 분위기 묘사를 통해 인물의 속마음까지 꿰뚫어 버리는 것이 소설의 묘미 아닌가. 소설가의 기본기란 곧 묘사력과 동의어로 쓰이기도 한다.

그렇지만 웹소설은 1회에 5,000~6,000자 정도에서 승부를 봐야 한다. 물론 원한다면 얼마든지 더 길게 쓸 수는 있다. 하지만 8,000자를 넘어갈 정도로 길어지면, 내용을 수습해서 5,000자를 넘는 분량은 다음 회로 넘기는 편이 낫다. 5,000자를 써도 100원이고, 8,000자를 써도 100원이다. 회당 5,000자 분량을 맞추는 편이 작가 입장에선 훨씬 노동 효율이 높아진다. 독자 입장에서도 중요하지도 않은 서술이 길어지면 읽느라 피곤해질 뿐이다.

5,000자 안으로 이야기의 시작-전개-결말까지 보려면 독자에게 계속 새로운 정보를 던져 주며 이야기를 끌고 나가야 한다. 끊임없이 이야기를 전진시켜야 한다. 그런데 주인공이 새로운 장소에서 어떤 인물을 만날 때마다 장소와 인물에 관해 세세한 묘사가 이어지면 묘사만으로 분량을 잡아먹게 된다. 능숙한 작가는 묘사만으로도 몇천 자는 금방이다. 그런데 독자가 원하는 것은 무슨 사건이 벌어지고, 주인공이 어떻게 행동하는가이다. 작가가 계속 묘사만 하느라 정작 중요한 이야기를 하지 못하고 그 회차를 끝내 버리면, 독자는 당연히 짜증이 날 수밖에 없다. 유료 회차라면 작가가 쓸데없이 분량 늘리기를 하고 있다고 오해를 받을 수도 있다.

물론 작가는 소설의 퀄리티를 위해, 자기가 추구하는 스타일을 만들기 위해, 혹은 세세한 분위기나 주인공의 심리 상태를 표현하기 위해 묘사를 활용할 수 있다. 다만 웹소설에서는 묘사가 이야기 진행 속도를 늦춰서는 안 된다. 최대한 빠르고 간결하게, 핵심만 눈에 보이도록 그려 내야 한다. 그러면서 자기가 원하는 분위기를 형성해야 한다. 화려하면서도 간결하게 디자인해 달라는 상반되는 주문 같다고? 그래도 어쩔 수 없다. 웹소설의 구조가 그렇다.

웹소설은 서술에 낭비가 있으면 안 된다. 이야기의 가성

비를 극단적으로 추구해야 한다. 단순한 흥미를 넘어 '문학'으로 예술의 경지를 추구하는 사람이라면 받아들이기 힘들 것이다. 그렇지만 웹소설을 쓰기로 했다면 독자의 흥미를 유지하는 묘사와 전개의 밸런스를 맞출 수 있어야 한다. 그렇지 않으면 묘사력이 아무리 뛰어나도 많은 독자를 얻기란 쉽지 않을 것이다.

웹소설에서 속이 뻥 뚫리는 단순하고 속 시원한 전개(일명 사이다)가 판을 치고, 주인공은 무조건 승승장구하며 패배를 모르고, 전개 속도는 폭주 기관차처럼 내달리며, 묘사라고는 가뭄에 콩 나듯 하는 이유는 모두 웹소설의 일일 연재 구조 때문이다. 이는 웹소설이란 유치하고, 깊이가 없으며, 흥미 위주의 수준이 낮은 이야기라며 공격받는 요인이 되기도 한다. 실제로 매일매일, 독자가 흥미를 잃을까 봐 두려운 상황에서 속 깊은 이야기를 추구하기란 쉽지 않다. 그렇지만 웹소설 본연의 모습이 회당 100원이라는 저렴한 가격에 가볍게 즐기는 스낵 컬처라는 점을 생각하면 그게 그렇게 큰 문제인가 싶기도 하다.

미디어와 예술 형식에는 저마다의 성격과 역할이 있다. 종이책을 기반으로 하는 두세 권 분량의 장편 소설은 이를테면 극장에 걸리는 장편 영화와 성격이 비슷하다. 많아야 몇 가지 사건이 일어나고, 캐릭터의 행동을 살피며 캐릭터가 어떤 인물인가를 보여 주면서 주제 의식을 드러낸다. 반면 웹소설은 영화보다는 드라마, 그것도 일일 막장 드라마에 가깝다. 매일매일 TV와 스마트폰 앞으로 소비자를 끌고 와야 한다. 굵직한 사건과 자잘한 사건이 변주하면서 사건이 끊이지 않고 일어난다. 때로는 자극적인 묘사와 어그로로 시선을 삽아끌기도 한다.

웹소설은 독자에게 그날그날 100원 이상의 즐거움을 주는 것이 목적이고, 의무다. 웹소설은 먼저 100원의 의무에 충실해야 한다. 그 기반 위에 자기만의 작품 세계와 주제 의식을 구현한다면 그냥 웹소설 작가가 아니라 위대한 웹소설 작가가 될 수 있다. 그렇지만 기본적인 웹소설의 재미를 놓친 채, 자기 세계만 추구하는 작가는 웹소설 판에서 성공하기 어렵다.

여기서 언급한 것 외에도 내가 알지 못하는 수많은 웹소설 코드가 있을 것이다. 나는 장르마다 코드가 어떻게 생성되고, 진화하든 간에 언제나 '일일 연재'가 웹소설 생태계의 최강 포식자일 거라고 생각한다. 웹소설은 결국 최신 회 24시간 조회 수와 구매 수 아래 종속된다. 웹소설 작가를 꿈꾼다면 이 원칙을 진지하게 받아들이길 권한다. 그저 머리로만 피상적으로 이해하고 넘어간다면 나처럼 몇 년의 세월을 허비하게 될지도 모르니까.

웹소설은 [상품]이다

사고파는 것은 모두 상품이니까

〰〰〰〰〰〰〰〰 이번 챕터 제목이 이상하다고 느끼는 사람은 없을 것이다. 웹소설이야 팔기 위해, 돈을 벌기 위해 쓴다고 다들 생각하니까. 그렇지만 만약 '웹소설'이 아니라 '책은 상품이다' 혹은 '소설은 상품이다'라는 제목을 달았다면 어땠을까? 아니면 좀 더 과감하게 '문학은 상품이다'라고 한다면?

어떻게 숭고한 예술인 문학을 천박하게 상품으로 취급할 수 있냐며 당장 반발하는 사람이 있을 것이다. 문학은 인간의 심연을 들여다보고, 시대를 꿰뚫는 통찰을 담아낸 인류의 보물이며, 위대한 작가가 예술혼을 불태워 집필한 필생의 역작이므로 '상품'이 아니라고 항변할 것이다. 책을 좋아하거나 출판계에서 일하는 사람 중 몇몇은 문학 혹은 책을 이런 방식으로 대하기도 한다. 이들은 책은 상품이기 이전에 문화/예술의 근본이라는 신념이 강하고, 문학이나 책을 너무 사랑해서 '상업성' '대중성' 같은 말만 들어도 작품에 흠집을 내는 것처럼 반응한다. 마치 인디 뮤지션이 미디어를 타고 대중의 사랑을 받으면 돈 때문에 타락했다고 간주하는 것처럼. 대중성이란 취향의 파멸이고, 순수성의 몰락이며, 거대 자본에 굴복하는 것으로 생각한다.

하지만 이는 상품을 너무 거창하게 해석해서 생기는 오해라고 생각한다. 그저 우리가 돈을 내고 살 수 있으면 상품이다. 이를테면 산에 있는 나무는 소중한 자연이지만, 임업을 통해 가공되어 나온 목재는 상품이다. 숲을 이루고, 산을 뒤덮은 나무의 가치는 결코 돈으로 따질 수 없는 중요한 자연물이다. 하지만 필요에 의해 벌채되고, 가공된 목재는 어디에서는 기둥이 되고, 어디에서는 가구가 되고, 또 종이가 된다. 상품이 되었다고 해서 나무의 가치가 훼손되는 것은 아니다.

파는 것은 상품이다. 아주 단순한 개념이다. '우리는 소설을 팔지만, 이것은 상품이 아니다'라고 생각하면 앞뒤가 맞지 않으면서 스텝이 꼬이기 시작한다. 문학이나 책을 상품의 가치보다 문화/예술의 가치로 봐야 한다는 시선도 상당히 치우쳐 있다.

다른 상품을 보자. 나무 얘기를 했으니 가구를 살펴보자. 가구는 우리 삶에 꼭 필요한 상품이지만, 동시에 시대마다, 지역마다 고유한 양식을 보여 주어 생활사 연구에 중요한 가치를 지닌다. 손꼽히는 장인이나 뛰어난 디자이너가 만든 가구는 이미 예술이다. 고가구만 따로 수집하고, 인테리어에 활용하는 사람들은 가격을 넘어 자신의 취향과 가구의 예술적 가치를 인정하는 것이다.

단위를 더 크게 넓혀서 건축을 보자. 건축물은 아마 사람이 거래하는 상품 중에서 가장 비싼 축에 속할 것이다. 몇천만 원짜리 단독 주택에서, 조 단위가 넘어가는 초고층 빌딩까지 층위도 굉장히 넓고 깊다. 그렇다면 이렇게 초거대 자본이 투입된 건축물은 돈으로 도배한 천박한 상품인가? 전혀 그렇지 않다. 오히려 그 시대 최고의 건축 공학 기술과 디자인 양식이 가미된 최첨단 문화 예술이다. 수백 년을 넘게 이어 온 건물은 역사적/예술적 가치를 따지기도 어려울 정도다. 우리는 이런 건축물을 문화유산으로 지정해 보호한다. 그렇지만 이런 건축물 대부분도 사고팔 수 있는 상품이었다.

돈으로 거래되는 상품이라고 해서 예술적 가치가 사라지는 것은 아니다. 오히려 예술적 가치가 높은 상품이야말로 상품으로서의 가치도 대단히 높아진다. 그런데 유독 소설이나 책에 대해서는 상품이라는 잣대를 부정적으로 들이대는 경향이 있는 것 같다. 혹시 이 글을 읽는 분 중에서 '소설은 상품이라기보다는 예술이지'라고 생각하는 분이 있다면, 그런데 그런 마음을 숨기고 웹소설을 쓰려 한다면 주의하길 바란다. 웹소설은 오락물로서의 상품성이 예술성을 압도한다.

카프카는 책이란 우리 마음속에 얼어붙은 바다를 깨는 도끼여야 한다고 말했다. 책이란 굳어 버린 생각과 아무것도 느끼지 못하는 마음에 충격을 주고, 다시 마음속에 생각과 감수성의 파도가 밀려들게 해야 한다고 했다. 그렇지만 웹소설은 그런 경지까지는 바라지 않는다. 그저 100원을 내고 한 편을 읽으면서 그 순간, 그 시간을 재미있게 즐기면 족하다. 물론 여기서 몇 걸음 더 나아갈 수 있다면 훨씬 좋을 것이다. 가슴 찡한 감동과 깊은 여운을 주며, 나를 돌아보게 하고, 더 나은 삶을 꿈꾸게 한다면 그보다 더 바랄 것이 없을 것이다.

하지만 이렇게 마음 깊은 곳을 건드리는 것은 웹소설에서는 부차적인 임무다. 우선은 매일매일 독자에게 즐거움을 선사하고, 독자의 감정을 고양시키는 것이 먼저다. 이러한 선결 과제를 충분히 수행하고 있다는 가정 아래, 더 깊이 나아갈 것인가 아닌가를 생각하고 노력해 볼 수 있다. 그러나 매일매일의 읽는 재미조차 충족시키지 못하면서 저 멀리 어디 있는지도 모르는 감동을 찾아 헤맨다면 결코 성공적인 웹소설을 쓸 수 없다.

애초에 왜 웹소설을 쓰는가? 여러분은 왜 웹소설에 관심을 가지게 되었는가? 만약 당신이 작가거나, 혹은 작가 지망생이라면 아마도 웹소설이 뜬다니까, 돈을 많이 번다니까 관심을 가지게 되었을 것이다. 나도 그랬다. 나는 웹소설로 밥벌이를 하고, 돈을 벌고 싶었다.

그러니까 웹소설을 쓰기 위해서는 무엇보다 솔직해져야 한다. 돈을 벌고 싶고, 뜨고 싶다는 내 안의 욕망을 인정해야 한다. 이런 마음가짐 자체가 저열하거나 스스로 싸구려가 되는 것처럼 느껴진다면, '돈을 노리고 글을 쓴다?!' 같은 생각이 머릿속을 떠나지 않는다면 웹소설 쓰기는 포기하는 것이 좋다. 웹소설에서는 이런 가치 판단 자체가 무의미하다. 대체로 웹소설 독자들은 작가가 얼마나 독창적인 세계관을 만들어 내고, 아름다운 문장을 쓰는지 별로 관심이 없다. 특히 독자는 작가의 별다른 것 없는 인생 경험과 개똥철학이 뒤섞인 메시지에 전혀 관심이 없다.

독자가 원하는 것은 소설이 보여 줄 수 있는 장르적 재미다. 웹소설 플랫폼이나 출판사/매니지먼트/CP의 관심사도 마찬가지다. 이 작가가 독자를 끌어모을 수 있을 만큼 재밌게 쓰는지, 긴 연재를 버텨 낼 만큼 성실함이 있는지만 궁금해한다. 나머지는 관심 없다.

물론 소설의 진정한 가치는 스토리가 주는 장르적 재미 외에도 많다. 그것이 틀렸다는 말이 아니다. 소설에서 무엇을 중심에 둘 것인가, 가치 판단은 모두 다를 수 있다. 다만 웹소설은 철저하게 상품으로 간주되고, 모든 것이 상품성의 기준에 따른다는 것을 명심해야 한다. 좋은 웹소설이란 별다른 논란 없이 잘 팔리는 웹소설이다. 웹소설 세계는 그렇게 움직인다. 웹소설 시장에서는 조회 수가 왕이고, 매출이 신이다. 표절 같은 범죄를 저지른 게 아니라면, 무조건 잘 팔리고, 많이 팔리는 작품이 최고다. 웹소설 세계에서 최고의 작가는 인기 있는 작품을, 더 빨리 쓰고, 더 많이 쓰는 작가다.

"매출이 인격이다."

백화점 업계에서 쓰는 말이라고 한다. 웹소설도 별로 다르지 않다. 사고파는 것은 부끄러운 일이 아니다. 오히려 팔린다는 것은 그만큼 사람들이 작품의 재미와 가치를 인정해 주는 것이니 자랑스러워할 일이다. 나는 오히려 웹소설의 가치를 여기에 두고 싶다. 팔린다는 것. 읽힌다는 것. 웹소설을 쓰면서 가장 놀라웠고, 신기했던 경험은 이상하게 들리겠지만, 바로 사람들이 읽는다는 사실이었다.

그렇다. 사실, 사람들은 읽고 싶어 한다. 정말로 사람들은 읽고 싶어 한다. 모든 것은 바로 여기서부터 시작한다. 해마다 독서 인구는 줄어들고, 성인 10명 중 4명은 1년에 책을 한 권도 읽지 않는 세상이다. 그러나 정말 이상하게도 사람들은 계속해서 읽고 싶어 한다. 다만 그 읽고 싶은 이야기가 몇 가지 특정한 방향성을 보일 뿐이다.

재미있는 이야기를 읽고 싶어 하는 사람의 마음은 영원히 변하지 않는다. 흥행은 웹소설의 발화점이다. 발화점만큼 독자의 흥미를 끌어올리지 못하면, 그 웹소설은 유료화의 문턱을 넘지 못하고 불완전 연소에 그치며 십중팔구 연재 중단을 하게 된다. 그러면 쓰는 사람에게도, 읽는 사람에게도 아쉬움 가득한, 매캐한 연기만 남길 것이다. 내가 썼던 여러 소설이 그랬듯이.

웹소설은 [작품]이다

그럼에도 소설이니까

〰〰〰〰〰〰〰 앞서 고개를 끄덕이며 책을 읽은 사람은 이번 챕터 제목이 의아할 것이다. 장난치는 것도 아니고, 앞에서는 웹소설은 상품이야! 상품성! 흥행! 대중성! 이런게 중요하다고 강조해 놓고 이번에는 웹소설이 작품이라니? 하지만 사실이다. 웹소설은 상품이자 동시에 작품이다. 사실 웹소설뿐 아니라 모든 대중문화 콘텐츠가 그렇다. 웹소설, 웹툰, 소설, 영화, 드라마, 애니메이션, 게임, 음악 등등. 우리가 흔히 즐기는 콘텐츠는 상품이자 동시에 작품이다.

분야를 막론하고 창작자라면 대중성과 작품 고유의 독창성, 작품성 사이의 밸런스를 두고 고민하기 마련이다. 차이라면 영화에는 상업 영화와 예술 영화 같은 구분이 있고, 음악에도 인디 음악처럼 대중성보다 자기 예술 세계를 우선하는 부류가 있어 구별을 짓는 정도일 것이다.

분명 웹소설, 적어도 현재의 웹소설은 극단적으로 상업성에 쏠려 있다. 앞서 상품성이 웹소설의 시작이라고 했다. 유료화를 할 만큼의 상업성을 갖추지 못한 작품은 이 시장에서 살아남지 못한다. 즉, 상업성은 웹소설의 스타트 라인인 것이다.

하지만 우리는 앞에서 웹소설 연재가 기나긴 마라톤이라는 것도 확인했다. 유료화 후 독자를 얼마나 확보했든 간에 독자는 차차 줄어들고, 가뜩이나 긴 이야기를 이어 가느라 작가는 점차 힘이 빠지기 시작한다. 작가가 흔들리는 걸 눈치챈 독자는 빠른 속도로 줄어들고, 확연히 줄어든 매출에 작가는 더욱 힘이 빠진다. 이런 악순환을 버티지 못하면 이야기가 산으로 가면서 작품은 망가진다. 이런 경우를 '작품이 무너졌다'고 부른다.

웹소설은 팔기 위해, 팔리기 위해 쓴다. 그렇다고 오직 팔리는 데만 초점을 맞추면 100회, 200회를 넘어 장기간 연재할 때 이야기의 중심을 잡기 어려워진다. 상품성이 웹소설의 다디단 열매라고 한다면, 작품성은 웹소설이 단단히 버틸 수 있게 도와주는 뿌리라고 할 수 있다.

잠깐 다른 예를 들어 보자. 세상에서 오래 살아남는 브랜드를 생각해 보자. 수십 년 넘게 명성을 이어 가는 브랜드는 대부분 품질이 좋고, 마케팅을 잘하며, 경영 관리를 잘하고 있을 것이다. 그런데 오랫동안 선망의 대상에 오르는 브랜드는 그저 품질의 우수성을 내세우지 않는다. 이런 브랜드는 무엇보다 브랜드 콘셉트를 흔들리지 않고 지켜 나간다.

이를 콘셉트라 불러도 좋고, 아이덴티티라 불러도 좋다. 유명 브랜드는 최신 트렌드를 이끌기도 하고, 유행을 받아들이기도 한다. 하지만 유행을 받아들일 때도 자기 브랜드의 개성과 장점, 감성 안에서 유행을 녹이려고 노력한다. 무분별하게 유행만 받아들이는 브랜드는 잠깐 반짝일 수는 있어도 결코 오랜 시간 시장을 선도할 수 없다. 그리고 이렇게 잠깐 반짝하는 브랜드는 추락할 때 더욱 급격하게 무너진다.

웹소설도 이와 비슷하다고 생각한다. 웹소설에는 분명히 잘 통하는 서사 구조가 있고, 그때그때 유행하는 소재와 캐릭터 유형, 장르가 있다. 트렌드를 잘 읽고, 유행을 타이밍 좋게 받아들여 독자의 폭을 넓히고, 흥행 확률을 높이는 것은 권장할 일이다.

하지만 무조건 뜨기만 하면 된다는 자세는 곤란하다. 자기가 어떤 이야기에 강점이 있는지도 모른 채, 인물과 이야기에 대한 진정성 없이 유행만 따라 쓴다면, 이는 나침반 없이 먼 항해를 나서는 것과 같다. 처음에는 눈에 보이는 해안선이나 멀리 보이는 육지에 의지해 어느 정도 배를 몰고 나갈 수 있을 것이다. 하지만 더 이상 육지가 보이지 않게 되면, 망망대해 위에 자기가 어디쯤 있는지, 어디로 가야 하는지 확인할 수가 없다. '유행'이라는 항해 지도가 있어도 이를 내 방식으로 변주할 수 있게 도와줄 나침반이 없다면 무슨 소용인가. 결국 갈 곳을 잃고 이야기는 갈팡질팡하다 소설은 무너지고 말 것이다.

작가는 인물과 세계를 설정하고, 인물이 소설 속 세계에서 무엇을 추구할지 정해야 한다. 몇천 자짜리 단편을 쓰든, 한 권짜리 종이책 소설을 쓰든, 수천 회에 이르는 웹소설을 쓰든 똑같다. 작가가 창조한 인물은 나름의 성격과 장단점을 갖추고, 작가가 부여한 세상 속에서 자기만의 무언가를 얻기위해 움직인다. 주인공의 가치관이 반드시 작가의 가치관과 일치할 필요는 없다. 그러나 작가도 이해하기 힘든 윤리 의식과 가치관을 가진 주인공을 그저 요즘 유행하는 성격이라는 이유로 쓰기 시작한다면, 이 인물은 분명 이야기를 진행하는 도중 잡음을 내기 시작할 것이다.

처음 설정한 성격대로 움직이지 않거나, 아니면 밀고 나가야 할 시점에 머뭇거리고 움츠러들거나, 아니면 반대로 현실성 없이 너무 오버하며 행동할 수도 있다. 어느 쪽이든 중심을 잡아야 할 주인공이 갈팡질팡하면, 기나긴 연재를 이어가기 힘들어진다.

특히 웹소설에서 작품을 흔드는 요인 중 하나는 댓글이다. 웹소설은 회마다 댓글이 달리고 많은 작가가 댓글 내용을 민감하게 받아들인다. 댓글 중에는 작품을 자기가 원하는 방향으로 유도하려는 댓글도 있다. 이런 상황에서 주인공이 저렇게 해야 목표를 더 빨리 달성하고, 이익도 극대화할 수 있다며 훈수 아닌 훈수를 둔다. 때로는 민폐성 캐릭터나 마음에 들지 않는 캐릭터를 비난하기도 한다. 독자는 정당하게 구매한 상품인 소설에 댓글로 감상을 남길 권리가 있다. 그런데 주인공의 행동이 이해가 가지 않는다는 댓글이 소수가 아니라 수십 개가 넘게 달리면 작가는 결코 이를 무시할 수 없다.

문피아에서는 독자의 반응을 보면서 작가가 인물 성격이나 스토리를 조금씩 수정하는 경우가 부지기수다. 그래서 일부러 비축분을 조금만 써 두기도 한다. 아무리 경험이 많아도 독자의 반응을 정확히 예측하기란 불가능하다. 주인공과 보조 캐릭터 A와의 에피소드를 공들여서 20회 분량의 비축분으로 만들어 놓았는데, 초반부터 A에 대한 독자의 반응이 싸늘하다 못해 격앙되어 있다면 작가는 난감해진다. 바로 내가 《갓겜의 제국 1998》을 연재할 때 그랬다. 천재 프로그래머 이진수가 처음 등장했을 때 독자 반응이 상당히 좋지 않았다. 작품 추천 글에 이진수 때문에 더 이상 못 읽겠다고 댓글을 남긴 독자도 있을 정도였다.

이렇게 훈수가 들어올 때, 캐릭터에 대한 악평이 자자할 때, 독자의 반응을 좇아 수정할 것인가, 아니면 자신의 생각대로 뚝심 있게 나갈 것인가를 결정하려면 먼저 지금 쓰는 소설이 작가의 작품이라는 자각이 있어야 한다. 웹소설은 독자를 위해 쓰는 것이지, 독자와 함께 릴레이 소설을 쓰는 것이 아니다.

게다가 독자란 특정할 수 있는 소수의 몇 명이 아니다. 독자라는 명칭으로 두루뭉술하게 불릴 뿐, 저마다 다른 사람이다. 성장 배경, 하는 일, 나이, 성별, 취향, 윤리 의식, 성격 등이 모두 다르다. 누군가는 주인공에게 공감할 수도 있지만, 누군가는 전혀 아닐 수도 있다. 모두의 취향을 만족시키기란 불가능하다. 셰익스피어가 한국에서 환생해 웹소설을 써도 불가능하다. 만약 고심 끝에 댓글에 따라 작품을 수정했더니 고치기 전이 훨씬 좋았다며 화를 내는 독자가 우르르 나오면 어떡할 텐가?

다수의 댓글이 옳을 때도 있다. 설정이 충돌하거나, 캐릭터의 감정이 이상하게 튀는 경우를 작가나 편집자보다 더 잘 잡아내는 독자도 있다. 작가와 편집자가 아무리 객관적으로 작품을 보려고 해도 한계가 있으니까. 그렇지만 독자가 작품에 이래라저래라 간섭하는 경우라면, 작가가 뚜렷한 주관을 가지고 선을 그어야 한다.

소설 속 세계를 창조하고, 이야기를 끌고 가는 것은 작가다. 독자의 반응을 참고할 수는 있다. 그렇지만 작가가 줏대 없이 독자의 반응에 끌려다니면 소설은 폭풍을 만난 배처럼 이리저리 휘둘리고 만다. 그러다 보면 자기도 모르는 사이 배가 산으로 가고 만다. 의도했던 이야기가 죄다 꼬여서 아무리 생각해도 다음 전개가 떠오르지 않는 상황에 놓일지도 모른다. 설령 정말 그렇게 된다 해도 독자는 아무런 책임도 지지 않는다. 작가라면 독자의 댓글에 압박감을 느끼게 된다. 하지만 독자는 결코 자기가 작가에게 수정을 강요하며 압박했다고 생각하지 않는다. 그저 자기가 생각하는 바를 썼을 뿐이다.

작품에 대한 책임은 어디까지나 작가에게 있다. 설령 웹소설 트렌드에 억지로 맞춰 희한한 소재와 뒤틀린 캐릭터를 집어넣었다고 해도, 이야기에는 반드시 작가만의 진정성이 있어야 한다. 작품에는, 자기 이야기에는 최소한의 지켜야 할 선과 핵심 아이디어가 있어야 한다. **웹소설 작가는 돈을 좇아야 하지만, 돈만 좇아서는 안 된다. 작품의 주인은 어디까지나 작가라는 자각과 주관이 있어야 한다.** 인물과 주제에 대한 최소한의 메시지와 방향성을 항상 생각해야 한다. 그래야 기나긴 연재 기간 동안 작품이 무너지지 않게 지탱할 수 있다.

웹소설에서 구매 수로 측정할 수 없는 작품성은 아무도 신경 쓰지 않는다고 했던가? 맞다. 그렇지만 신경 써야 할 사람이 적어도 딱 한 명 있다. 바로 작가 자신이다. 작품성은 사람들 눈에 잘 띄지 않는 기초 공사와 같다. 건물을 지을 때 바닥을 잘 다져 놓지 않으면 결코 크고, 높고, 아름답고, 탄탄한 건물을 지을 수 없다. 기나긴 연재를 성공적으로 완주하기 위해서는 작품의 뿌리를 넓고 깊게 내려야 하고, 기초 공사를 탄탄하게 해야 한다.

글이란 참 신기하다. 쓰다 보면 결국 자기 자신에게로 돌아온다. 웹소설이든 뭐든 글을 쓰기 위해서는 유행을 먼저 따르기보다 우선 내가 쓰고 싶은 이야기, 내가 잘 아는 이야기, 내가 잘 쓸 수 있는 이야기가 무엇인지, 나 자신부터 들여다봐야 한다. 트렌드를 덧붙이는 것은 그다음의 일이다.

돈은 중요하다.

돈은 정말 중요하다.

돈은 정말 정말 중요하다.

그런데도 언제나 그렇듯 돈이 전부는 아니다.

웹소설에서도 그렇다.

웹소설은 [회/빙/환]이다

웹소설 삼신기

〰〰〰〰〰〰〰 웹소설에서 장르를 가리지 않고 빠짐없이 나타나는 코드가 있다. 흔히 웹소설 삼신기라 불리는 '회귀/빙의/환생'이다. 줄여서 '회/빙/환'이라고 부른다. 그런데 회/빙/환은 웹소설계의 강력한 치트 키이면서 동시에 웹소설을 처음 접하는 사람에게는 진입 장벽이 되기도 한다. 소설을 시작하자마자 별다른 설명도 없이 곧장 회귀, 빙의, 환생을 해 버리니 이에 익숙하지 않은 독자는 어리둥절해지기 마련이다.

솔직히 말해 나도 처음 웹소설을 쓰기 시작할 때 회/빙/환에 거부감이 있었다. 도대체 왜 보는 소설마다 죄다 주인공은 배신당하거나 억울하게 죽었다가 회귀하는지 이해할 수 없었다. 장르가 판타지니까 무슨 일이든 일어날 수 있다지만, 다소 유치하고 뻔하게 느껴졌다. 회귀가 한 번으로 끝나는 것도 아니다. 여러 형태로 변주된다. 회귀할 때마다 회차를 붙여 '인생 n회차'와 같이 여러 차례 회귀하거나, 특정 조건을 달성하지 못하면 무수한 회귀를 경험하는 루프물도 있다. 반대로 어떤 조건을 달성하면 회귀를 시켜 주는 방식도 있다.

내가 이해할 수 없는 지점은 또 있었다. 가령 내가 알 수 없는 이유로 회귀했다고 상상해 보자. 어느 날 갑자기 과거로 돌아가 버렸다. 그러면 나는 어떨까? 아마 일단 패닉에 빠질 것 같다. 이 회귀가 진짠지 끊임없이 의심하고, 정말 회귀라는 사실이 밝혀져도 회귀를 받아들이기까지 몇 달은 걸릴 것이다. 그런데 웹소설 속 주인공은 대부분 이런 고민이 없다. 내가 회귀를 했네? 오케이! 이번에는 다르게 살겠어. 길어야 몇 줄로 금방 상황을 받아들이고 곧바로 앞으로의 계획을 세우기 시작한다. 회귀도 회귀지만, 나는 이 부분이 도저히 이해가 가지 않았다.

그렇게 2019년, 1년 동안 제대로 된 웹소설을 쓰겠다고 원고를 쓰고, 고치고, 버리기만 반복하다가, 2020년 《NBA

만렙 가드》를 쓸 때 비로소 회귀를 받아들이고 웹소설다운 웹소설을 쓸 수 있었다. 《NBA 만렙 가드》의 성공이 '회귀'라는 핵심 코드를 넣었기 때문일까? 분명 원인 중 하나겠지만, 반드시 회귀 때문은 아니다. 성공하지 못한 웹소설 중에도 회귀물은 쎄고 쎘다. 내가 수없이 쓰다 버린 소설 중에도 회귀물은 있었다. 회/빙/환이 있다고 반드시 성공하는 것은 아니다. 그러니 회/빙/환을 쓰기 전에, 웹소설에서 왜 이렇게 회/빙/환이 반복해서 쓰이는지 반드시 짚고 넘어가야 한다.

많은 웹소설의 기본 서사가 무엇인가? 별 볼 일 없던 주인공이, 혹은 재능은 타고났지만 여러 이유로 꿈을 펼치지 못하던 주인공이, 새로운 기회나 힘을 얻는 것이다. 주인공은 예전에는 상상도 할 수 없었던 부와 명예를 얻고, 억울한 일을 당했다면 마음껏 복수도 한다. 재능이 있다면 예전의 실수를 피하면서 시행착오 없이 못 이룬 꿈을 향해 나아간다.

자, 이런 서사에서 독자가 읽고 싶어 하는 이야기는 무엇일까? 주인공이 내가 왜 회귀했지 고민하면서, 새롭게 주어진 기회에도 불구하고 머뭇거리며, 예전의 실수를 되풀이하는 모습일까? 결단코 아니다. 웹소설 독자는 그럴 기미만 보여도 왜 했던 실수를 또 하고 앉아 있느냐며, 고구마라며 소설 읽기를 그만둘 것이다. 독자에게 인간이라면 회귀했을 때 고민하는 것이 당연하며, 인간은 본래 같은 실수를 반복하는 존재라는 변명 따위는 통하지 않는다.

착각하지 말자. 독자는 바보가 아니다. 독자도 작가가 아는 사실을 알고 있다. 사람이 진짜 회귀한다면 아마 패닉에 빠질 것이고, 회귀했다고 모든 일을 척척 해낼 수 있는 존재가 아님을 안다. 그렇지만 우리는 판타지 소설에 관해 이야기하는 중이다. 리얼리티가 최우선인 논픽션을 쓰려는 게 아니다. 독자는 회귀한 주인공이 원하는 바를 이뤄 나가는 과정을 보고 싶어 한다. 과거의 고통은 과거로 남기고, 이번 생은 즐겁고 행복하게 살길 바란다. 독자는 목표를 이루면서 힘과 영향력을 키우는 주인공에게 감정을 이입하며 대리 만족을 느낀다. 독자는 처음부터 그걸 원하고 소설을 읽는 것이다.

웹소설에서 회/빙/환은 작가와 독자 간의 약속이고, 협약이다. '주인공 인생에 회/빙/환이라는 치트 키를 쓰겠다고? 오케이! 좋아. 대신에 쓸데없는 일에 시간 낭비하지 말고, 지난 인생에서 후회했던 일들 빠르게 정리하고, 남들보다 빠르게 치고 나가서 성장하는 모습 보여 줘. 알았지?' 이런 보이지 않는 약속을 한 셈이다. 이미 수많은 회/빙/환 작품을 읽은 웹소설 독자에게 회귀 후 방황하는 주인공의 모습은 시간 낭비일 뿐이다. 어차피 독자는 주인공이 고민을 떨쳐 내고 자기 목표를 향해 나아갈 것을 알고 있다. 그런데 그 '뻔한' 과정을 리얼하게 표현하겠다고 몇 회에 걸쳐 심리 묘사를 하면서 적응 과정을 보여 주면 독자는 짜증만 날 뿐이다.

그렇다면 도대체 웹소설에서 회/빙/환은 왜 이렇게 자주 등장하는 걸까? 이유는 간단하다. 회/빙/환은 주인공이 소설 속 세계에서 남들보다 앞서 나갈 수 있는 존재라는 점을 부사하면서, 독자를 설득하기에도 수월하기 때문이다. 모든 이야기는 주인공에게 예기치 않은 사건이 벌어지면서 시작되고, 주인공이 이를 해결하기 위해 발버둥 치면서 전개되다가, 주인공이 사건을 해결하며 마무리되는 것을 골자로 한다. 사건-전개-해결(그리고 보상)이 이야기의 기본 흐름이다. 웹소설은 이런 구조가 끊임없이 앞뒤로 맞물리면서 이어진다.

그런데 회/빙/환을 겪은 주인공은 앞으로 어떤 사건이 일어나고, 어떤 식으로 전개되며, 어떻게 해결해야 하는지 모두 알고 있다. 가령 재벌물의 초석을 다진 산경 작가의 《재벌집 막내아들》은 회귀와 환생이 뒤섞였다. 재벌가에서 개처럼 일하던 주인공은 억울한 누명을 쓰고 재벌 가문에 의해 희생된다. 그리고 과거로 돌아가 자기가 일하던 재벌 가문에서 왕따를 당하는 막내아들 집에서 환생한다.

주인공은 오랫동안 재벌 가문에서 일했기 때문에 이 가

문의 역학 관계는 물론, 앞으로 수십 년간 세상에 어떤 일이 벌어질지 역시 잘 알고 있다. 그래서 남들보다 한발 앞서 앞으로 개발될 땅과 저평가된 스타트업에 미리 투자할 수 있고, 떠오르는 유망 산업에 진입할 수 있다. 주인공은 회를 거듭할수록 더욱더 많은 돈을 벌고, 재벌 회장의 사랑을 독차지하게 된다. 이 모든 힘의 원천은 그가 앞으로 일어날 일을 알고 있기 때문이다. 복잡한 설명이 필요 없다. '그가 회귀했기 때문에'로 모든 것이 설명된다. 얼마나 간편한가?

회/빙/환이 웹소설에서 계속 나오는 이유는 그저 독자가 회/빙/환을 좋아해서가 아니다. 회/빙/환은 주인공이 그만큼 강력하고, 남들보다 앞서 나갈 것이며, 설령 위기에 처하더라도 별 탈 없이 이겨 낼 것이라는 강력한 암시이기 때문이다. 주인공은 어떤 위기가 닥쳐도 주도적으로 상황을 해결하고, 계속해서 성장할 것이다. 그러니 독자는 안심하고 소설을 읽는다.

만약 회/빙/환이 없어도 주인공의 힘과 리더십을 독자에게 설득할 수 있다면 회/빙/환을 쓰지 않아도 된다. 문피아 최고의 히트작인 싱숑 작가의 《전지적 독자 시점》을 보자. 이 소설의 주인공 김독자는 과거로 돌아가지도 않고, 누군가에게 빙의하거나, 환생하지도 않는다. 다만 김독자는 몇 년 동안 조회 수가 밑바닥인, 정말 인기 없는 웹소설을 완결까지 읽었다. 그런데 어느 날 그 웹소설 속 이야기가 현실에서 그대로 재현된다. 김독자는 소설을 완독한 '유일한' 독자이기 때문에 앞으로 사건이 어떻게 전개되고, 어떻게 대처해야 하는지 누구보다 잘 알고 있다. 《전지적 독자 시점》의 심플한 작품 소개글을 보라.

[오직 나만이, 이 세계의 결말을 알고 있다.]

이 한 줄이 500회가 넘는 《전지적 독자 시점》에서 주인공이 강력한 이유를 설명한다. 독자들은 주인공 김독자가 어떻게 상황을 주도하고 성장해 나가는지, 그리고 그 세계의 결말이 과연 무엇인지 궁금해서 계속 이야기를 따라간다. 회/빙/환은 그 자체가 중요한 것이 아니다. 주인공만의 독특한 능력을—그것이 정보든, 육체적인 힘이든, 천재적인 두뇌든, 마법 같은 이능력이든—독자가 납득할 수 있게 제시하고, 그에 맞춰 주인공이 목표를 이뤄 나가는 모습을 보여 주면 된다.

회/빙/환은 어디까지나 이야기를 독자가 원하는 방식으로 끌고 나가기 위한 수단에 불과하다. 만약 당신이 도전하고 성장하는 이야기가 더 좋아서, 회/빙/환 없이 성장하는 주인공을 쓰고 싶다 해도 전혀 상관없다. 다만 독자들이 내일도 당신의 이야기를 따라올 수 있도록, 주인공이 겪는 고난과 성장통, 그에 따른 성취감과 보상을 회/빙/환 코드를 사용한 소설보다 훨씬 면밀하게 설계하고 배치해야 한다.

독자는 100원을 그냥 쓰지 않는다. 마찬가지로 작가도 회/빙/환을 그냥 써서는 안 된다. 회/빙/환이 왜 필요한지, 주인공의 힘에 어떤 설득력 있는 근거를 마련할지 진지한 고민이 필요하다. 그냥 남들 쓰니까 회/빙/환을 쓴다면, 혹은 반대로 남들 다 쓰니까 절대로 회/빙/환을 쓰지 않겠다고 고집한다면, 성공은 멀어지기만 할 것이다.

만약 영국의 극작가 셰익스피어가 21세기 한국에서 환생해 웹소설을 쓴다면 분명 이렇게 말할 것이다.

"회귀냐, 빙의냐, 아니면 환생이냐? 그것이 문제로다!"

웹소설은 [기대감]이다

다음 회를 보게 만드는 자석 같은 힘

〰〰〰〰〰〰 아직 《NBA 만렙 가드》를 쓰기 전, 편집자의 피드백을 받으며 무한 수정 회귀 지옥에 빠져 있었을 때 가장 자주 들었던 피드백이 무엇일까? 이 말은 다른 피드백보다 날 훨씬 고민에 빠지게 했다.

재미없어요?

아니다. 나는 직접적으로 '글이 재미없다'는 피드백을 받은 적은 없다. 아마 편집자 나름의 배려가 아니었을까 싶다. 이 말은 어떤 의미에선 재미없다는 말보다 훨씬 강력하고, 심지어 무섭기도 했던 말이었다.

그 피드백은 바로 **"기대감이 생기지 않아요."**

이 말이었다. 그때는 이게 무슨 뜻인지 이해가 가지 않았다. 도대체 기대감이 뭔지, 뭘 기대하게 하란 말인지, 어떻게 해야 기대감을 생기게 할 수 있는지 알 수 없었다. 아마 기대감이 왜 필요한지 이해하지 못해서 그랬던 것 같다. 이제는 적어도 기대감이 왜 필요한지는 안다. 이 에세이를 쭉 읽은 분이라면 대충 이해할 것이다. 일일 연재를 하는 웹소설은 내일도 독자가 찾아오게 만들어야 하는데, 기대감만큼 독자를 강하게 끌어당기는 자석도 없다.

가령 당신이 어떤 회에 아주 재미있게 이야기를 끌고 갔고, 장면 묘사도 끝장나게 했다고 가정해 보자. 내가 보기에도 너무 멋진 회차였다. 중간쯤 주인공이 멋지게 결정타를 날리고, 후반부에는 감정 곡선이 완전히 하락하여 독자의 긴장을 쫙 풀어 주면서 마무리까지 아주 깔끔했다. 정말 내가 쓴 게 맞나 싶을 정도로 잘 나온 회차다. 스스로가 대견할 지경이다. 분명 많은 독자가 좋아하고 좋은 댓글을 달아 줄 것이다.

그렇지만 웹소설의 가장 중요한 원칙, '독자가 다음 회차도 읽고 싶게 만들어야 한다'를 생각하면 다른 방식도 고려해 보는 게 좋다. 감정선이 완전히 하락하면 깊은 여운을 남기기는 좋지만, 다음 회에 관한 호기심을 끌기는 약하다. 아무래도 웹소설은 회차마다 긴장감을 차츰 고조시키다 끝내거나, 아니면 다음 회에 무슨 일이 생길지 떡밥을 던져 주며 끝내는 게 좋다.

가령 연애를 생각해 보자. 여기 서로 사랑하는 한 커플이 있다. 그들이 연애할 때 가장 설레는 순간은 언제일까? 고백에 성공해서 알콩달콩 데이트를 즐길 때일까? 오히려 이제막 서로를 알아 가면서 알 듯 말 듯한 밀당으로 썸을 탈 때가 더 설레지 않을까? 아니면 어린 시절 놀이공원으로 소풍을 가게 되었을 때, 혹은 성인이 되어 로망을 품던 곳에 여행을 가게 되었을 때를 생각해 보자. 정말 설레는 때가 언제였나? 놀이공원에 도착해 실컷 놀 때도 좋지만, 가장 설렐 때는 전날 밤, 잠들기 전이다. 여행도 그렇다. 여행지에 도착해서 멋진 곳을 구경하고 맛있는 음식을 먹는 것도 즐겁지만, 가장 설렐 때는 여행 계획을 짤 때다.

뇌과학자들의 연구에 따르면, 우리 뇌에는 도파민(Dopamine)이라는 신경 전달 물질이 있다. 도파민은 운동 신경뿐 아니라 감정에도 큰 영향을 미친다. 특히 성취감이나 도취감, 의욕에 큰 영향을 미쳐 인간이 느끼는 행복, 쾌락과 밀접한 연관이 있다고 한다. 웹소설 작가의 임무는 독자의 뇌에서 도파민이 퐁퐁 솟아나도록 도와주는 것이라 할 수 있다. 그런데 이 도파민이 언제 나오는지 살펴보니 신기한 결과가 나왔다. 도파민이 잘 분비될 때는 보상이 주어질 때가 아니었다. 오히려 우리의 뇌가 '보상이 주어지리라 예측할 때' 도파민이 원활하게 나온다고 한다. 정말 인간의 뇌란 유별난 구석이 있다.

자, 그럼 단순한 예를 하나 들어 보자. 당신이 괴물이 나타난 세상에 각성한 헌터가 등장하는, 헌터물을 쓰고 있다고 가정하자. 아니면 게임 소설을 쓰고 있다고 가정해도 좋다. 주인공이 어떤 이유로 강해져서 괴물이 나타날 때마다 쾅쾅 처부수다가 중간 보스를 만났다. 이놈은 여태까지와 달리 꽤 까다롭다. 물론 주인공은 중간 보스를 물리칠 방법을 이미 알고 있다. 하지만 다소의 희생이 불가피할 만큼 강적이라서 마음을 단단히 먹어야 한다.

쾅! 쾅! 쾅! 쾅!

마침내 주인공이 기지를 발휘해 멋지게 중간 보스를 물리쳤다. 다행히 큰 피해도 없었다. 그렇다면 이제 보상을 받을 시간이다! 죽은 중간 보스의 몸에서 새로운 아이템이 쏟아져 나올 차례다.

그렇다면 여기서 질문.

이제 5,000자도 거의 채워서 슬슬 이번 회차 엔딩을 내야 한다. 이때 주인공이 보상으로 어떤 아이템을 얻었는지 보여 주고, 효과도 확인하면서 주인공이 "대박!"을 외치며 크게 기뻐하는 모습으로 끝내는 것이 나을까? 아니면 중간 보스의 시체에서 환한 빛이 새어 나오고, 주인공이 복잡 미묘한 표정을 지으며 "이것은?"이라는 대사를 뱉으며 끝내는 게 나을까?

후자의 방식이나 대사가 너무 뻔하다고? 물론 그렇다. 나도 안다. 하지만 적어도 기대감이라는 측면에서 본다면 후자로 끝내는 것이 독자를 다음 회차로 유인하기에 더 유리하다. 웹소설은 모든 회차를 어떻게 끝내느냐, 엔딩이 아주 중요하다. 이번 회에 별 내용도 없는 농담 따 먹기만 이어졌다 하더라도, 엔딩에서 다음 회에 뭔가 커다란 일이 일어날 것 같은 떡밥을 던진다면, 독자들은 대부분 재미없는 부분은 제쳐 두고 다음에 무슨 일이 일어날 것인가를 궁금해한다.

《NBA 만렙 가드》를 연재할 때도 주인공이 그날 연재분에서 시종일관 활약했더라도 엔딩에서 위기를 맞으면, 댓글은 모두 위기에 대한 내용만 언급하곤 했다. 앞에서 주인공이 아무리 활약했어도 소용없었다. 결국 그 회차에서 독자의 감정에 가장 큰 영향을 미치는 부분은 엔딩이다.

웹소설을 쓸 때 [기-승-전-결]로 배치하기보다는, [승-

전-결-기]와 같이 이야기를 어슷썰기 식으로 배치해서 다음에 일어날 일을 보여 주라고 하는 이유가 여기에 있다. 웹소설은 항상 '다음 회에는 주인공이 무슨 활약을 할까?'를 궁금하게, 또 기대하게 만드는 것이 좋다. 이런 요소들을 전혀 모르고 무작정 이야기만 전개했기 때문에, 내가 소설을 쓸 때마다 '기대감이 느껴지지 않는다'는 피드백을 받았던 것이다.

웹소설은 회차마다 임팩트도 중요하지만 꾸준한 연독률 유지도 아주 중요하다. 초반에 아무리 높은 성적으로 시작해도 뒷심 부족으로 구매 수가 추락해 버리면 작가 멘탈도 흔들리기 십상이다. 연독률이 무너져 스트레스를 심하게 받으면 연재 기간은 지옥이 되고 만다.

계속해서 독자에게 기대감을 심어 주는 것은 작가를 위해서도 중요하다. 웹소설을 읽으면서 특히 시간 가는 줄 모르고 계속 다음 회, 다음 회를 읽게 되는 작품을 만난다면, 그냥 읽고 넘기지 말고 어떤 식으로 엔딩을 처리하는지 분석해 보자. 아니면 평소 좋아하는 드라마를 다시 보면서 매회 엔딩을 어떻게 처리했는지 살펴보는 것도 좋은 공부가 될 것이다.

"작가님, 진짜 악마가 따로 없네. 여기서 끊는 법이 어딨어요?"라는 불만 섞인 댓글은, 뒤집어 보면 웹소설 작가에게는 최고의 찬사다. 이런 식으로 독자의 귀여운 미움을 사는 작가는 분명 오래 살아남는 작가가 될 것이다.

웹소설은 [주인공]이다

독자는 주인공을 보려고 결제한다

〰〰〰〰〰〰 모든 이야기는 인물이 중요하다. 웹소설, 웹툰, 소설, 영화, 드라마, 만화를 가릴 것 없이 인물이 없는 이야기는 성립하지 않는다. 웬만한 작법서는 대부분 플롯과 인물에 대해 반드시 다룬다. 배경이나 세계관이 대단히 중요한 역할을 하는 장르도 있다. 대체역사물이나 판타지/이세계물, 아포칼립스물 등이 그렇다. 하지만 아무리 시대 고증을 완벽하게 하고, 멋진 판타지 세계를 구현하더라도, 결국 주인공의 성격과 행동에 공감이 가지 않는 이야기는 매력이 없다.

인물/캐릭터가 중요하다는 당연한 이야기로 한 챕터를

때울 생각은 없다. 마블 코믹스나 DC 코믹스의 슈퍼 히어로처럼 캐릭터 하나만 잘 만들어도 다양한 미디어로 뻗어 나가 큰돈을 벌 수 있다는, 누구나 알지만 가능성은 몹시 희박한 이야기를 하려는 게 아니다. 이번에 하려는 이야기는 웹소설에서 주인공의 비중과 활약에 관해서다.

좋은 이야기는 대부분 주인공에게 버거운 과제를 내린다. 그러면 독자 또는 관객은 인물에게 의문을 품기 시작한다. 가령 J. R. R. 톨킨의 《반지의 제왕》을 보면, '과연 저 판타지 세상에서 세계관 최약체, 호빗족 프로도가 절대 반지를 운명의 산까지 무사히 가져가 파괴할 수 있을까?'라는 의문이 든다. 이는 자연스럽게 궁금증으로 이어지고, 결말이 궁금한 우리는 《반지의 제왕》이라는 거대한 이야기를 끝까지 보게 된다. 이 결정적 의문 혹은 질문은 《반지의 제왕》 스토리를 전진시키는 핵심 아이디어이기도 하다.

이 질문에 '예'라고 답하기 위해 프로도 주변에서 간달프, 샘, 아라곤, 레골라스, 김리같은 조력자 캐릭터들이 힘을 합친다. 반대로 이 질문에 '아니요'라고 답하기 위해 사우론의 무리들, 사루만과 나즈굴, 오크 부대 같은 강력한 적들이 프로도 일행을 공격한다. 여기에 프로도를 돕는 존재인지, 아니면 방해하는 존재인지 아리송하게 행동하면서 긴장감을 높이는 골룸이 등장한다. 프로도는 이런 대립 구도에서 자신의 모든 것을 걸고 절대 반지를 파괴해야 한다. 자, 그렇다면《반지의 제왕》을 웹소설로 다시 쓴다면 과연 성공할 수 있을까?

글쎄, 나는 어렵다고 생각한다. 웹소설은 주인공이 승승장구해야 하는데, 프로도는 계속 고난만 겪기 때문이냐고? 그것도 이유 중 하나기는 하다. 그런데 더 중요한 건 고난이 아니라 고난을 극복하는 방식이다. 웹소설도 주인공이 위기에 빠질 수 있다. **그렇지만 웹소설에서는 위기 상황일수록 주인공이 상황을 주도해서 해결책을 제시하고, 문제를 해결해야 한다.**

그런데《반지의 제왕》의 프로도는 어둠의 세력 앞에 용기 있게 맞서기는 하지만 자신의 힘이나 마법, 혹은 꾀로 상황을 이겨 내지는 않는다. 오히려 프로도가 주로 하는 일은 쫓겨 다니거나 숨고, 도망치는 것이다. 적이 나타나도 대부분 맞서 싸우지도 못한다.《반지의 제왕》은 무척 감동적인 이야기지만 전개 방식이 웹소설에는 어울리지 않는다.

이유는 그뿐만이 아니다.《반지의 제왕》이 웹소설에 어울리지 않는다고 단언하는 핵심적인 원인은 따로 있다. 웹소설은 다채로운 인물들의 이야기보다 한 사람, 주인공의 활약상이 중요하기 때문이다. 웹소설은 주인공에게 올인하는 소설이라고 말해도 좋다.《반지의 제왕》을 웹소설로 다시 쓰기에는 주인공 프로도의 등장 빈도에 심각한 문제가 있다. 이야기가 1/3 정도 진행되었을 때, 프로도를 중심으로 모인 '반지 원정대'가 뿔뿔이 흩어진다. 그러면서 이야기도 여러 갈래로 나뉜다.

웹소설에서는 있을 수 없는 이야기다. 대부분의 웹소설 독자는 주인공을, 주인공의 활약을 보기 위해 웹소설을 읽는다. 만약 원작을 충실히 반영해《반지의 제왕》을 웹소설로 만들면, 반지 원정대가 흩어진 후, 몇십 회에 걸쳐 주인공 프로도가 아예 등장하지 않는 참사가 벌어진다. 이러면 웹소설 독자들은 몇 회 보다가 읽기를 멈춘다.

그런데《반지의 제왕》과 비슷한 형식인데도 웹소설에서 매번 새롭게 다시 쓰이는 소설이 있다. 바로 역사 소설《삼국지》다.《삼국지》에는 일일이 열거하기도 힘들 만큼 등장인물이 많다. 그런《삼국지》를 어떻게 웹소설에서 차용해서 쓸까?

바로《삼국지》의 수많은 인물 중에서 한 명을 주인공으로 설정하고, 작가만의 해석을 곁들여 새로운 인물전을 쓰는 것이다. 여포면 여포, 원소면 원소, 제갈량이면 오직 제갈량이 주인공이 되어 해당 인물을 중심으로 벌어지는 일에 집중한다. 이때, 현대인인 주인공이 소설《삼국지》속 인물에 빙의하기도 한다. 특히 영향력이 미미한 인물에 빙의해서, 이미 알고 있는 지식을 활용해 세력을 키우면서 천하를 통일하는 이야기는 웹소설 서사에도 딱 들어맞는다.

웹소설로 삼국지 이야기를 찾아 읽을 정도의 독자라면, 이미 소설 《삼국지》는 내용을 외울 만큼 줄줄이 꿰고 있는 경우가 많다. 그러니 작가가 설정한 주인공 주변 이외의 이야기는 그저 간단히 언급하고 넘어가도 문제가 없다. 웹소설에서 독자가 이미 알고 있는 내용을 구구절절 설명하는 것만큼 큰 죄악도 없다. 웹소설은 편당 가격이 저렴한 만큼, 내용도 효율적이어야만 한다.

당신이 얼마나 방대한 세계관과 풍부한 이야기를 준비하든 상관없다. 웹소설을 쓰겠다고 나섰다면 매회 주인공이 등장해야 하고, 주인공을 중심으로 이야기를 펼쳐야만 한다. 웹소설에는 웹소설에 어울리는 전개 방식과 스토리텔링이 있다. 이를 항상 염두에 두어야 한다.

그런데 주인공에 너무 몰입한 나머지, 주변 인물을 전부 허수아비로 만들어 버리면 또 곤란하다. 주인공이 주도해야 하지만, 모든 것을 다 해야 할 필요는 없다. 웹소설의 핵심은 주인공이 맞지만, 여기에도 인물 사이의 균형 감각은 필요하다.

왜냐하면 웹소설은 최소 150회 이상으로 긴 분량을 써야 하기 때문이다. 30~40회 정도면 주인공 혼자서 모든 문제를 해결하고, 보상을 독점하는 독불장군이라도 이야기를 전개할 수 있다. 독자들도 시원시원한 맛에 따라온다. 하지만 50회 이상을 계속 같은 방식으로 끌고 가면 이야기도 점차 추진력을 잃어 가고, 긴장감도 약해지면서 재미가 떨어진다.

또 하나의 문제는, 주인공이 점점 성장하면서 완벽해질수록, 역설적으로 캐릭터의 매력이 흐려질 수 있다는 점이다. 《NBA 만렙 가드》의 주인공 마이클은 이전 생에서 아쉬웠던 커리어를 보상받느라 새로운 삶에서는 오직 농구에만 매진했다. 운동 외에 사생활이 없었다. 오직 운동만 생각하고, 팀을 위해 리더십을 발휘하는 캐릭터다 보니 인터뷰에서도 어느새 착한 말만 하는 모범생이 되어 버렸다.

진짜 사람이라면 마음에 안 드는 녀석한테 욕도 좀 할 수 있고, 보이지 않는 반칙으로 시원하게 응징도 하고, 마음껏 자기 자랑도 할 수 있다. 완벽해 보이지만 사실 인간적인 빈틈이 있을 때, 우리는 훨씬 인물에 매력을 느낀다. 그런데 마이클은 뒤로 가면 갈수록 점점 무결점의 도덕 책이 되어 버렸다.

이래서는 소설의 흥미를 유지하기 힘들었다. 그래서 나는 마이클의 팀 동료, 혹은 다른 팀 선수들에게 다양한 역할을 분배했다. 주인공을 믿지 못하는 냉소적인 캐릭터도 있고, 피지컬 끝판왕이지만 농구 IQ는 바닥인 개그형 캐릭터도 있고, 대학 때는 라이벌이었다가 친구가 되는 캐릭터도 있고, 같은 팀인데 세계관 최강 빌런인 캐릭터도 있다.

빌런 역할을 부여한 '케이-리치'라는 캐릭터는 중간에 30회 정도를 아예 등장하지 않았음에도 독자들이 댓글로 계속 언급할 만큼 큰 인상을 남겼다. 케이-리치는 연재 중후반에 소설의 긴장감을 유지하는 이야기의 큰 축이 되었다. 만약 빌런인 그가 없었다면, 소설은 훨씬 밋밋했을 것이고, 나는 《NBA 만렙 가드》를 230회까지 끌고 가지 못했을 것이다. 케이-리치처럼 내 생각보다 잘 살린 캐릭터도 있지만, 의도만큼 살려 내지 못한 캐릭터가 더 많다. 어쨌든 중요한 것은 주인공이 활약하는 만큼, 주변에서 주인공을 받쳐 주고, 주인공이 할 수 없거나, 해서는 안 되는 일을 맡아 줄 보조 캐릭터를 잘 배치해야 한다는 점이다.

보조 캐릭터가 살아야 그만큼 이야깃거리가 풍부해진다. 100회 이상 이야기를 끌고 가는 일은 결코 만만하지 않다. 당신이 100일 동안 한 사람 이야기만 주구장창 떠든다고 생각해 보라. 처음에 그 인물이 아무리 신선하고 흥미로웠어도, 결국 시간이 가면 지루해지고 만다. 게다가 긴 이야기를 끌고 가면서 생기는 인물들 사이의 관계 변화는 이야기 흐름을 바꾸거나, 독자에게 깊은 감정을 불러 일으키기에 아주 좋다.

웹소설은 주인공이 아주 중요하다. 그리고 주인공이 주도적으로 멋진 활약을 하기 위해서는, 오히려 주변 캐릭터에도 뚜렷한 역할을 부여하는 것이 좋다. 언뜻 모순처럼 들리지만 결코 그렇지 않다.

물론 쉬운 일이 아니다. 만약 애매할 것 같으면 일단 주인공에게 집중하라. 그리고 다음번에 더 생생한 주변 인물을 창조해 새로운 관계를 만들어 보라. 글쓰기도 기술이다. 뚜렷한 목표와 의지를 가지고 쓰다 보면 분명 성장할 것이다.

웹소설은 [뽕맛]이다

웹소설식 쾌감의 결정체

〰〰〰〰〰〰 이번 챕터 제목이 너무 노골적으로 보일지도 모르겠다. 하지만 역시 이만한 제목이 없었다. 앞에서 나는 웹소설의 기대감과 주인공의 중요성에 관해 이야기했다. 그렇다면 독자가 주인공에 감정 이입하며, 매회 기대감을 가지고 읽으면서 궁극적으로 얻으려는 것은 무엇인가? 매일 100원을 내며 웹소설을 읽는 이유가 대체 뭘까?

재밌어서? 다음이 궁금해서? 물론 맞는 말이다. 하지만 조금 더 구체적인 답을 찾아보자. 아마 여러 가지 대답이 나올 수 있을 것이다. 승승장구하는 주인공의 삶을 보며 대리 만족을 느끼고 싶어서. 빌런에게 한 방 먹이는 사이다 맛을 보고 싶어서. 고생고생, 힘들게 살았던 주인공이 마침내 행복하게 사는 것을 보면서 카타르시스를 느끼려고. 로맨스라면 설레는 감정을 느끼고 싶어서 등등.

나는 이 모든 것이 어떤 감정 때문이라고 본다. 이 감정은 장르마다 조금씩 다를 수 있다. 그렇지만 한 단어로 응축해 본다면 역시 '뽕'인 것 같다. '카타르시스(Catharsis)'처럼 고상한 난어를 쓸 수도 있을 것이다. 하지만 어쩐지 그래서는 웹소설 특유의 느낌이 살지 않는다. 게다가 카타르시스하고는 차이가 있다. 카타르시스는 단어 자체가 부정적인 감정에 기반하고 있다.

카타르시스가 어디서 나왔나? 비극에서 나왔다. 아리스토텔레스는 관객이 비극을 관람할 때 캐릭터가 극한까지 고통으로 치닫는 모습을 보면서 관객도 고통을 함께 느낀다고 보았다. 그리고 이 과정에서 오히려 관객의 마음이 정화되고, 긴장이 해소되는 작용을 가리켜 카타르시스라 불렀다. 카타르시스의 뿌리는 고통이다. 관객은 비극을 통해 고통을 극한까지 대리 체험한다. 도저히 견딜 수 없을 것 같은 고통의 끝에서, 관객은 자신의 감정도 함께 터뜨린다. 울어 버리는 것이다. 한바탕 울고 나면 깨끗해진 마음으로 극장을 나서게 된다. 깊은 여운도 남는다.

이렇게 고통에 공감해 감정을 정화하는 작용이 그리스에만 있었을 리 없다. 카타르시스가 한국식으로 발현한 것이 아마 '한(恨)' 아닐까. 원망, 억울함, 슬픔, 고통 등이 쌓이고 쌓이다 응어리져 버린 정서. 한으로 가득한 캐릭터는 언제나 세상 앞에 패배한다. 그러나 마지막에 한 번은 그동안 쌓인 한을 어떤 식으로든 풀어낸다. 한이 승화되는 그 순간이 카타르시스가 발현하는 순간이다.

그리스와 한반도는 너무나 멀리 떨어져 있지만, 신기하게도 이렇게 통하는 구석이 있다. 모든 이야기는 궁극적으로 감동을 지향한다. 카타르시스 역시 감동의 결정체다. 최고의 코미디는 눈물로 끝난다고 하지 않던가. 웹소설이라고 해서 다르지 않다.

그러나 웹소설은, 결과는 카타르시스와 비슷하되 과정은 달라야만 한다. 웹소설에도 카타르시스가 주는 강렬한 정서적 느낌, 인간 세상 따위는 초월해 버린 것 같은 극도의 고양감은 꼭 필요하다. 그러나 고통을 주어서는 안 된다. 일부러 고통받기 위해, 주인공의 마음이 한으로 응어리지는 과정을 함께하려고 매일매일 100원을 내고 웹소설을 볼 사람은 없다.

그렇다면 대체 어떻게 고통 없이 독자에게 카타르시스를 제공할까? 웹소설은 방법을 찾아냈다. 해결책은 놀랍도록 단순했다. 웹소설은 기존 이야기의 정공법을 벗어난다. 웹소설은 독자의 마음으로 들어가기 위해 정문에서 초인종을 누르고 문이 열릴 때까지 기다리지 않는다. 그냥 뒷문으로 곧장 들어간다. 독자에게 더 빠르고 손쉬운 감동을 선사하기 위해 지름길을 개척하고, 고통을 피해 우회로를 뚫었다. **웹소설은 카타르시스와 정반대의 과정을 추구한다. 바로 독자에게 극한의 고통이 아니라, 극한의 쾌감을 선사하는 것이다.**

웹소설은 고통을 꾹꾹 눌러 참으며 운명에 휘둘리지 않는다. 오히려 즉각적으로 감정을 펑펑 터뜨리며 사건에 대응하고, 누가 고통을 주면 배로 갚아 준다. 감정을 바로바로 해소하니 한이 쌓일 틈이 없다. 기존 서사가 고통을 통해 성장한다면, 웹소설은 승리를 통해 성장한다. [고통-인내-깨달음-용기-변화]로 이어지는 중간 과정을 생략해 버렸기 때문에 아리스토텔레스가 보던 그리스 비극에 비하면 감정의 깊이가 얕을 수밖에 없다. 하지만 결과의 쾌락만큼은 어떤 식으로든 선사한다.

그렇다 보니 웹소설은 기존 서사물과 인물도, 이야기도 달라질 수밖에 없다. 웹소설의 주인공은 이미 고통에 통달해야 하고, 다가올 고통에도 미리 대비하고 있어야 한다. 신이 아니고서야 불가능하다. 그런데 독자를 납득시켜야 하니 회/

빙/환 같은 치트 키가 등장한다. 이렇게 보면 웹소설의 주요 키워드가 퍼즐 조각처럼 맞춰진다. 마치 누군가가 의도적으로 설계라도 한 것 같다. 하지만 아마도 웹소설이 발전하면서, 독자를 설득하고 끌어들이려고 작가들이 머리를 쥐어짠 결과 자연스럽게 이런 방식으로 진화한 것이 아닐까 싶다.

웹소설 주인공은 어떤 일이 닥쳐도 '응, 이미 다 겪어 봤어' '어떻게 대처하는지 알아'라는 자신감 넘치는 태도로 사건에 맞선다. 독자는 고통에 대비해 마음의 준비를 할 필요가 없다. 오직 주인공이 어떻게 문제를 해결할까, 얼마나 멋지게 목표를 완수할까 기대하며 보면 된다. 웹소설은 고통을 마치 감정의 불순물인 것처럼 제거해 버린다. 지난한 고통 끝에 찾아오는 단비 같은 즐거움만 쪽쪽 빨아들인다. 그렇게 얻은 감정의 덩어리, 쾌감의 결정체가 모여서 '뽕'이 된다.

독자가 뽕맛을 원한다면 작가는 어떻게 해야 할까? 매회 엔딩 지점에 뽕을 넣을 수 있다면 최고다. 하지만 현실적으로는 불가능하다. 200회, 300회가 넘는데 매번 뽕을 주도록 이야기를 설계하는 것도 어렵지만, 매회 뽕을 넣을 경우 독자가 느끼는 '뽕맛'도 줄어들어 효과가 떨어진다. 이는 한계 효용 체감의 법칙이 독자가 느끼는 감정에도 적용되기 때문이다. 한계 효용 체감의 법칙은 우리가 무언가를 소비할 때,

일정한 단위로 투입하는 재화를 늘려도 우리가 얻는 효용(만족감)은 오히려 점점 줄어드는 것을 말한다.

가령 우리가 고구마를 먹고 있다고 하자. 비유가 아니라 진짜 고구마다. 고구마는 맛있다. 겨울에 먹는 군고구마는 정말 꿀맛 아닌가. 그렇지만 고구마에는 부작용이 있다. 먹다 보면 자주 목이 막힌다. 배고파서 한창 맛있게 고구마를 먹다가 목이 막혔다. 이때 사이다를 마신다. 이것도 비유가 아니라 진짜 사이다다. 목에서 펑펑 터지는 탄산의 느낌이 고통과 함께 묘한 쾌감을 주고, 고구마는 싹 내려간다. 짜릿하다.

그런데 이상하게도 두 번째, 세 번째 사이다를 마실 때는 처음 느낌과 조금 다르다. 예전만큼 짜릿하지 않고, 어쩐지 좀 밋밋하다. 고구마를 먹는 느낌도 마찬가지다. 처음에는 꿀맛에 배가 불러 오는 느낌도 좋았다. 그런데 어느 순간부터 고구마를 남기기 아까워 꾸역꾸역 먹는 느낌이다.

이것이 바로 한계 효용 체감의 법칙이다. 우리가 어떤 경험을 하면 할수록, 거기서 얻는 즐거움은 점점 줄어든다. 심지어 돈에도 이 법칙은 적용된다. 월 소득이 100만 원이던 사람이 150만 원, 200만 원을 벌면 눈이 번쩍 뜨이고 힘이 펄펄 난다. 쉬지 않고 일하고 싶어진다. 그런데 연구에 따르면, 이런 소득의 증가에 따른 한계 효용, 그러니까 돈의 뽕맛은 월 소득이 400만 원을 넘어가면 뚝 떨어지기 시작한다고 한다.

재벌물을 읽다 보면 비슷한 느낌이 들 때가 있다. 재벌/경제물에서 주인공이 자산을 빠르게 불리기 위해 보통 제일 먼저 시도하는 것은 주식이다. 이미 어떤 주식이 오를지 아는 주인공은 저평가된 주식을 타이밍에 맞춰 매수한다. 주식은 예상대로 10~20%를 넘어 연속으로 상한가를 친다. 그럼 주인공은 적절한 타이밍에 주식을 팔고, 다음에는 더 좋은 주식을 더 많이 산다. 그렇게 자산은 쑥쑥 불어나고, 돈을 버는 규모도 점점 커진다. 독자는 내 돈도 아닌데 덩달아 신이 난다.

그런데 이때 돈을 버는 방식과 규모를 섬세하게 컨트롤하지 않으면, 어느 순간 돈이 숫자로만 보이기 시작한다. 주인공이 큰돈을 벌어도 별로 감흥이 없어진다. 돈이 최고인 것 같지만 돈뽕도 영원하지 않았던 것이다. 텐션을 끝까지 유지하려면 주인공이 돈을 더 많이 벌어야 하는 이유를 보여 줘야 하고, 늘어나는 자본만큼 주인공도 더 큰물에서 놀아야 하고, 그만큼 주인공을 방해하는 세력도 성장해야 한다. 그렇지 않으면 작품의 뽕맛과 긴장감이 떨어지면서, 조회 수와 구매 수도 덩달아 떨어진다.

재벌물이나 경제물에서는 '돈'이라는 현실의 재화로 직접적인 뽕을 주지만 다른 방법도 얼마든지 가능하다. 가령 헌터/레이드물이나 스포츠물은 '승리'와 '성장'이라는 뽕을 준다. 사람은 누구나 성장에 대한 욕구가 있고, 여기서 느끼는 쾌감은 어마어마하다. 재벌물 역시 돈이라는 수단을 통해 사회적 지위가 급격히 성장하는 뽕맛이 있다. 어쩌면 남성향 웹소설이란 결국 성장의 뽕맛 때문에 읽는 것일지도 모르겠다.

헌터/레이드물에서 보통 주인공은 하찮은 헌터다. 특성도 별 볼 일 없고, 힘이나 전투력도 바닥이다. 그런데 어떤 특수한 경로로 혼자 빠르게 성장할 수 있는 방법을 얻게 된다. 헌터물 최고의 성공작인 추공 작가의 《나 혼자만 레벨업》에서 최하급 헌터였던 주인공은 던전에서 혼자만 레벨 업할 수 있는 시스템을 얻게 된다. 시스템이 제시하는 특정 조건을 만족시키면 주인공은 레벨 업한다. 레벨 업을 하면 포인트를 얻고, 주인공은 이를 자기 능력치에 적절히 분배한다. RPG(Role-Playing Game) 게임에서 많이 보던 시스템이다.

레벨 업 시스템 덕분에 주인공은 순식간에 최고의 헌터로 발돋움한다. 작품 초반에 쩔쩔매면서 죽기 살기로 싸웠던 몬스터를 단숨에 썰어 버릴 때의 쾌감, 그 뽕맛은 대단하다.

내가 정말 대단하고 초월적인 존재가 된 것 같다.

그런데 헌터물을 쓰면서 성장의 뽕맛을 주겠다고 매회 레벨 업만 하고, 무분별하게 능력치를 남발하고, 최강의 특성만 잔뜩 부여하면? 독자는 MSG에 금세 질려 버릴 것이다. 초반에 빠른 성장의 뽕맛을 줬다면 이후에는 더 강력해진 몬스터는 물론, 인간 세상의 문제를 끌어들여 굵직한 서사를 부여하며 다른 긴장감을 조성하는 게 필수다. 레벨 업의 속도와 단계도 이에 맞춰 세심하게 조절해야 한다. 섬세한 레벨 조절, 뽕맛의 강약 조절이 롱런을 좌우한다.

시스템이 등장하는 스포츠 웹소설도 이와 비슷한 루트를 따른다. 어느 날 갑자기 별 볼 일 없던 선수에게 시스템이 등장한다. 이 시스템은 특정 조건을 만족하면 선수의 능력치를 올려 준다. 맨날 똥 볼만 던지던 투수가 능력치를 야금야금 올려 강속구도 뻥뻥 던지고, 칼 같은 제구력도 얻게 된다. 주인공을 호구 취급하며 약 올리던 선수들이 갑자기 달라진 주인공에게 제압당하며 당황한다. 성장과 사이다가 동시에 터진다.

보통 이야기를 쓰는 작가는 인물에게 어떤 고통을 줄까 고민한다. 그것이 성장의 발판이고, 설령 좌절하더라도 메시지가 되기 때문이다. 그러나 웹소설 작가는 반대다. 고통을 최소화하고 쾌감을 극대화해야 한다.

웹소설이 독자를 끌어들이는 가장 강력한 힘은 역시 뽕맛이다. 웹소설 작가란 독자가 느낄 뽕맛을 적절하게 조절하는 요리사라고 볼 수 있다. 초반에 뽕맛을 주지 못하면 독자가 모이지 않는다. 그렇다고 계속 같은 뽕맛을 주면 독자는 거기에 중독되는 게 아니라 오히려 무뎌진다. 목적 없는 성장은 허무만을 남긴다는 점을 기억하자.

웹소설은 [클리셰]다

독자가 즐겨 찾는 익숙한 그 맛

‌‌‌‌‌‌‌‌‌‌ 웹소설 작가가 흔히 빠지는 함정이 있다. 아니, 어쩌면 모든 콘텐츠 작가가 빠지는 함정일지도 모른다. 바로 자기만의 '참신한' '지금까지 본 적 없는' 작품으로 히트작을 내고, 인정받겠다는 생각이다. 나 역시 그랬고, 여전히 그 꿈을 버리지 못하고 있다.

작가라면 누구나 평생 꾸는 꿈이지만, 동시에 거대한 함정이기도 하다. 많은 웹소설 지망생이 '웹소설은 왜 이렇게 다 비슷하지?'라는 문제의식을 가지고 웹소설에 접근한다. 제목은 유치하고, 문장도 별론데, 이야기나 캐릭터는 다 비슷비슷해 보인다. 그런데 돈을 쓸어 담는다. 그러니 글 좀 쓰는 사람이라면 욕심이 안 생길 수가 없다.

하지만 자존심이 있지, 남들과 똑같은 작품을 쓰고 싶지는 않다. 이들은 유명한 작품의 앞부분, 주로 무료 분량까지만 좀 훑어보고 자기만의 참신한 웹소설을 쓰기로 한다. 초반 몇 회는 어렵지 않게 써낸다. 업로드만 하면 독자들이 깜짝 놀랄 거라고 잔뜩 기대한다. 그런데 막상 작품을 올리면 투베에도 들지 못한다. 너무 급진적이었나? 아직 독자들이 내 작품을 받아들이기엔 좀 빠른가? 이렇게 생각하며 조금 더 웹소설 스타일로 바꿔 본다.

그러나 여전히 독자의 반응은 냉담하다. 이런 일이 몇 번 반복되면 급기야 '웹소설은 독자 수준이 낮아서 진짜 좋은 글(=자기 글)을 알아보지 못한다'면서 독자에게 화를 내며 웹소설계를 떠난다. 아마 이 루트가 웹소설 작가가 되려다가 실패하고 떠나는 사람들의 대표적인 클리셰일 것이다.

세상에 없던, 자기만의 참신한 웹소설을 쓰겠다는 생각에는 크게 두 가지 함정이 있다. 우선 첫 번째, 내 아이디어가 정말로 참신할 거라는 오만이다. 사람의 생각은 사실 거기서 거기다. 하늘 아래 새로운 것은 없다는 말도 있지 않나? 당신의 아이디어와 비슷한 작품이 아직 없다면, 그건 누군가 이미 비슷한 것을 시도했지만 재미가 없어서 성공하지 못했을 확률이 높다. 하지만 헛바람이 들면 사람은 포기를 모르게 된다. 내가 쓰면 다르다고 생각한다. 왜냐하면 내 솜씨는 웹소설 작가들의 필력과는 근본부터 다르니까.

여기에 두 번째 함정이 있다. 바로 사람들이 참신한 소설을 좋아할 거라는 착각이다. 사람들은 생각보다 획기적이고 독창적인 것을 좋아하지 않는다. 오히려 익숙한 것을 좋아한다. 사람들의 말을 곧이곧대로 들으면 안 된다. 누구나 말로는 개성 없는 양산형 판타지 소설(줄여서 양판소) 작품은 질색이고, 독창적인 오리지널이 좋다고 한다. 하지만 실제로 팔리는 건 오히려 양판소 쪽이다. 정말로 참신한 무언가가 나오면 사람들은 개성이 과하다고 말한다.

연재하는데 "정말 재밌는데 조회 수가 안 나와서 아쉽네요"라는 댓글이 달리면 주의하라. 이 말은 그 댓글을 쓴 독자 개인의 의견일 뿐이다. 비슷한 댓글이 수십 개쯤 달린다면 모르겠지만, 그 정도라면 이미 조회 수가 결코 적지 않을 것이다. 웹소설에서 믿어야 할 것은 댓글보다는 조회 수다. 웹소설 독자는 재밌는 소설을 가만두지 않는 사람들이다. 정말 재밌는 소설이 있다면 심해에 묻혀 있도록 놔두지 않는다. 유료화가 안 되면 십중팔구 연중하게 되고, 그러면 더 이상 소설을 읽지 못하기 때문이다.

독자는 참신한 작품을 찾는 게 아니다. 재미있는 작품을 찾는다. 참신해서 비록 재미는 없지만 참고 읽는 독자는 없다. 재밌는 작품을 찾다가 우연히 읽었는데 생각보다 참신하다면 플러스알파가 되는 것이다.

잊지 말자. 재미는 익숙함에서 나온다. 음식으로 비유를 해보자. 한국 사람이 가장 좋아하는 음식 중에 치킨과 삼겹살이 있다. 한국 사람 중에 아마 치킨과 삼겹실 맛이 어떤지 모르는 사람은 거의 없을 것이다. 그런데 사람들은 참 이상하다. 그토록 익숙한 치킨과 삼겹살을 먹고, 먹고, 또 먹는다. 사실은 익숙한 게 더 맛있는 것이다. 과자나 라면 매출 순위를 보라. 10위 안에 드는 제품은 죄다 익숙한 것들이다.

웹소설에서 말하는 장르의 공식, 이른바 클리셰도 이와 비슷하다. 작가들은 왜 계속 비슷한 소설을 쓰고, 독자들은 왜 또 읽는가? 답은 이미 나와 있다. 그런 소설이 시장에서 계속해서 먹히기 때문이다. 즉, 독자가 재밌다고 느끼고, 결제하기 때문이다. 가령 A라는 웹소설이 크게 흥행했다고 해보자. 대작이 등장하면 머지않아 콘셉트는 비슷하지만 사건과 캐릭터에 약간의 변형을 가한 작품들이 쏟아져 나온다. 물론 완전히 똑같은 소설은 없다. 그건 표절이니까 말할 가치가 없다. 그렇게 약간의 변형이 더해지다 보면, 어느 순간 새로운 재미를 원하는, 예측할 수 없는 독자의 니즈에 맞는 또 다른 작품이 나온다. 그럴 때 시장의 흐름이 또 바뀐다. 웹소설 시장은 그렇게 움직인다.

광야에서 고독한 파천황이 나타나 세상을 평정하고 혼돈의 시대를 끝내듯이, 독보적인 누군가가 웹소설 트렌드를 이끄는 것이 아니다. 과학자 뉴턴이 자기는 거인의 어깨에 올라타 있는 것이라고 했던 것과 비슷하다. 이전에 수많은 작품이 구축해 놓은 토대 위에 새로운 흥행작이 나오는 것이다. 웹소설 작가는 바닷속을 떼 지어 움직이는 수많은 물고기와 같다. 그들은 거대한 흐름에 올라타 있다. 몇몇이 흐름에서 이탈해 새로운 방향을 개척하려 하지만 대부분 길을 잃고 방황하다 사라진다. 그러다 어느 순간 누군가 방향을 틀었는데 마침 때가 맞아 조류가 그쪽으로 흐른다. 그러면 또 다 같이 우르르 방향을 틀어 움직이는 것이다.

어떤 이야기 장르에나 비슷비슷하게 느껴지는 공통된 요소가 반드시 있기 마련이다. 때로는 패턴이 너무 반복된 나머지 마치 하나의 상징처럼 굳어진, 그걸 쓴다고 해서 표절이라고 할 수 없을 정도의 틀에 박힌 패턴을 사람들은 '클리셰(Cliché)'라고 부른다.

클리셰는 웹소설에서 만든 말이 아니다. 상용구처럼 계

속 반복해서 등장해 진부한 표현을 뜻하는 프랑스어다. 본래 영화나 드라마에서 자주 쓰이던 말이다. 신선한 공포 영화로 등장했지만 이후 패러디물로 운명이 바뀐 영화 〈스크림〉은 공포 영화에 나오는 클리셰를 하나하나 보여 주고 비틀면서 대박을 쳤다. 가령 영화 속에서 '공포 영화에서 섹스를 하는 인물은 죽는다'라는 클리셰를 미리 알려 주는 식이다. 이어서 영화 속에 섹스하는 커플이 등장하면, 이들이 과연 여기서도 죽을지 관객은 궁금해진다. 〈스크림〉은 그렇게 클리셰를 영리하게 써먹으면서 호러 영화 붐을 일으켰다.

한국 막장 드라마를 예로 들면, 사랑하던 커플이 알고 보니 남매였다는 뻔한 공식이 클리셰라고 할 수 있겠다. 이야기에는, 특히 장르에는 클리셰가 나올 수밖에 없다. 특정한 전개나 설정, 분위기 등을 공유하는 것이 장르기 때문이다. 게다가 인기를 끌 만한, 소위 먹히는 전개는 한정되어 있다. 클리셰는 그중에서도 검증된, 엄선된 전개 방식이다. 시청자들은 막장 드라마를 막장이라고 욕하고, 맨날 똑같다고 욕한다. 그러면서도 계속 막장 드라마를 본다.

웹소설의 클리셰를 깡그리 무시하고, 자기만의 작품으로 승부하겠다는 생각은 순진하다 못해 어리석다. 게다가 클리셰를 피해 참신한 작품을 쓰고 싶다면, 일단 클리셰에 무엇이 있는지부터 알아야 한다. 클리셰에 통달한 사람만이 클리셰를 피하거나 제대로 이용할 수 있는 법이다.

그렇다면 웹소설의 흔한 클리셰로는 무엇이 있을까? 가령 인생이 잘 풀리지 않고 고단한 삶을 살던 주인공이 1회에서 갑자기 트럭에 치였다고 하자. 이를 본 웹소설 독자는 전혀 안타까워하지 않는다. 주인공이 죽은 게 아니라 회귀하거나, 이세계에서 환생할 것을 이미 알고 있기 때문이다. 어떤 독자는 속으로 이럴지도 모른다. 또 회귀야? 또 이세계야? 하지만 그러면서도 앞으로 이어질 주인공의 승승장구 인생을 보기 위해 2회를 클릭한다. 회귀나 이세계 환생의 수단으로 트럭에 치이는 장면이 하도 많아서 환생 트럭, 회귀 트럭 같은 말까지 있다.

내가 수없이 작품을 쓰고 엎기를 반복할 때, 편집자가 했던 조언의 핵심은 '장르의 정석'을 따르라는 말이었다. 웹소설에는 장르마다 공식처럼 따라가는 전개, 클리셰가 있다. 그러니 먼저 해당 장르의 대표작을 분석하고, 클리셰를 최대한 활용하라는 조언이었다.

2018년 문피아 제4회 공모전에서 대상을 타며 메가 히트작이 된 유려한 작가의 《백작가의 망나니가 되었다》를 보자. 이 작품은 2021년 11월 29일에 776회로 1부를 완결했다. 총 조회 수는 2,500만을 넘겼다.

이 작품이 망나니물의 시초는 아니다. 하지만 이 작품 이후 망나니물이 쏟아지기 시작했다. 망나니물의 흔한 클리셰라면 일단 지체 높은 귀족 망나니에 빙의된 주인공이 잠에서 깨어나는 장면일 것이다. 망나니물의 주인공은 반드시 지체 높은 귀족에 빙의되어야 한다. 주인공이 힘과 권력을 가진 가문에서 맘껏 돈을 쓰며 명예도 얻고, 이야기도 풀어 나가는 모습을 보여 줘야 하니까 당연하다.

지체 높은 귀족이, 그것도 망나니라면 필시 해가 중천에 뜰 때까지 침대에 있을 것이다. 그러면 아버지(가주)는 아침 식사에 망나니가 나타나지 않아 화를 낸다. 이제 망나니를 깨우기 위해 집사나 시종장, 혹은 하녀가 망나니의 방으로 들어간다. 이들은 잔뜩 긴장한 상태다. 워낙 망나니라 잠을 깨웠다고 화를 내고, 물건을 집어 던지거나 심하면 때리기도 하니까. 그런데 이상하다. 망나니가 갑자기 달라졌다. 당연하지. 주인공이 빙의했으니까. 주인공은 지금 상황을 파악하느라 정신이 없다. 집사나 하녀에게 화를 낼 겨를이 없다. 오히려 챙겨 줘서 "고맙다"고 말한다. 집사와 하녀는 망나니의 달라진 모습에 깜짝 놀란다. 일어나면서 화를 내지 않았을 뿐인데 주인공은 시작부터 이들의 환심을 산다. 망나니물을 시작하는 아주 흔한 클리셰다.

　상황 파악을 마친 주인공은 앞으로 다가올 거대한 사건을 막기 위해 계획을 세우고 대비를 시작한다. 백수 주인공이 가주에게 당당히 돈을 요구한다. 특별히 이유를 만들려고 고민할 필요는 없다. 망나니니까. 가주는 또 술이나 퍼마시겠지 하며 포기한 듯 돈을 주는데 이번에는 좀 다르다. 뭘 배우기도 하고, 건설적으로 보이는 일을 시작한다.

　망나니를 볼 때마다 혀를 차던 가주의 눈빛이 조금씩 달라진다. 입만 열면 망나니 욕을 하던 집안 사람들도 주인공을 칭찬하기 시작한다. 워낙 망나니여서 상식적인 행동만 해도 칭찬을 받는다. 초반에 주인공을 떠받들어 주기 아주 좋은 구조다.

　그러나 안에서 새는 바가지는 언제나 밖에서도 샌다. 망나니는 그냥 망나니가 아니고 영지에서 소문난 망나니, 지체 높은 신분이라면 나라에서도 알아주는 망나니다. 그래서 망나니에게 이런저런 시비를 거는 또 다른 귀족이 나타난다. 그럼 달라진 주인공은 이런 바보들에게 통쾌하게 한 방 먹인다. 독자 입장에서 부담 없는 사이다. 망나니물은 흔히 서양 중세가 배경이지만 무협에서도 자주 보이고, 재벌물이나, 스포츠물에도 등장한다.

망나니물을 쓴다면 이런 클리셰를 따라가면서 주인공이 맞이할 운명에 대비할 시간을 벌어야 한다. 그러면서 독자에게는 익숙한 재미를 주며 관심을 빨아들인다. 대신 클리셰를 적절히 이용하되, 이야기에서 가장 중요한 사건과 주인공의 캐릭터를 세심하게 만들어야 한다.

이 외에도 스포츠 회귀물이나 좀비/아포칼립스물, 재벌물, 이세계물, 연예계 매니지먼트물 등 장르마다 특히 초반부 전개에 거의 공식처럼 굳어져 반복되는 클리셰가 있다. 헌터/레이드물은 세상에 갑자기 몬스터가 쏟아지고, 각성하여 초능력을 얻고 몬스터를 잡는 사람을 헌터라고 부른다는 세계관을 공유한다. 등장하는 몬스터는 달라도, 세계관의 기본 전제는 똑같다. 어떤 독자도 여기에 문제를 제기하지 않는다. 재미만 있다면.

웹소설 작가 중에는 어떤 장르의 소설을 수십 편 읽고 더 이상 읽을 게 없어서, 아니면 이 정도는 나도 쓰겠다 싶어서 웹소설 작가가 된 사람도 많다. 열혈 독자가 작가로 전직하기 비교적 쉬운 이유는 장르에 따라 정해진 길이 있기 때문이다.

독창적인 작품을 쓰고 싶다는 작가의 마음은 당연히 칭찬할 만하고, 존중받아 마땅하다. 하지만 상업적 성과를 중시하는 웹소설이라면 독창성 역시 독자가 받아들일 수 있는 범위 안에 있어야 한다. 장르마다 독자들에게 친숙한 전개, 독자가 기대하는 전개가 있다. 클리셰가 작가의 창의성을 죽이는 공식처럼 느껴지더라도, 이를 깡그리 무시하면 아무도 읽어 주지 않는 소설을 쓰게 될 뿐이다.

웹소설을 쓰려면 일단 내가 쓰려는 장르에 어떤 클리셰가 있는지 파악하는 게 우선이다. 여기서 무엇을 어떻게 바꾸고 비틀 것인지, 클리셰에서 얼마나 벗어날 것인지 정해야 한다. 웹소설의 창의성은 여기서부터 출발한다.

너무 뻔한 이야기가 되는 거 아니냐고? 나도 처음에는 그렇게 생각했다. 하지만 웹소설을 쓰면서 내 생각도 많이 변했다. 뻔한 이야기를 재밌게 쓰는 것부터가 이미 엄청나게 어렵다. 상업 작가를 꿈꾼다면 일단 뻔한 재미부터 줄 수 있어야 한다. 김치찌개도 제대로 끓이지 못하면서 궁중 요리를 맛있게 해낼 리는 없다. 클리셰를 무시한다고 독창적인 웹소설이 되는 것이 아니다. 그건 그냥 독단적인 자기만족을 위한 글쓰기일 뿐이다.

웹소설은 [문학의 이세계]다

웹소설은 우리가 알던 문학과 어떻게 다른가

〰〰〰〰〰〰〰 나는 40을 코앞에 두고 웹소설을 접했다. 처음 웹소설을 접했을 때는 문화 충격이었다. 세상에 이런 소설이 있다니? 수만 명이 돈을 내고 읽는다니? 세상에는 1쇄도 다 팔지 못하는 책이 수두룩한데? 한국 문학계에서는 김영하 정도의 작가도 제법 팔리긴 하지만 문체가 가볍다는 평가를 받곤 했다. 그러니 내게는 웹소설이라는 생태계가 인터넷에서 이토록 거대하게 존재한다는 것 자체가 충격이었다.

흔히 순문학으로 지칭되는 한국 문학이나 세계 고전 문학 외에, 나름대로 판타지나 장르 소설도 읽는다고 읽었는데도, 웹소설은 완전히 딴 세상이었다. '소설'이라는 형식은 취하고 있지만 내가 알던 소설과는 전혀 달랐다. 나는 이 차이점을 제대로 파악하지 못하고 웹소설을 쓰기 시작했고, 덕분에 웹소설에 적응하느라 엄청나게 고생했다. 대체 종이책 단행본 기반의 소설과 인터넷 일일 연재 기반의 웹소설은 뭐가 그렇게 다를까?

이번에는 내가 생각하는 둘의 차이점을 문학의 관점에서 살펴보려고 한다. 나는 대학에서 국어국문학을 전공했다. 어릴 때 막연히 이야기를 쓰고 싶다고 생각했고, 배우면 언젠가 쓸모가 있을 거라고 생각했다. 졸업 후 10년 이상이 지난 후에야 글을 쓰기 시작했는데, 그때 배운 내용이 도움이 되었는지는 잘 모르겠다. 그런데 대학에서 배운 것 중에서 아직도 내 머릿속에 깊숙이 박혀 있는 내용이 있다. 현대 문학 비평에 관한 수업이었다. 교수님은 문학 비평의 세 가지 요소를 아래와 같이 꼽았다.

1. 주제

2. 구성

3. 문체

각각에 대한 설명은 자세히 기억나지 않는다. 어쨌든 가장 첫손에 꼽는 것은 작품에서 드러나는 주제 의식이고, 이를 위해 이야기를 어떻게 구성하고, 얼마나 개성 있는 문체로 표현해 내는가가 좋은 작품을 가려내는 기준이라고 했던 것 같다.

이러한 비평의 관점에서 소설을 보면, 주제가 목적이고, 구성과 문체는 독자를 주제까지 이끌기 위한 수단이다. 여기서 표현하고자 하는 주제는 보통 한 마디로 설명하기 어려운 복잡다단한 인간의 면모나 혹은 작가가 통찰한 세상의 이면이다. 가령 은희경 작가의 《새의 선물》은 어린아이인 진희가 어른들의 거짓된 모습을 발견하고, 자기만의 방식으로 세상에 적응하면서 조숙한 아이로 성장하는 주제를 지닌 이야기라는 식이다.

흔히 '문학'이라 불리는 소설 중에서 재미있는 이야기로 깊은 주제 의식을 표현하는 작품도 있지만, 이는 극소수다. 일단 이런 소설에서 '읽는 재미'를 느끼기 위해 독자는 상당한 훈련을 해야 하고, 이야기의 맥락을 파악하기까지 상당한 분량을 읽어야 한다. 그렇지만 웹소설에 넘어오면 전혀 달라진다. 나는 웹소설에서 '이 작품 주제가 뭐야?'라고 묻는 편집자나 독자를 한 번도 본 적이 없다.

웹소설에 주제가 없다는 말이 아니다. 앞서 나는 웹소설이 상품이자 동시에 작품이라고 했다. 기나긴 이야기를 흔들림 없이 밀고 나가기 위해서는 주인공의 신념, 의지, 욕망, 윤리 의식 등이 있어야 한다. 웹소설에서 주제는 주인공이 거대한 성공을 거두는 과정에서 끝끝내 지켜 내는 자신의 신념이라고 할 수 있다. 주인공의 능력은 그를 성공으로 이끌지만, 주인공의 신념은 그가 무너지지 않게 뒷받침해 주고, 주인공을 진정한 강자로 만들어 주는 버팀목이다. 그렇지만 답답하게 신념을 지키는 주인공의 모습을 보기 위해 웹소설을 읽는 독자는 거의 없다. 대부분의 독자는 개성 있는 능력으로 승승장구하는 주인공의 모습을 보려고 회당 100원을 낸다.

웹소설은 주제보다 스토리와 캐릭터가 훨씬 중요하다. 주인공이 멋지게 승리하는 모습에서 독자는 짜릿한 뽕맛과 감동, 카타르시스를 느낀다. 만약 어떤 웹소설이 스토리 안에서 다양한 인간의 면모를 드러내면서 깊이 있는 주제까지 표현한다면 정말 대단한 작품이 될 것이다. 그렇지만 이런 경지에 도달하기 위해서는 먼저 '재미'라는 웹소설의 1차 관문을 통과해야 한다. 당연히 작가가 주제를 표현할 수 있는 폭은 좁아지고, 훨씬 더 어려워진다.

종이책 소설에서 왕좌를 차지하고 있던 '주제'는 웹소설에서는 우선순위에서 한참 밀린다. 더구나 일일 연재 구조에 맞춰야 하니, 깊은 주제 의식까지 성취해 내기엔 작가가 넘어야 할 산이 너무 높고, 많다. 웹소설이 계속 발전해 나가면 분명 훌륭한 흥행 성적을 거두면서도 남다른 주제 의식을 선보이는 작품이 생겨날 것이다. 그렇지만 아직은 아닌 것 같다. 그렇다고 비난받을 일도 아니다. 수천 년 문학의 역사에 비하면 웹소설의 역사는 길어야 10년 안팎 아닌가.

일반 문학과 웹소설은 서술 방식에도 커다란 차이점이 있다. 문학성 또는 작품성을 중시하는 소설 작품은 글을 잘 쓰는 것만큼이나, '잘 숨기기'가 중요하다. 원래 사람의 말과 행동은 100% 진심이 아니다. 거짓말은 아니지만 자기의 속 마음을 들키지 않기 위해, 혹은 남을 배려하기 위해 진짜 마음을 숨기고 돌려 말하곤 한다.

보이는 글 아래 숨은 의미, 이를 '서브텍스트(Subtext)'라고 부른다. 흔히 '행간을 읽는다'는 말이 서브텍스트를 파악한다는 뜻이다. 고전 문학이나 명작이라 불리는 소설, 영화를 보면 대부분 촘촘한 서브텍스트가 존재한다. 겉으로 보이는 말과 행동 외에도, 숨겨진 속마음을 파악하려고 우리는 '해석'을 하게 된다. 이때 다양한 해석이 가능한 작품일수록 깊이 있는 작품으로 평가받는다. 작가들은 서브텍스트를 교묘하게 숨기고, 동시에 교묘하게 드러내기 위해 인물의 성격을 다양한 층위로 면밀하게 구성한다.

그렇지만 웹소설로 넘어오면 서브텍스트가 별로 중요하지 않다. 아니, 오히려 해를 끼친다. 많은 독자들이 출퇴근 시간, 만원 버스나 지하철에서 사람들 틈에 불편하게 끼어서 시간을 때우기 위해 스마트폰으로 휙휙 넘기면서 웹소설을 읽는다. 내용을 곱씹으며 꼼꼼하게 읽는 독자는 많지 않다. 지문은 거의 보지 않고 넘기면서 대사 위주로만 읽는 독자도 있다. 어떤 웹소설은 대사 옆에 인물의 얼굴을 그려 넣기도 한다. 누가 말하는 중인지 확실하게 보여 주기 위해서다. 아예 메신저 형태를 빌려 거의 대사로만 이루어진 채팅형 웹소설도 등장했다.

작가 입장에서는 공들여 쓴 소설을 독자가 처음부터 끝까지 꼼꼼하게 읽어 주길 바란다. 하지만 독자에게 그럴 의무는 없다. 정말 마음에 들어 소설을 두 번, 세 번 읽는 사람도 있겠지만 보통은 그냥 흘려 가며 읽는다. 이런 상황에서는 작가가 고심해서 넣은 서브텍스트가 오히려 독서를 방해할 수도 있다. 독자를 고민하게 만드는 대사나 행동이 많아지면 흥행에는 빨간불이 켜진다. 그래서 서브텍스트가 나오면, 이를 곧바로 캐릭터가 설명해 주기도 한다.

일반 문학에서는 의미를 얼마나 잘 숨기느냐가 작품의 깊이와 작품성을 판단하는 중요한 기준이 된다. 그러나 웹소설에서 중요한 것은 얼마나 잘 드러내느냐다. 작품의 세계관과 주인공 캐릭터를 잘 드러낼수록 상품성이 높아진다. 웹소설 독자는 다양한 해석보다는 빠른 이해와 즉각적인 재미를 원한다.

그러나 작가가 항상 기억해야 할 것은, 그러면서도 독자는 깊은 여운과 감동을 동시에 바란다는 것이다. 분명 모순이다. 하지만 사람이 그렇다. 아무리 단돈 100원을 내고 보는 소설이라도 가능하면 더 깊은 감동을 원한다. 이 모순을 뚫고 나가고, 더 깊은 지점으로 나아가는 것이 작가가 해야 할 일이다.

일반 소설과 웹소설은 지향점이 다르다. 그렇다고 정말 소설이라는 형식만 같을 뿐 완전히 다르냐 하면 그렇지는 않다. 문학이란, 아니 문학을 넘어 모든 예술은, 결국 예술가가 바라는 이상향을 자신의 작품에 투영하게 마련이다. 모든 이야기를 아주 큰 단위에서 보면, 결국은 주인공이 이상향에 도달하느냐, 아니면 실패하느냐로 나뉜다. 거칠게 말하면 해피 엔딩이냐, 새드 엔딩이냐로 볼 수도 있겠다. 소설/웹소설을 막론하고 인물은 주어진 상황에서 자신의 성격에 따라, 자신의 능력을 발휘하여 목표를 성취하려고 노력한다. 그 성취하려는 '무언가'란 작가가 꿈꾸는 이상향이라 할 수 있다.

이상향이 무엇인지, 주인공이 왜 그러한 이상향을 꿈꾸는지, 이상향에 도달하기 위해서는 어떤 난관을 넘어야 하는지, 이상향을 추구할 때 주인공 성격의 장단점은 각각 무엇인지, 주인공을 돕는 자는 누구인지, 반대로 방해하는 자는 누구인지 등에 따라 이야기는 셀 수 없을 만큼 분화한다. 이토록 무수한 이야기 중 어떤 이야기는 큰 인기를 끌고, 어떤 작품은 마니아의 열광을 얻고, 나머지는 대부분 아무런 주목도 받지 못한 채 사라진다.

철학자이자 소설가 움베르트 에코는《책으로 천년을 사는 방법》에서 이렇게 썼다.

'가장 명백한 성공의 조건은 작품이 어떤 방식으로든 사회 또는 사회의 일부가 확인하고 싶어 하는 감정이나 이상을 구현하는 것이다.'

웹소설도 이와 같다. 다만 웹소설에서는 그 감정과 이상이 훨씬 욕망 지향적이고, 노골적이다. 가령 '일은 적게 하고 돈은 재벌만큼 벌고 싶다' 같은 욕망은 웹소설에서 충분히 이상향이 될 수 있다. 보통 소설이라면 주인공이 처음에는 돈에 눈이 멀어 더 빨리, 더 많이 벌기 위해 불법적인 일에 손을 대다가 걷잡을 수 없는 사건에 휘말리고 결국 좌절하거나, 깨달음을 얻어 자기만의 삶을 찾을 것이다. 하지만 웹소설은 주인공에게 특별한 능력을 주고, 죄책감 없이 욕망을 충족시키면서 독자에게 대리 만족과 카타르시스를 안길 것이다. 도덕적인 메시지보다는 다소 뒤틀렸더라도 솔직한 욕망을 긍정한다. 자기 욕망을 솔직하게 드러내기 때문에 대중은 웹소설을 더욱 쉽게 받아들이고 이야기 속으로 빨려 들어간다.

그건 솔직한 게 아니라 저속한 거라고? 그렇게 볼 수도 있다. 욕망에 대해서는 사람마다 평가하는 잣대가 다르니까. 그러나 욕망 역시 인간의 본성임은 부정할 수 없다.

기자이자 소설가 윌 스토는 그의 저서 《이야기의 탄생》에서, 우리의 뇌가 평상시에 우리 자신을 어떻게 속이는지 알려 준다. 방식이 대단히 흥미로운데, 인간의 뇌는 언제나 자기 자신을 영웅으로 여기는 '영웅 서사'를 만들어 낸다고 한다. 그리고 자기만의 영웅 서사에 맞춰서 부끄러운 모습을 합리화해 버리고 은근슬쩍 넘어간다는 것이다. 인간이라면 누구나 자기만의 영웅 서사를 본능적으로 만들어 낸다니. 우리 뇌란 얼마나 웹소설에 적합한 기관이란 말인가.

웹소설은 사람이라면 누구나 가지고 있는 욕망을 이상향으로 설정한다. 특히 남성향 웹소설의 주인공은 계속 승승장구하며 돈과 명성을 얻고, 모든 것을 독차지한다. 현실 속의 우리는 다르다. 오히려 정반대다. 그렇지만, 아니면 그렇기 때문에 더더욱, 우리는 영웅 서사를 본능적으로 원한다. 웹소설은 바로 그 토대 위에 존재한다.

일반 문학은 욕망과 현실의 균열을 지각하고, 이로 인해 생기는 인간의 허위의식과 세상의 이면을 통찰하려 한다. 반면 웹소설은 균열을 뛰어넘어 욕망을 작품 세계로 끌어온다. 둘은 겉으로는 비슷한 모습을 하고 있지만, 이처럼 근본적인 지향점이 다르다. 그래서 웹소설은 문학의 신세계가 아니라, 문학의 이세계라 할 수 있다.

웹소설은 [제목]이다

매일 벌어지는 클릭 전쟁에서 이기기 위해

〰〰〰〰〰〰〰〰〰 웹소설 작가 커뮤니티를 보면 자기가 무슨 작품을 쓰는지 주변 지인에게 제목을 절대 알려 주지 않는다는 작가가 종종 있다. 지인이 자기 작품을 읽어 보는 게 부끄러울 수도 있다. 특히 장르가 19금 쪽이라면 민망할 것이다. 그렇지만 제목이 부끄러워서 알려 주지 않는 경우도 분명 있을 것이다.

웹소설의 제목은 일반적인 소설이나 영화, 드라마, 만화 제목과는 결이 상당히 다르다. 보통 제목이라 하면 내용을 꽉꽉 압축해서 보여 주려 한다. 작품 속의 상징적인 사건이나 인물을 내세울 때가 많고, 대부분 하나 혹은 두세 단어 정도로 짧다.

영화 제목을 떠올려 보자. 토이 스토리, 타이타닉, 반지의 제왕, 다이 하드, 겨울왕국, 다크 나이트, 로보캅, 에일리언, 원초적 본능, 비긴 어게인, 라라랜드, 이웃집 토토로, 무간도, 매트릭스, 미션 임파서블, 블레이드 러너, 새벽의 저주, 아라비아의 로렌스, 쥬라기 공원, 고스트버스터즈, 나 홀로 집에, 트루먼 쇼, 극한직업, 살인의 추억, 올드보이….

예를 들자면 끝이 없다. 모름지기 제목이란

1. 작품의 내용과 주제를 함축적으로 담아야 하고,

2. 사람들의 호기심을 불러일으켜야 하며,

3. 강렬한 인상으로 듣는 순간 뇌리에 콱 박혀야 한다.

당연히 제목의 톤앤매너(Tone&Manner, 전달하려는 느낌 혹은 분위기)도 되도록 멋있게 꾸민다. 제목이란 작품의 '브랜드'다. 애써 만든 작품이 싸구려 취급당하길 바라는 창작자는 아무도 없다.

그런데 웹소설로 넘어오면 제목에 대한 편견 아닌 편견이 무참히 깨진다. 일단 형식부터 다르다. 웹소설의 제목은 문장형이 주를 이룬다. 그러다 보니 필연적으로 제목이 길어진다.

이 책의 제목도 웹소설이나 라이트노벨 제목처럼 《대기

업 때려치우고 웹소설 작가가 된 건에 대하여》로 지으려고 했다. 그런데 브런치에 브런치북으로 등록하려고 보니 제목에 글자 수 제한이 있었다. 어쩔 수 없이 뒷부분을 뚝 잘라서 《대기업 때려치우고 웹소설》이 되었다.

그런데 형식은 내용을 지배한다고 했던가. 문장형 제목이 많다 보니 웹소설은 제목에 내용을 굳이 함축하지 않는다. 오히려 작품의 이야기, 캐릭터의 특성, 장르 등 제목에 최대한 많은 정보를 담으려 한다. 동시에 욕망을 숨기지 않고 노골적으로 드러낸다. 천재, 소드마스터, 재벌, 돈, 절대자, SSS급, 고인물 등 남성향 웹소설 제목에서 자주 등장하는 키워드는 대부분 세계관 최강자, 포식자다. 이는 웹소설이 독자의 욕망을 대리 만족시키는 매개체라는 것을 여실하게 보여준다.

이처럼 욕망을 노골적으로 드러내다 보니 웹소설은 제목에서 멋을 부리려 하지 않는다. 은유, 비유, 상징 등은 글을 미학적으로 아름답게 만드는 문학의 필수 장치다. 이런 장치를 통해 문학은 글자 그대로의 의미를 벗어나 더 큰 상상력과 의미를 품게 된다. 그러면서 다양한 해석의 여지도 생긴다. 때로는 일부러 모호하게 비틀기도 한다. 아름다운 문장을 추구하는 작가라면 자기만의 은유, 비유, 상징 등을 통해 개성 있는 문체와 표현력을 만들기 위해 평생 노력한다. 이는 제목에도 반영된다.

하지만 웹소설은 미학에 별로 관심이 없다. 웹소설 작가들이 개성 있는 문장에 관심이 없어서일까? 상대적으로 그렇기는 하겠지만, 그 이유 때문만은 아닐 것이다. 웹소설이 이렇게 발전한 것은 시장이 이쪽을 원했기 때문이다. 웹소설 시장은 작품을 쓰는 작가가 주도하는 것 같지만, 사실 작품을 살리고 죽이는 것은 독자다.

그냥 재미 삼아 취미로 쓴 글인데 엄청난 인기를 누리면, 작가는 뭐가 뭔지 몰라도 일단 흐름에 올라타게 된다. 큰돈을 벌 기회이기 때문이다. 반대로 정말 이름난 작가가 심혈을 기울여 쓴 작품이라도 독자가 모이지 않으면 유료화도 못하고 끝장난다. 글은 작가가 쓰지만, 선택은 철저하게 독자가 한다. 그러니 작가는 오직 독자의 선택을 받기 위해, 독자들이 좋아하는 쪽으로 계속 웹소설을 발전시켜 왔다.

그러면서 미학은 웹소설에서 철저하게 후순위로 밀려났다. 심지어 비문과 오타가 난무해도, 이야기가 재밌으면 독자는 읽는다. 웹소설은 문학성보다 상품성이 훨씬 중요하고, 제목 역시 상품성을 높일 수 있는 방향으로 흘러왔다. 웹소설 작가는 함축적이고, '멋있는' 제목보다는 작품이 어떤 내용인지 한눈에 알 수 있는 제목을 붙인다. 일부러 도발적인 제목을 붙여 이목을 끌기도 한다. 일단 독자의 관심을 얻고 인지도를 높이는 것이 최우선이기 때문이다. 제목이 유치한 것은 문제가 되지 않는다.

어떻게 보면 웹소설 제목이란, 인터넷 기사 제목이나 유튜브 썸네일과 비슷하다. 제목의 목적은 독자의 클릭이다. 웹소설은 서점과는 비교도 할 수 없을 만큼 수많은 작품이 동시에 경쟁한다. 서점 매대에는 올려놓을 수 있는 책에 한계가 있다. 하지만 웹에는 한계가 없다. 문피아처럼 웹사이트 기반으로 작품 목록이 한없이 업데이트되는 곳에서는 더더욱 그렇다(모바일 기반 웹소설 플랫폼은 작품이 노출되는 공간이 좁은 편이라 경쟁이 더욱 치열하다).

웹소설은 흐름이 빨리빨리 바뀌고, 그때그때 돋보이는 장르와 트렌드가 있다. 가령 《백작가의 망나니가 되었다》가 메가 히트작이 되면서 재벌 가문 망나니, 무협 세계의 망나니, 중세 시대 왕가의 망나니, 운동선수 망나니, 역사적인 망나니 등등 온갖 망나니가 총출동했다. 이들은 같은 망나니라도 제목에서 또 다른 키워드로 자기만의 특성을 드러낸다. 누구는 재벌가 망나니가 아니라 환생한 망나니고, 또 누구는 회귀해서 반성하는 망나니고, 누구는 고인물이 망나니에 빙의하고, 누구는 역대급 망나니가 된다. 망나니가 뜨니까 망나니 트렌드에 올라타지만 제목에 차별화 포인트를 더해서 독자에게 어필하는 식이다.

문피아의 경우, 대부분 무료 연재부터 시작하기 때문에 연재 초기에는 표지조차 없다. 특별히 내세울 전작이 없는 신인이라면, 오직 제목과 몇 줄의 작품 소개가 독자의 관심을 얻을 수 있는 수단의 전부다. 수천 개의 작품과 클릭 경쟁을 해야 하는 상황에서 제목의 품위는 후순위로 밀려난다. 내용을 잘 알려 주면서 눈에 잘 띄는 제목이 최고다. 제목에 따른 독자 수 유입의 차이는 이미《게임 체인저(Game Changer)》와《갓겜의 제국 1998》에서 확인했다.

문피아에서 무료 연재 작품은 횟수에 제한 없이 제목을 바꿀 수 있다. 그렇기 때문에 계속 제목을 바꾸면서 어떤 제목일 때 유입이 가장 좋은지 테스트하기도 한다. 2021년 문피아 공모전에 참여한 작품 중 베르혜라 작가의《이세계서 유부남된 썰》이라는 작품은 40일간의 공모전 기간 동안 제목을 스무 번 넘게 바꾸기도 했다.

웹소설 제목은 웹소설을 처음 접하는 사람에게는 진입 장벽이 되기도 한다. 나 역시 웹소설을 처음 살펴봤을 때 제목 때문에 웹소설이 제대로 된 콘텐츠가 맞는지 의심했었다.

자기 작품 제목을 이렇게 짓다니. 진짜 진지한 작품이 맞나 의심이 들었다.

그래서인지 몰라도 엄청난 매출은 물론 웹툰/드라마 등 다른 미디어로 확장하면서 원천 IP(Intellectual Property, 지식재산권으로 스토리, 캐릭터 등 창작물도 이에 속함)로서의 가치를 증명하며, 웹소설의 체급을 키우고 인식을 바꾼 작품을 보면 제목이 그다지 웹소설스럽지 않다. 《달빛조각사》,《구르미 그린 달빛》,《전지적 작가 시점》,《재벌집 막내아들》 같은 제목 말이다.

물론 《달빛조각사》는 웹소설이 본격화되기 이전, 2010년부터 종이책으로 출간되어 큰 인기를 끈 작품이다. 그러다 2013년에 카카오페이지에 들어와 최고의 웹소설이 된 특이한 케이스다. 《달빛조각사》처럼 《드래곤 라자》,《룬의 아이들》,《퇴마록》,《묵향》,《하얀 늑대들》,《SKT - Swallow Knights Tales》,《하얀 로냐프강》,《카르세아린》 등 웹소설이 활성화되기 이전 종이책 기반의 장르 소설은 고전적인 제목의 법칙을 따랐다. 그러다 인터넷 기반의 웹소설로 넘어오면서 제목도 변했다. 작품의 홍수 속에서 살아남기 위한 필연적인 변화가 아니었을까?

웹소설은 [루틴]이다

하루 한 편, 마라톤 연재를 견디려면

〰〰〰〰〰〰 '작가'라고 하면 어떤 이미지가 떠오르는가? 평소에는 독서와 산책을 즐기고, 맛있는 저녁을 먹으며 주변의 예술인들과 심도 있는 대화를 나누다가, 갑자기 영감이 떠오르면 즉시 노트를 꺼내 문장을 마구 휘갈기고, 컴퓨터 앞으로 달려가 며칠 동안 식음을 전폐하고 글을 쓰는 모습?

어딘가 정말 이런 작가가 있을 수도 있다. 하지만 적어도 웹소설 작가에게는 절대로 불가능하다. 웹소설 작가는 아무리 새로운 영감이 번뜩여도 천재 작가 코스프레를 할 수 없다. 만약 웹소설 작가가 이런 식으로 글을 쓰면 그 사람은 몇 달 못 가 쓰러지고 말 테니까.

누누이 얘기했듯이 웹소설 쓰기는 마라톤이다. 200회도 짧다고 말하는 웹소설 세계에서 유료 연재를 시작하면 아무리 짧아도 쓰는 데만 최소 6개월 이상 걸린다. 길면 몇 년에 걸쳐 연재하는 작품도 있다. 주 5일 연재로 230회를 휴재 없이 완결한 《NBA 만렙 가드》의 경우, 1회를 쓰기 시작한 시점부터 계산하면 완결까지 거의 11개월이 걸렸다.

웹소설 작가가 글을 쓸 때 가장 중요한 것은 무엇일까? 최소한 하루에 5,000자 이상으로 된 한 편을 재미있게 쓰는 것일 테다. 제아무리 번뜩이는 아이디어를 가진 천재 작가라도, 몇 개월에 걸친 장기 연재를 하지 못하면 웹소설은 쓸 수 없다. 글발 받는다고 이틀 무리해서 쓰다가 퍼져서 사나흘 누워 있는 식으로는 안 된다. 쓸 내용이 떠오르지 않는다고 며칠씩 글을 쓰지 않아도 안 된다. 웹소설은 영감이 떠오르면 쓰는 것이 아니라, 영감이 떠오를 때까지 써야 한다.

일정한 퀄리티를 유지하면서 공백 포함(줄여서 공포) 최소 5,000자 이상(실질적으로는 5,500자 이상)을 쓰려면 어떻게 해야 할까? 무엇보다 균등한 페이스 조절이 필수다. 글 쓰는 시간과 장소, 분량을 정해 놓고 매일매일 규칙적으로 써야 한다. 가장 편안하게 느껴지는 공간에서, 언제 시작해서 언제까지 끝낸다는 마감 시간을 정해 놓고, 하루 한 편을 쓰는 것이다. **웹소설 작가의 라이프 스타일은 영감에 따라 움직이는 상상 속 천재 작가가 아니라, 사람들이 그를 보고 시계를 맞췄다는 이야기가 전해지는 칸트의 삶을 닮아야 한다.** 매일매일 시계추나 메트로놈이 움직이듯, 자기의 루틴대로 움직여 반드시 한 편을 써내는 사람이 되어야 한다.

막 직장을 그만두고 처음 전업 작가가 되기로 했을 때, 나는 나름대로 야망에 불탔다. 그동안 읽고 싶었던 책을 마음껏 읽고, 글도 쓰면서 매일매일을 생산적이고 보람차게 보내겠다고 다짐했다. 그러나 생각보다 출퇴근이 만드는 삶의 리듬은 강력했다. 고백하자면 나는 근태가 좋은 노동자는 아니었다. 출근 시간 10분 전에 와서 일할 준비를 해 놓는 타입이 전혀 아니었다. 출근 시간에 제대로 맞춰서 오면 다행인 사람이었다. 그래서 출퇴근이 없어지면 그 시간을 자율적으로, 훨씬 효율적으로 쓸 줄 알았다.

그런데 전혀 아니었다. 오히려 출퇴근 덕분에 그나마 사람답게 살고 있었던 것이다. 회사에 다니면 기상, 출근, 업무, 점심, 업무, 퇴근, 자유 시간 등으로 시간의 구획이 확실하게 정해진다. 나는 정해진 구획 안에서 어떻게 시간을 쓸 것인지 고민하고 행동하면 됐다.

회사에서 일할 때는 이 시간에 좀 더 의미 있는 일을 하면 얼마나 좋을까 생각했다. 그러나 막상 하루 종일 자유 시간이 생기자 진짜 내 모습이 드러났다. 처음 며칠은 열심히 책을 읽나 싶었지만 금방 해이해지기 시작했다. 읽을 때도, 쓸 때도 집중력이 흐릿했다. 그러자 마음이 조금씩 초조해졌다. 내가 어떻게 만든 시간인데? 지금 이 시간이 앞으로 10년, 20년을 좌우할 텐데. 이렇게 마음껏 시간을 낼 수 있을 때가 언제 다시 올지 모르는데? 내가 의지가 이렇게 약한 사람이었나? 내가 이거밖에 안 되나? 이런 자괴감이 몰려왔다.

그랬다. 실제로 나는 의지가 약한 사람이었고, 그거밖에 안 되는 사람이 맞았다. 출퇴근만 없어도 훨씬 효율적일 것이라 생각했지만, 사실은 출퇴근이 만들어 주는 루틴이 내 삶을 효율적으로 만들어 주고 있었다. 정작 자유가 주어지자 나는 스스로를 제대로 통제하지 못했다. 시간을 효율적으로 쓰기 위해서는 작더라도 매일매일 명확한 목표가 필요하다. 동시에 일하는 시간, 먹는 시간, 쉬는 시간 등 시간의 구획을 나눠야 한다. 역설적이지만 창의력을 발휘하려면 어느 정도 제약이 필요하다. 자유를 누리며 창의성을 발휘하려면 그만큼 철저한 자기 관리가 필요하다.

웹소설을 쓰겠다고 마음먹으면서부터 흐리멍덩하던 미

지의 시간을 점차 생산성 있게 활용하기 시작했다. 웹소설이 무엇인지 제대로 알지 못한 채로 《드라켄》을 쓰던 시절, 그래도 하루에 5,000자 이상 써야 한다는 정량화 가능한 명확한 목표를 잡았고, 서서히 나만의 글쓰기 루틴을 만들어 나갔다.

나는 올빼미형 인간이다. 낮보다 밤에 더 집중이 잘되고, 잠도 늦게 자는 편이다. 세상은 아침형 인간을 찬양하지만 억지로 내 생체 리듬을 거스를 생각이 없었다. 나는 늦게 자고 늦게 일어나는 쪽을 택했다. 당연히 일하는 시간은 오후와 밤이 되었다. 아침에 억지로 일어날 필요가 없다는 게 무엇보다 좋다. 그러나 단점도 있다. 예전에는 하루가 아침-점심-저녁(밤)으로 3등분 되었는데, 이제는 아침이 사라지고 오후-저녁(밤)으로 2등분 되었다. 활동 시간에는 큰 차이가 없지만 삶의 리듬은 전혀 달라졌다.

가령, 저녁에 친구를 만나면 그날은 일을 거의 못 한다. 남들은 일과를 마치고 쉬러 나오는 것이지만, 나는 생산성이 가장 높은 시간에 일을 포기하고 나가는 것이다. 그래도 다행히 일을 위해 인간관계를 포기하는 결단까지는 필요 없었다. 애초에 나는 친구가 거의 없기 때문이다. 웹소설 작가란 나에게 천직이었나 보다.

글쓰기 루틴은 몇 년에 걸쳐서 계속 변했다.《드라켄》을 연재할 때, 오후에는 집에서 멀지 않은 도서관에서 글을 썼다. 6시에 도서관이 문을 닫으면 집에서 밥을 먹고 좀 쉬다가 밤에는 집에서 글을 썼다. 보통 도서관에서 서너 시간, 집에서 네다섯 시간 정도 글을 썼다. 하루에 글 쓰는 시간이 보통 여덟 시간에서 아홉 시간 정도 됐던 것 같다. 회사에서 일하는 시간과 크게 다르지 않았다.

그러다 시간이 지나면서 좀 더 안정적인 공간, 지정된 공간에서 쓰고 싶었다. 작업실을 차리고 싶은 마음이야 굴뚝같았지만 그럴 돈은 없었다. 작업실은 여전히 내 로망이다. 마침 그때가 프리미엄 독서실이 막 생겨나기 시작할 때였다. 프리미엄 독서실은 답답하고 어두운 과거의 독서실과 달리, 칸막이형, 세미오픈형, 그리고 아예 카페처럼 열린 공간까지 다양한 공간을 갖추고 있었다. 시설도 깔끔하고, 커피나 각종 음료, 약간의 다과도 제공되었다. 사물함이 있으니 굳이 노트북을 들고 다닐 필요도 없었다. 한 달 비용도 매일 카페에 가는 비용과 큰 차이가 없었다. 독서실답게 주말에도, 휴일에도, 명절에도 쉬는 법이 없다.

웹소설을 쓰기에 적합한 장소인 것 같아서 몇 달 동안 독서실을 왔다 갔다 하며《드라켄》을 썼다. 비록 나만의 공간은 아니었지만 언제든 가서 글 쓸 수 있는 공간이 있으니 좋았다. 낮에는 카페형 공간을 나 혼자 쓸 때도 많았다. 하지만 불편할 때도 있었다. 저녁에는 사람들이 몰렸고, 시험 기간이면 학생들로 붐볐다. 기말고사를 준비하는 고등학생들 틈에서 혼자 노트북으로 웹소설을 쓰는 모습이 가끔은 코미디 같았다. 하루 원고를 마감한 어느 새벽에는 알 수 없는 공허감에 아무도 없는 깜깜한 빈 도시를 무작정 걷기도 했다. 그래도 어쨌든 《드라켄》을 끝까지 무사히 쓸 수 있었다.

《드라켄》을 완결하고 진짜 웹소설을 알기 위해 고군분투하던 동안에는 주로 카페에 있었다. 커피 한 잔에 완벽한 냉난방에 깨끗한 화장실까지 갖춘 카페에서 서너 시간을 죽치고 앉아 글을 썼다. 다행히 넓은 공간에 24시간 운영하는 프렌차이즈 카페에서는 누구의 눈치도 볼 필요가 없었다. 주변 소음이 오히려 도움이 될 때도 있었다. 가끔 너무 시끄러우면 헤드폰을 쓰고 음악을 크게 틀었다. 그렇게 낮에는 카페에서 쓰고, 밤에는 집에서 퇴고하는 생활이 1년 넘게 이어졌다.

그러다 《NBA 만렙 가드》를 쓰기 시작했다. 그때도 카페 두세 곳을 번갈아 다녔다. 한 군데서 몇 주씩 쓰다가 너무 지겨워질 때쯤이면 다른 곳으로 옮기는 식이었다. 쓰고 엎기를 반복하다 무조건 유료화까지 간다고 마음먹으면서 글쓰기 루틴도 바꿨다. 당시 내가 정한 카페 루틴은 오후에 카페에서 무조건 1회분 초고를 마치는 것이었다.

이때 초고는 말 그대로 날 것 그대로의 초고다. 일단 생각나는 내용을 글로, 눈에 보이게 쫙 펼쳐 놓는 것이다. 당연히 문장은 엉망이지만, 뜻만 통하면 고치지 않고 다음 문장으로 넘어갔다. 가급적 생각에 브레이크를 걸지 않았다. 퇴고는 오직 저녁, 혹은 주말 루틴에만 있었다. 카페에서는 최대한 빠르게, 한 회차를 쓰는 게 중요했다. 매끈하게 다듬는 것은 나중에 할 일이었다.

《NBA 만렙 가드》를 쓰던 초중반 시기에는 이 루틴이 제법 잘 통했다. 오후에는 카페에서 초고만 쓰고, 밤에는 최대한 문장을 읽기 쉽도록, 매끈하게 다듬는다. 그렇게 80~90% 정도의 1회분 원고를 만들어 놓는다. 그리고 주말에는 월화수목금, 5회 원고를 쭉 읽으면서 전체적인 흐름이 어떤지, 캐릭터 행동이나 대사에 튀는 곳은 없는지, 경기 내용에 오류는 없는지 등을 중심으로 재차 퇴고했다. 이런 식으로 일주일이 차곡차곡 톱니바퀴처럼 굴러갔다.

앞에서도 말했지만, 웹소설 작가로서 내가 가장 사랑하는 하루는 '아무 일도 일어나지 않는 하루'다. 좋은 일이든, 나쁜 일이든 내 글쓰기 루틴에 영향을 미치는 일이 싫다. 하루 삐끗해서 원고를 제대로 완성하지 못하면 그날 하루의 문제가 아니라 내일의 루틴에도 영향을 끼친다. 그러니 하루하루 아무 일도 없기만을 바라며 살게 되었다. 남들 눈에 최고의 하루로 보이지는 않겠지만, 나에게는 할 일을 무사히 마치는 보람찬 하루였다. 그때쯤 새로 생긴 또 다른 프리미엄 독서실이 눈에 들어왔다. 여기는 지난번보다 카페 형태의 오픈 공간이 훨씬 넓었다. 결제도 한 달 단위가 아니라 시간 단위라 마음에 들었다.

그래서 또 프리미엄 독서실에서 글을 썼다. 시원한 에어컨 바람 아래, 커피도 마시고, 레모네이드도 만들어 마시면서 글을 쓰던 도중, 코로나19 확산세가 심각해지기 시작했다. 집합 금지 명령이 내려지고, 카페나 독서실도 영업 제한이 걸렸다. 실내에서 마스크를 쓰고 글을 쓰기도 갑갑했고, 혹시라도 코로나19에 걸릴 수 있다는 불안감도 있었다.

웹소설 작가는 사실상 자영업자다. 그런데 대체할 인력이 전혀 없다. 작가가 아프면 끝이다. 만약 내가 연재 도중 코로나19에 걸린다면? 상상도 하기 싫었다. 그래서 사용 시간이 남았지만 더 이상 독서실을 가지 않고 그때부터는 계속 집에서 썼다. 2020년 여름은 비가 정말 미친 듯이 내렸다. 날은 후텁지근하고, 어디 나갈 수도 없는 생활 속에서 오로

지 글만 썼다. 이미 연독률 방어를 위해 비축분도 모두 써 버린 상황. 이제 글 쓰는 공간은 집으로 굳어졌고, 라이브 연재와 함께 내 루틴은 완전히 무너졌다.

오늘 써서 내일 올려야 하는 상황에서 글을 두 번에 걸쳐 퇴고하는 방식은 불가능했다. 이제는 초고를 잘 써야 했다. 내용을 빨리 쓰는 게 아니라, 쓰면서 동시에 문장을 계속 고쳤다. 그렇게 원고를 완성하고 나면 힘이 쭉 빠졌다. 이제는 한 회를 쓸 때 최대한 공을 들여 쓴 다음, 맞춤법 검사를 하면서 동시에 퇴고하는 방식으로 바뀌었다.

오후/저녁으로 시간과 역할을 나누어 글을 쓰던 방식도 불가능했다. 점점 자는 시간이 늦춰졌기 때문이다. 평소 새벽 2~3시 정도에 자던 나는 점점 새벽 4시쯤에야 겨우 하루 분량을 마치고 잘 수 있었다. 가끔 새벽 5시를 넘길 때도 있었다. 겨우 잠들었다 일어나면 정오를 훌쩍 넘기기 일쑤였다. 낮 12시 반, 연재 시간에 맞춰 놓은 알람을 듣고 겨우 일어나 조회 수를 캡처하고는 억지로 일어나 씻고 밥을 먹었다. 피로가 누적되며 점점 컨디션이 나빠졌다. 오후에 글을 쓰려고 앉아도 대충 몇 문장을 끄적이다 마는 수준이 되었다.

그래도 작가란 신기한 동물이라서 어쨌든 마감이 가까워지면 아무리 엉망이라도 뭐라도 쓰게 되어 있다. 오후에는 꿈쩍도 안 하던 손가락이 저녁을 넘기고, 밤 10시, 11시를 넘어가면 조금씩 움직이기 시작한다. 어쨌든 펑크를 낼 수는 없으니까. 여기서 무너질 수는 없으니까. 그렇게 내 글쓰기 루틴은 밤에 올인하는 방식으로 변질했다.

그렇게 버티던 2020년 크리스마스 전날 새벽, 마지막 회 마지막 문장을 몇 번이나 고쳐 완성하고는 업로드 예약을 걸고 안도감에 의자에 축 늘어져 있던 내가 생각난다. 완결, 성취의 기쁨보다 이제 해방이라는 마음이 더 컸던 것 같다.

독자 중에는 230회의 《NBA 만렙 가드》가 너무 짧다는 댓글을 남겨 준 분도 있다. 내가 《NBA 만렙 가드》를 230회로 끝낸 이유는 마이클의 새로운 시즌을 이전만큼 재미있게 쓸 자신도 없었지만, 무엇보다 더 이상 연재를 이어갈 기력이 없었기 때문이다. 라이브 연재로 글쓰기 루틴이 무너지면서 연재 도중 페이스 조절과 컨디션 관리에 실패했다. 무사히 완결은 냈지만 하루하루가 아슬아슬했다. 지금도 이때의 영향으로 초고를 쓸 때부터 문장을 계속 고치는 습관이 남아 있다. 초고를 내용 중심으로 빠르게 쓰는 방식으로 다시 돌아가야 하나 고민이다.

웹소설 작가에게 자신에게 맞는 최적의 루틴 관리는 글의 퀄리티를 위해서도, 작가의 몸과 마음 건강을 위해서도 꼭 필요하다. 사람마다 최적화 루틴은 다를 것이다. 요즘엔 새벽에 일어나 글을 쓰고 저녁 시간을 온전히 누리는, 새벽 루틴이 부럽다. 올빼미형 인간인 나는 일이 끝나면 자기 싫은 마음에 미적대기만 할 뿐, 제대로 놀지도 못하고 자야 한다. 그래야 내일도 일을 할 수 있으니까. 하루 일을 마치고 마음 놓고 저녁 시간을 즐길 수 있는 루틴이 부럽다. 하지만 나에게는 어려운 루틴이다. 아무리 해도 일찍 자고 일찍 일어날 수가 없다.

어떤 웹소설 작가는 일부러 특정 공간에 들어가서 글만 써야 하는 상황에 자신을 몰아넣기도 한다. 도저히 글이 써지지 않아 일종의 극약 처방을 내리는 것이다. 이를 '통조림'이라고 부른다. 성공한 웹소설 작가 중에는 몇 주씩 리조트에 머물며 럭셔리한 통조림 생활을 하는 이들도 있다. 그런 통조림 생활이라면 나도 참 잘할 수 있을 것 같은데.

하지만 창문도 없는 고시원 방이든, 동네 카페든, 집이든, 전망 좋은 리조트든 웹소설 작가의 운명은 본질적으로 똑같다. 무조건 하루에 한 편 이상을 써야 한다. 그러기 위해서는 매일매일 균등한 페이스를 유지해야 하고, 자기에게 최적화된 글쓰기 루틴을 만들어야 한다. 또한 일정한 컨디션을 유지하기 위해 수면 시간을 관리해야 한다.

절대 무리한 계획을 잡지 말자. 사람은 생각보다 훨씬 나약한 존재다. 자신의 의지를 과대평가하지 말고, 초반에는 최대한 여유 있게 루틴을 짜자. 그 후 조금씩 루틴을 타이트하게 조이면서 자기에게 맞는 방법을 찾으라고 권하고 싶다. 모두 자기만의 글쓰기 루틴 만들기에 성공하길 바란다. 매일매일 마감에 쫓기고, 연재에 온 삶을 잡아먹힌다면 웹소설로 아무리 크게 성공한들 행복하지 못할 것이다.

웹소설은 [멘탈 게임]이다

마음이 무너지면 글도 무너진다

〰〰〰〰〰〰 앞에서 웹소설 쓰기 루틴에 관해 이야기했다. 이번에는 웹소설을 쓰기 위해 또 하나 갖춰야 할 요소에 관해 말해 보려고 한다. 바로 튼튼한 멘탈이다. 육체 활동이 주를 이루는 스포츠에서도 멘탈은 중요한 요소다. "야구는 멘탈 게임이다" 혹은 "골프는 멘탈 게임이다"라는 말이 이제는 이상하게 느껴지지 않는다. 모 스포츠 용품 기업은 "멘탈, 준비됐어?"라는 광고 카피를 쓰기도 했다. 오직 몸으로 치고, 달리면서 경쟁하는 스포츠에서도 점점 강인한 멘탈을 강조하고 있다.

튼튼한 멘탈은 선수가 어떤 상황에서도 최고의 퍼포먼스

를 낼 수 있게 도와준다. 선수는 언제나 냉정하게 상황을 파악해야 하고, 가진 기술을 최대한 활용해 경기의 주도권을 쥐어야 한다. 그러기 위해서는 다양한 요소가 필요하다. 흐름이 좋으면 굳혀야 하고, 흐름이 나쁘면 버텨야 한다. 굳히기를 하든, 버티기를 하든 강인한 체력과 인내심은 필수다. 기회가 왔을 때 놓치지 않도록 항상 준비되어 있어야 하고, 만약 실수하면 빠르게 잊고 다음 플레이를 준비해야 한다.

최고가 되려면 체력만으로는 안 되고, 기술만으로도 안 되며, 멘탈만 좋다고 되는 것도 아니다. 스포츠가 멘탈 게임이라는 말은 오직 체력과 기술만 강조하던 시대를 지나, 점점 멘탈의 중요성이 강조되고 있기 때문에 나오는 말이다. 웹소설 쓰기도 이와 비슷하다. 오랜 시간 퀄리티를 유지하며 글을 쓰기 위해서는 매일매일 아프지 않고 글을 쓸 수 있는 체력, 독자를 매료시킬 수 있는 글쓰기 기술, 그리고 흔들리지 않는 멘탈의 삼위일체가 필요하다.

웹소설 쓰기에서 멘탈이 중요한 이유를 살펴보기 전에 일반 소설 쓰기와 웹소설 쓰기를 비교해 보자. 물론 일반 소설 한 권을 쓰는 것과 웹소설 한 질을 쓰는 것을 일대일로 비교할 수는 없다. 워낙 분량 차이가 크다. 그렇지만 일반 장편 소설을 쓰는 데 걸리는 시간도 결코 만만치 않다. 일반 문학에서 1년에 장편 소설 한 권을 쓰면 상당히 빨리 쓰는 편에 속한다.

일반 문학과 웹소설 중에 어느 쪽이 더 쓰기 힘든가는 비교할 수 없다. 둘은 글자로 이루어진 소설이라는 걸 빼면 공통점이 별로 없다. 한 권짜리 소설 쓰기가 10권짜리 웹소설 쓰기보다 힘들 수도 있다. 지향점이 다르다 보니 작품의 밀도가 전혀 다르기 때문이다.

일반 문학은 문장 하나하나에도 공을 들인다. 단순해 보이는 묘사 한 줄에도 숨은 의도가 들어갈 수 있다. 목적 지향적인 웹소설 캐릭터에 비해, 일반 소설 캐릭터는 다층적인 면모가 강조되고, 상세한 심리 묘사가 들어간다. 메인플롯과 서브플롯을 정교하게 배치하는 것도 중요하다.

웹소설은 이런 식으로 쓸 수 없다. 그러려면 처음부터 끝까지 수백 회에 걸친 이야기가 작가의 머릿속에 있어야 한다. 인물에서부터 배경 설정, 다양한 사건과 결말까지 작품의 설계도가 완벽하게 짜여 있어야 한다. 일일 연재를 하고 있는데 쓰다 보니 앞뒤 설정이 충돌한다고 천천히 퇴고하면서 전체 이야기를 손보는 것은 불가능하다. 연재 중에는 오직 전진만이 있을 뿐이다. 영화 〈아마데우스〉를 보면 천재 작곡가 모차르트는 곡을 모두 머릿속으로 완성한다. 그래서 악보에 옮겨 쓰는 초고가 곧 완성본이다. 이 정도 천재가 아니라면 일반 소설의 밀도와 방식으로 웹소설을 쓰기는 불가능하다.

그렇다면 이런 차이를 감안하고, 웹소설 쓰기에서 멘탈이 특별히 중요한 이유는 무엇일까? 일반 소설은 작가가 다 쓰기 전까지는 독자가 읽지 못한다. 작가는 소설의 완성도를 여러 번에 걸쳐 재검토할 충분한 시간을 갖는다. 마감은 있지만 미흡하다면 출판사와 협의해서 출간을 미룰 수도 있다. 하지만 웹소설은 아니다. 웹소설은 연재하면서 쓴다. 웹소설 작가의 멘탈 유지가 진짜 중요한 이유가 바로 여기에 있다.

연재는 업로드한다고 해서 끝이 아니다. 웹소설 작가는 작품을 매일매일 평가받는다.

웹소설 작가는 그날 분량을 올리면서 독자의 반응에 신경을 곤두세우기 마련이다. 작가는 회마다 특정한 반응을 기대하며 사건을 배치하고 글을 쓴다. 주인공이 악당을 때려 부수는 장면에는 "시원하다"라는 댓글이 달리기를 기대한다. 주인공이 패배가 거의 확정된 경기를 마지막 순간에 뒤집어 역전하면 "끝내준다"라는 댓글을 기대한다. 감성적인 장면에는 "마음이 찡하다"라는 말을 듣고 싶어 한다.

의도대로 독자가 반응한다면 다행이다. '그날은' 성공이다. 하지만 성공하지 않는 날도 많다. 독자는 이외의 상황에 반응하기도 한다. 작가가 지나가는 이야기로, 가볍게 쓴 내용에 관심을 보일 수도 있다. 그 정도면 다행이다. 어떤 독자는 매회 댓글로 내용이나 전개에 훈수를 두거나, 사소한 문제로 트집을 잡기도 한다. 칼이 되는 악플을 남기는 독자도 있다.

여기에 조용한 심판관인 조회 수/구매 수는 매일매일 작가에게 성공과 실패를 선고한다. 숫자만큼 뚜렷하고 냉정한 결과도 없다. 댓글에는 답댓글이라도 달 수 있다. 누가 악플을 달면, 결코 좋은 방법은 아니지만 조목조목 반박 글을 쓸 수도 있다. 그러나 조회 수/구매 수에는 어떤 변명도 불가능하다. 내 작품이 얼마나 재밌는가에 대한 세상의 대답이다.

웹소설 작가는 실시간으로 평가를 받으면서 동시에 연재를 이어 가야 한다. 만약 평가에 민감하고, 상처받기 쉬운 성격이라면 웹소설 쓰기란 매우 힘든 일이 될 것이다. 무료일 때 엄청난 화제를 모아서 잔뜩 기대했는데 막상 유료화 전환율이 10%도 안 된다면? 아니면 초반 전환율이 좋아서 기뻐했는데 매회 구매 수가 꽉꽉 깎여 나간다면? 누군가 신경 쓰이는 악플을 매회 남긴다면? 이런 상황에도 초연하게 오직 글에만 집중할 수 있을까?

이럴 때는 적절한 마인드셋을 갖추는 것이 중요하다. 《갓 겜의 제국 1998》을 연재하면서 웹소설 쓰기가 여전히 쉽지 않음을 느꼈고, 우연히 《멘탈의 연금술》이라는 책을 읽게 되었다. 머리말에서부터 충격을 받았다. 저자 보도 섀퍼는 "내가 과연 할 수 있을까?"라는 고민을 하지 말고, 그 시간에 "어떻게 하면 할 수 있을까?"를 고민하라고 조언한다. 아주 단순한 변화지만 마음가짐에서 큰 차이가 난다. 연재를 시작하면, 유료화에 들어가면 더 이상 "할 수 있을까?"라는 고민은 무의미해진다. 내 시간과 마음만 갉아먹는다. 반드시 해내야 하는 상황, 완결을 지어야 하는 상황에서는 어떻게 해야 조금이라도 더 잘할 수 있을지를 고민하는 게 맞다.

글이란 머리보다는 마음에서 나온다고 믿는다. 글에는 작가의 지식과 상상력, 가치관과 세계관, 태도와 윤리 의식 등이 복합적으로 녹아 있다. 마음이 복잡하면 글이 제대로 나오지 않는다. 좋은 글을 꾸준히 쓰기 위해서는 평정심을 유지하는 것이 중요하다.

그러므로 작가에게는 멘탈을 유지하는 자기만의 방법이 필요하다. 멘탈이 충분히 강하지 못하다면 스스로를 보호하는 방법이라도 찾아야 한다. 가령 연재 중에는 댓글을 전혀 읽지 않고 편집자에게 댓글 체크를 요청하는 방법도 있다.

내용에 대한 불만이 너무 심하면 내용만 종합해서 알려 달라는 식으로 말이다. 자기 작품에 달린 댓글을 읽는 것은 작가의 큰 즐거움 중 하나지만, 부작용도 만만치 않은 만큼 어디까지나 작가의 선택에 달렸다. 특히 악플에 취약하다면 어쩔 수 없다.

아무리 재미있고 인기 있는 작품도 악플은 피할 수 없다. 오히려 유명한 작품일수록 악플이 더 많이 달린다. 그만큼 보는 사람이 많기 때문이다. 보통 투베에 들면 그때부터 악플이 눈에 띄게 증가하기 시작한다. 일반적인 웹소설과 다른 스타일을 지향하는 작가가 막 인기를 얻기 시작할 때도 악플은 홍수처럼 불어나기 마련이다.

최악의 경우, 일부러 작가의 멘탈을 흔들기 위해 악의적으로 댓글을 다는 사람도 있다. 예전에 '웹툰/웹소설 작가 멘탈 흔드는 법'이라며 마치 팁을 공유하듯 쓴 글을 본 적이 있다. 방법은 이렇다. 우선 타깃이 될 작품을 정한다. 글은 제법 괜찮은데 아직 많이 알려지지 않은 작품을 찾는다. 초반에는 매일같이 좋은 댓글을 달아 준다. 그러면 작가도 좋아서 답댓글을 달기 마련이다. 그렇게 천천히 작가와 깊은 유대 관계를 맺는다.

그러다 작품이 인기를 얻기 시작하면 슬슬 작업을 시작

한다. 처음에는 사소한 태클을 건다. 그러다 비판의 강도를 점점 높인다. 매번 좋은 댓글을 달아 주던 독자의 태도가 바뀌면 작가는 금세 알아챈다. 잘못한 것도 없는데 무엇을 잘못했는지 글을 체크하기 시작한다. 이때부터 멘탈도 살살 흔들리기 시작한다.

악플러는 적당한 시점에서 "더 이상 못 읽겠네요. 하차합니다"라는 댓글을 달고 사라진다. 다시는 댓글도 달지 않는다. 작가는 중요한 팬을 잃었다는 생각에 당황할 수밖에 없다. 그가 남긴 댓글을 계속 읽으며 곱씹게 된다. 작가는 악의적인 가스라이팅에 걸려들었다는 생각은 하지 못하고, 자기실수로 작품을 망쳤다는 생각에만 빠지게 된다. 스스로를 무능력하다 여기고, 재능이 없다며 자책한다. 좌절과 무기력에 빠진 작가는 결국 작품도 연중하고 만다. 악플러 하나의 계획적인 작업에 말려든 것이다.

아무리 뛰어난 작가라도 자기 작품에 완벽한 확신을 갖는 경우는 드물다. 화려한 경력을 자랑하는 작가도 얼마든지 망하는 작품을 쓸 수 있기 때문이다. 대부분의 웹소설 작가는 한 번쯤 '내글구려병'에 시달린다. 이 병은 뭘 쓰든 자기 글은 재미없다고 느끼는 병이다. 웹소설 작가가 슬럼프에 빠지는 대표적인 멘탈 붕괴 현상 중 하나다. 특히 자신감이 떨어져 있을 때, 다른 작가의 히트작을 재미있게 읽다 보면 어느 순간 내 글이 쓰레기처럼 느껴진다. 나는 글을 쓰는 게 아니라 똥을 싸는 거라는 생각이 든다.

이와 반대로 자기 글에 대한 과도한 자신감으로 '내글쩔어병'에 빠지는 나르시시스트도 있다. 이 경우 독자의 댓글이나 편집자, 지인들의 진심 어린 조언에도 귀를 닫는다. 오직 자기가 최고고, 자기 글이 최고다. 그렇게 독불장군처럼 나아가도 인기가 있으면 그나마 괜찮지만, 아닌데도 고집을 꺾지 않으면 결국 멘탈이 부서지거나, 현실을 부정하기에 이른다. 내 글을 알아보지 못한다며 독자를 욕하게 되는 것이다.

웹소설 연재는 곳곳에 지뢰와 함정이 깔려 있다. 그래서 작가는 언제나 자기중심을 지키고 있어야 한다. 마음이 병들면 반드시 글에 영향이 간다. 편집자의 피드백에도 유의해야 한다. 특히 작가가 신인일 때, 보통은 편집자가 작가보다 웹소설에 관해 훨씬 전문가인 경우가 많다. 작가는 편집자를 믿고 피드백에 따른다. 그러나 전문가의 의견이라고 언제나 100% 맞는 것은 아니다. 편집자도 사람이라 자기 취향이 있고, 실수도 하기 마련이다. 어떤 전문가도 독자의 반응을 정확하게 예견할 수는 없다. 작가는 편집자의 의견에 마음을 열어야 하지만, 동시에 수용해야 하는 의견인지 판단해야 한다. 작품에 최종 책임을 지는 것은 작가이기 때문이다.

내가 본 멘탈 끝판왕 웹소설 작가는 '가짜과학자'다. 그는 2020년 3월부터 문피아에서 《철수를 구하시오》를 연재했다. 《철수를 구하시오》는 운석이 떨어지는 지구를 구하기 위해 끊임없이 회귀하는 과학자 철수의 이야기를 다룬 루프물이다. 한국에서는 보기 드문 SF 장르라는 점과 다소 딱딱한 글로 약간의 진입 장벽이 있지만, 독특한 스타일로 컬트적인 인기를 끌었다. 연재 초반만 해도 심해에 묻혀 있던《철수를 구하시오》는 추천 글은 물론 각종 커뮤니티에서 화제가 되면서 급부상했다. 이후 성공적으로 유료화에 돌입하며 승승장구하는 듯했다. 그러나 곧 위기가 찾아왔다.

유료 연재를 시작하고 한 달이 지날 무렵, 늘어지는 이야기와 비호감 캐릭터 때문에 독자들의 불만이 폭주했다. 그런데 작가는 이 상황을 전혀 몰랐다. 작가가 댓글을 보지 않았기 때문이다. 나중에야 매니지먼트를 통해 상황을 파악한 작가는 잠시 연재를 중단하고 작품을 수정했다. 보통 작가라면 일단 여기서 멘탈이 나가기 마련이다. 그런데《철수를 구하시오》가짜과학자 작가는 수정을 마치고, 연재 주기를 바꾸면서 작품의 질을 높이는 데 주력했다.

급한 불은 껐지만 작품의 인기는 다소 하락한 상태였다.

그래도 충성도 높은 독자들과 작가의 책임감 있는 태도를 좋게 평가한 독자들 덕분에 작품은 구매 수를 쭉 유지하며 175회로 무사히 완결되었다. 물론 그렇다고 욕을 안 먹은 것은 아니었다. 공지만 봐도 악플이 수두룩하게 박혀 있다. 그런데 이 작품의 진짜 반전은 완결 후에 있었다. 완결 5개월 후, 가짜과학자는 문피아에 다시 공지를 올린다. 내용을 전면 재수정했다는 공지였다. 문장을 다듬는 수준이 아니었다. 쓰면서 미흡하다고 느꼈던 부분을 고치고, 불필요한 장면 전체를 덜어 내면서 그야말로 대대적인 내용 수정을 한 것이다.

내 경우《NBA 만렙 가드》를 끝내고 다시 글을 들여다볼 엄두도 내지 못했다. 단행본 제작 작업에 들어가기 전에 잠깐의 시간이 있었지만, 그냥 매니지먼트에 맡겼다. 아마 많은 웹소설 작가들이 그럴 것이다. 한 번 완결한 작품은 특별한 일이 없는 한 다시 읽어 보지 않는다.

그런데 가짜과학자 작가는 이미 완결한 소설을, 거의 100회에 달하는 분량을 대대적으로 수정했다. 자기 작품에 대한 남다른 애정과 책임감이 아니고서는 결코 할 수 없는 일이다. 정말 대단하다는 말밖에 나오지 않는다. 작가가 이 정도 멘탈이니《철수를 구하시오》가 성공할 수밖에 없겠다는 생각도 들었다. 웹소설 작가가 아니더라도 뭘 해도 해냈을 분이다. 부럽긴 하지만 누구나 남다른 멘탈을 지닐 수는 없다. 하지만 멘탈이 약하다고 마냥 뒷짐 지고 있을 수만도 없다. 조금이라도 멘탈을 단련할 수 있는 방법을 찾아야 한다.

멘탈을 유지하는 가장 중요한 철칙은, 무엇보다 내가 컨트롤 할 수 있는 일과 컨트롤할 수 없는 일을 명확히 구분하는 일인 것 같다. 웹소설을 쓰다 보면, 아니 살다 보면 내가 컨트롤할 수 없는 일이 생기곤 한다. 《NBA 만렙 가드》를 쓰고 있을 때, 본가 아파트 바닥을 뜯어내고 배관 전체를 교체하는 대공사를 치른 적이 있다.

당시 하루하루 허덕이며 글을 쓰고 있던 터라 대공사를 치르며 일 처리를 챙겨야 한다는 사실에 몹시 짜증이 났다. 하지만 어쩔 수 없이 해야만 하는 일이었고, 무엇보다 배관 공사는 내 잘못으로 터진 일이 아니었다. 내가 어찌할 수 없는, 내 영역 밖의 일이었다. 이걸 두고 왜 하필 지금 일이 터졌냐며 아무리 투덜거려 봐야 답이 없었다. 내가 바꿀 수 없는 일은 그저 받아들이고 대응하는 것이 최선이었다. 그러면서 내가 컨트롤할 수 있는 일에만 최대한 집중했다. 내가 컨트롤할 수 있는 것은 나의 일과, 나의 루틴, 글의 퀄리티와 나의 건강, 체력 등이었다. 글쓰기 루틴을 상황에 따라 최적화하면서 건강 관리에 힘썼다.

나는 산책과 운동을 중요하게 생각한다. 멘탈의 상당 부분은 체력에서 나온다고 여기기 때문이다. 일단 몸이 무너지면 멘탈도 반드시 무너진다. 가끔 몸이 아파도 초인적인 의지로 이겨 내는 분들이 있다. 그분들의 대단한 경지는 내가 감히 따라 할 수가 없다.

전업 작가가 되기 전만 해도 체중 관리에 전혀 신경 쓸 필요가 없었다. 식단 관리를 하지 않아도 30대 중반까지 거의 일정한 체중을 유지했다. 그런데 퇴사하고 웹소설을 쓰기 시작하면서 매년 2~3kg씩 꾸준히 체중이 늘었다. 아무래도 회사에 다니는 일과 웹소설을 쓰는 일 사이에는 활동량의 차이가 너무 큰 모양이다. 《드라켄》을 쓰면서부터 가끔 달리기와 턱걸이를 하며 드문드문 운동했지만 그 정도로는 모자랐다. 요즘은 일주일에 다섯 번 이상, 때로는 하루에 두 번씩, 긴 시간은 아니더라도 규칙적으로 실내 자전거를 탄다. 턱걸이와 플랭크, 맨몸 스쿼트 등도 생각날 때마다 틈틈이 하는 편이다.

운동은 정신을 백지로 돌릴 때도 도움이 된다. 기분 나쁘거나 잊고 싶은 일이 있으면 산책을 나간다. 날씨가 나쁘면 웃긴 영상을 보면서 실내 자전거를 탄다. 때로는 그냥 잠을 자기도 한다. 정신을 리셋하기 위해서다. 나쁜 생각에 사로잡혀 있으면 글이 잘 써지지도 않고, 쓰더라도 형편없다.

뇌도 몸이다. 운동으로 땀을 흘리면 잡생각이 사라지고 머리도 맑아진다. 그래도 딴생각이 든다면 몸을 더 굴리면 된다. 뭔가 나쁜 생각이 들면 나는 일단 몸을 움직이려고 노력한다. 이제는 저녁을 먹고 나면 꼭 산책이나 실내 자전거로 소화를 시킨 다음 글을 쓴다. 습관이 되고 나니 이러지 않으면 몸이 무거워서 글을 쓰기가 힘들다.

몸을 관리하는 방법에도 계속 변화를 주고 있다. 불과 1~2년 전만 해도 졸려도 참고 글을 썼다. 일단 쓰기 시작하면 그 자리에서 끝을 봤다. 그렇지만 이제는 피로에 저항하지 않는다. 졸리면 언제든 바로바로 조금씩이라도 자서 피로를 풀고, 깨어난 후 다시 일하는 쪽을 택한다. 피로하면 능률과 생산성이 뚝 떨어지는 것을 몸으로 느끼기 때문이다.

나름대로 건강 관리를 한다고 해도 하루하루 몸이 늙는 것은 막을 수 없다. 웹소설은 젊은 사람에게 훨씬 유리한 게임이다. 10대, 20대부터 웹소설을 읽은 사람들에게 웹소설 문법은 너무나 자연스럽다. 체력도 왕성하고, 읽는 속도도 빨라서 수백 편을 무리 없이 읽고, 밤을 새워 글을 써도 금방 컨디션을 회복한다. 나는 이제 밤을 새우면 이틀, 사흘까지 컨디션에 영향을 미친다. 20대 청년 웹소설 작가와 40대 초반인 나는 생산량에서 큰 차이가 날 수밖에 없다.

그렇다고 이 게임이 불공평하다고 투덜거린다면 조금도 발전할 수 없다. 발전하지 못한다는 것은 살아남지 못한다는 것과 동의어다. 현실을 받아들이고, 내가 컨트롤할 수 있는 영역에서 최선을 다해야 한다. 그래야 이 판에서 조금이라도 더 오래 머무를 수 있다.

웹소설 작가는 구조적으로 불안한 직업이다. 《갓겜의 제국 1998》로 세 번째 유료화에 성공했지만, 여전히 매일매일이 불안하다. '내가 과연 내일도 재미있는 한 편을 쓸 수 있을까'라는 불안, 구매 수와 독자 반응에 대한 불안, 내가 과연 이 일을 앞으로 얼마나 더 할 수 있을까에 대한 불안 등. 불안은 끝이 없다. 그렇지만 일일 연재에서 불안함이 반드시 나쁜 것만은 아니다. 불안함이 없으면 긴장감도 없어지기 때문이다.

작가가 긴장하지 않으면, 작품의 텐션도 떨어지고, 이는 누구보다 독자가 먼저 알아차린다. 불안함이 없으면 긴 연재에서 작품의 퀄리티를 유지하기 힘들다. 문제는 멘탈이 불안함에 잡아먹히는 것이다. 어느 정도의 긴장감은 필수지만, 불안함에 완전히 사로잡혀 버리면 그로 인해 도리어 글을 쓸 수 없게 된다. 문제가 생길까 봐 불안해하다가, 불안감 때문에 진짜 문제가 생기는 셈이다.

한 번 상업적으로 성공하면, 다음번에는 쉬워질 거라고 생각했다. 그러나 아니었다. 불안함은 여전하고, 전과는 또 다른 고민과 감정이 생겨날 뿐이었다. 《갓겜의 제국 1998》을 쓰는 도중, 2022년 초에 나는 전에 없는 허무함에 시달렸다. 언제까지 내 생활도 거의 없이 이렇게 글에 사로잡혀 살아야 하는가 하는 생각에 힘들었다. 나와 비슷하게, 혹은 나보다 늦게 시작해서 나보다 훨씬 성공한 작가를 보면 질투심이 생기기도 했다. 예전에는 누가 잘된다고 특별히 부럽지 않았다. 내가 잘하는 게 중요하다고만 생각했다. 그런데 어느 정도 작가로 자리 잡고 질투심이 생기니 스스로가 한심하게 느껴졌다. 여전히 매일매일 나의 이런 마음과도 싸움을 벌이고 있다.

아마도 글을 쓰는 한 이런 싸움은 계속 벌어질 것이다. 설령 내가 아무리 크게 성공한다고 해도, 그때는 또 다른 근심과 불안에 시달릴 것이다. 쓰면 쓸수록 오직 버텨 낼 수 있는가의 승부라는 생각이 든다. 미래는 아무도 모른다. 하지만 적어도 내 필력이 모자라서 웹소설을 떠나는 일은 있어도, 체력이 달려서, 혹은 멘탈이 터져서 이 판을 떠나는 일은 피하고 싶다.

웹소설은 [플랫폼]이다

글을 쓰려면 시장을 이해해야 한다

〰〰〰〰〰〰 2021년 1월, 네이버가 깜짝 놀랄 소식을 발표했다. 세계 최대 웹소설 플랫폼 '왓패드(Wattpad)'를 인수한다는 뉴스였다. 왓패드는 월간 이용자 수가 무려 9,400만 명이 넘는다. 웹소설 플랫폼 서비스 사용자가 우리나라 인구의 두 배에 가깝다니, 스케일이 다르다. 인수 가격 역시 엄청났다. 무려 약 6억 달러(한화 약 6,533억 원). 네이버는 '네이버 시리즈'라는 플랫폼으로 한국 웹소설 시장에서 시장 점유율 2위를 차지하고 있다. 그런데 뜬금없이 세계 최대 웹소설 플랫폼을 꿀꺽한 것이다.

빅뉴스는 여기서 끝이 아니었다. 며칠 후 한국 웹소설 시장 점유율 1위인 카카오페이지가 역시 카카오의 자회사 중 하나인 카카오M과 합병한다는 소식을 발표했다. 카카오M은 배우 매니지먼트와 음악 레이블, 드라마/영화 등 영상 제작사를 거느린 기업이다. 카카오페이지와 카카오M이 합병해 연 매출 1조를 바라보는 카카오엔터테인먼트가 출범했다.

덩치를 한껏 키웠음에도 카카오엔터테인먼트는 여전히 배가 고팠나 보다. 몇 달 후 또 대형 뉴스가 터졌다. 2021년 5월, 카카오엔터테인먼트가 북미 웹소설 플랫폼 '래디쉬(Radish)'를 5,000억 원에 인수한 것이다. 이에 앞서 2020년 7월에는 카카오페이지가 래디쉬에 지분 투자 방식으로 322억 원을 투자한 바 있다. 그런데 네이버가 왓패드를 인수하자 아예 래디쉬를 인수해 버린 것이다.

지난 몇 년 동안 어마어마한 성장을 이어 가던 웹소설이 급기야 해외로 영역을 확장하며 제2의 빅뱅이 터졌다. 웹소설은 전적으로 인터넷으로 작품을 유통하는 만큼 플랫폼의 역할이 굉장히 중요하다. 그래서일까 '웹소설'이라고 하면 일단 '소설'이니까 출판계와 가까울 것 같지만 전혀 아니다. 웹소설은 출판보다 IT 쪽에 훨씬 더 가깝다. 당장 한국 최대의 웹소설 플랫폼인 네이버 시리즈와 카카오페이지가 한국 IT 산업을 양분하고 있는 네이버와 카카오의 서비스인 것을 보면 알 수 있다.

인터넷에서 사사건건 충돌하며 영역 싸움을 해 온 두 기업이 이제 웹소설에서도 경쟁을 본격화했다. 겉으로 보기에 이 싸움은 웹소설 시장의 점유율 경쟁으로 보인다. 그러나 양사 모두 웹소설 하나만 보고 왓패드와 래디쉬에 6,000억, 5,000억을 쏟아부은 것은 아니다.

모든 딥은 디즈니(Disney)에 있다. 세계 최고의 콘텐츠 제국 디즈니가 마블 엔터테인먼트(Marvel Entertainment), 픽사 애니메이션 스튜디오(Pixar Animation Studios), 루카스 필름(Lucas Film) 등을 인수하면서 콘텐츠 IP로 어떻게 돈을 벌어야 하는지 전 세계에 똑똑히 보여 줬다. 특히 마블 코믹스의 슈퍼 히어로를 하나씩 스크린으로 옮긴 다음, 각 캐릭터의 서사를 쌓아 나가다가 하나로 모아 시너지를 폭발시킨 마블 시네마틱 유니버스의 정점 〈어벤져스: 엔드게임〉은 이름 그대로 끝판왕이었다. 〈어벤져스: 엔드게임〉의 흥행 파워는 영화 산업은 물론 콘텐츠 기업이 앞으로 어떻게 사업을 해야 하는지 이정표를 세운 것이나 마찬가지다.

이제 무엇이든 이야기를 만드는 사람이라면, 골방에서 노트북으로 웹소설을 쓰는 사람이든, 화려한 오피스에서 영화 산업을 좌지우지하는 사람이든, 목표는 같아졌다. 중요한 것은 오직 재미있는 스토리의 IP를 확보하는 것이다.

IP 경쟁이 새로운 것은 아니다. 예전에도 소설을 영화로 찍는 일은 얼마든지 있었다. 하지만 이제는 미디어가 훨씬 다양해졌고, 인터넷 네트워크를 통한 연결성이 예전과는 차원이 달라졌다. 성공한 IP 하나로 할 수 있는 일이 무한에 가깝게 늘어났다. 장난감도 만들고, 책도 내고, 게임도 만들 수 있는 시스템을 갖춘 콘텐츠 기업이라면 IP 하나로 돈을 벌 기회가 활짝 열린 셈이다. 그만큼 창작자도 창작물 하나로 큰돈을 벌 기회가 늘었다.

네이버와 카카오 입장에서는 당장 성공한 웹소설 하나의 매출이 중요한 게 아니다. 싹수가 보이는 웹소설을 잘 키우면, 수백억, 수천억이 되어 돌아온다. 몇 년 전에는 웹툰이 원천 IP의 보배였다. 그러나 이제는 웹소설이 배턴을 이어받았다. 네이버와 카카오는 이미 콘텐츠 전쟁을 위한 준비를 갖춰 놓았다. 카카오는 내부에서 IP를 다양한 미디어로 확장할 수 있도록 엔터테인먼트 기업을 하나로 모았다. 네이버는 카카오처럼 내부에 영상 제작사는 없다. 대신 제작 역량이 있는 CJ ENM과 손을 잡았다.

그저 먹고살아 보겠다고 웹소설에 뛰어든 나는 이렇게 수천억이 왔다 갔다 하는 머니 게임을 보면 업계의 성장이 너무 빨라서 정신이 아득해진다. 내가 《드라켄》을 썼던 2018년만 해도 웹소설 판은 이 정도로 사이즈가 크지 않았다. 아니 10년 전에는 '웹소설'이라는 말조차 없었다.

잠시 웹소설의 뿌리를 거슬러 올라가 보자. 과거 PC 통신을 통해 《드래곤 라자》 같은 인터넷 소설이 등장하고, 때맞춰 도서 대여점이 활성화되면서 한국에 장르 소설 시장이 본격화됐다. 하지만 도서 대여점의 전성기는 짧았고, 축적된 역량 없이 그저 작품을 많이 내는 데 급급했던 장르 소설은 작품이 공장에서 찍어 낸 듯 비슷하다는 의미로 '양판소'라는 불명예스러운 별명을 얻었다.

인터넷 소설의 최고 전성기는 몇 편이나 영화화된 귀여니 작가의 소설과 함께 찾아왔으나 금세 저무는 것 같았다. 장르 소설은 잠깐 반짝하다 사라질 위기에 처했다. 그래도 고무림(문피아의 전신), 조아라, 로망띠끄 등 소설을 연재할 수 있는 웹 플랫폼이 생겨나 어렵게 명맥을 유지하고 있었다. 하지만 당시만 해도 웹(인터넷)에 소설을 올려 곧바로 돈을 벌 방법이 없었다. 인터넷에서 인기를 얻은 후 종이책으로 나와야 비로소 돈을 벌 수 있었다. 웹 플랫폼은 조회 수를 통해 작품의 인기를 가늠할 수 있는, 1차 시험대 같은 역할이었다.

그러다 조금씩 웹에서 소설로 직접 돈을 벌려는 시도가

나타났다. 조아라가 2008년 5월 20일 오전 9시 노블레스 서비스를 유료화한다는 공지를 올렸다. 지금처럼 회당 100원을 내는 편당 결제 방식이 아니라 정액제였다. 가격은 1일 300원, 30일 4,500원, 360일에 27,000원이었다. 당시는 아직 '웹소설'이란 말도 없었던 시절이다. 그때 조아라는 벌써 웹소설계의 넷플릭스를 시도했다.

당시의 사정을 잘 알지는 못한다. 하지만 아마 공짜로 보던 소설을 돈 내고 보라고 하니 상당한 저항에 부딪히지 않았을까 추측해 본다. 아마 사이트를 떠난 사람도 꽤 많았을 것이다. 그럼에도 유료화의 흐름은 꺾이지 않고 이어졌다. 모름지기 '산업'을 이루려면 스스로 돈을 벌어야 하는 법이다. 돈을 벌어야 작가에게 동기 부여가 되고, 그래야 더 역량 있는 작가가 모인다. 나도 돈을 벌려고 웹소설을 쓰기 시작했으니까 말이다.

조아라에 이어서 2013년 8월, 문피아가 유료화를 결정했다. 조아라와는 다른 편당 결제 방식이었다. 25회를 1권 분량으로 보고, 1회당 100원으로 가격을 정했다. 이것이 현재 웹소설 연재의 기준이 되었다. 문피아 역시 유료화한다고 했을 때 주변에서 실패할 것이라는 소리를 많이 들었다고 한다. 그런데 막상 뚜껑을 열어 보니 반대였다. 유료 전환 후 매월 3억 원의 매출을 내는 성공적인 플랫폼으로 탈바꿈했다. 2014년 8월 JTBC 기사를 보면 월 1,000만 원 수입을 넘긴 작가가 5명 탄생했다고 한다. 지금도 웹소설 작가 커뮤니티에서 월 1,000만 원 이상 수익을 올리는 작가는 '월천작가'로 불리며 선망의 대상이 된다.

이후 문피아의 성장은 눈이 부시다. 2015년 매출 100억을 돌파하더니, 2016년 127억, 2017년 167억, 2018년 220억, 2019년 287억, 2020년에는 417억을 달성했다. 2018년부터 문피아 매출에 내 작품도 병아리 눈곱만큼 끼어 있다. 문피아가 웹소설에서 편당 결제를 최초로 시도했는지는 모르겠다. 하지만 편당 결제 방식을 웹소설의 비즈니스 모델로 구축하는 데 문피아가 큰 영향을 미쳤다고 생각한다.

2013년은 여러 면으로 웹소설에서 기념비적인 해였다. 웹소설의 본격적인 태동기라 불러도 모자람이 없다. 네이버가 '웹소설' 서비스를 시작하면서 '웹소설'이라는 이름이 생겼다. 이름이 새로 붙자 예전 인터넷 소설과 구분되기 시작했다. 그러면서 자기만의 영역을 만들기 시작했다. 웹소설은 웹툰을 정착시킨 네이버가 같은 방식으로 만든 이름이다. 알게 모르게 네이버가 웹소설 시장에도 큰 역할을 했다.

네이버가 웹소설에 이름을 붙여 주고, 문피아가 편당 결제라는 비즈니스 모델을 정착시켰으나, 웹소설의 가장 큰 열매는 카카오의 몫이었다. 2013년 4월 카카오페이지가 본격적인 서비스를 시작한다. 그런데 서비스 초반 카카오페이지는 웹소설과 웹툰이 아니라 일반 도서와 종이책 기반 만화를 주력으로 서비스했다. 창작자 중심의 앱 서비스를 내세웠지만, 그 창작자가 대부분 기존 출판 쪽이었다. 오프라인 콘텐츠, 그러니까 책을 인터넷으로 옮겨서 판매하려는 시도는 먹히지 않는다는 사례만 늘리고 말았다. 매출이 처참해서 어느 유명 만화가가 카카오페이지에 합류한 것을 후회한다고 공개적으로 말하기도 했다.

카카오페이지는 성장이 아니라 생존을 위해 웹소설로 눈길을 돌렸다. 당시 종이책으로 엄청난 인기를 끌고 있던 남희성 작가의 《달빛조각사》를 카카오페이지로 끌어들이고, 권당 결제 방식을 문피아처럼 편당 결제 방식으로 바꾼다. 이런 시도는 카카오페이지의 숨통을 열어 주었다.

카카오페이지는 2013년 매출 21억을 달성하며 살아남는다. 그러나 그것만으로는 부족했다. 카카오페이지에게는 결정적 한 방이 필요했다. 그리고 2014년 '기다리면 무료'를 선보였다. 기다리면 무료는 말 그대로 기다리면 콘텐츠를 무료로 볼 수 있는 방식이다. 가령 50회까지 무료인 《달빛조각사》를 50회까지 읽었다면, 하루를 기다리면 51회를 무료로 볼 수 있다. 51회를 읽고 또 하루를 기다리면 52회를 무료로 볼 수 있다. 나는 처음에는 이게 무슨 효과가 있을까 싶었다.

그런데 우리가 어떤 민족인가? 빨리빨리의 민족이며, 감질나는 것은 절대 참지 못하는 성격의 민족 아닌가? '기다리면 무료'로 유료 회차를 따라가던 독자는 잔뜩 쌓여 있는 콘텐츠 목록을 보다가 결국 참지 못하고 결제를 하기 시작했다. 끝까지 무료로 보는 독자도 없진 않겠지만, 결국 참지 못하고 결제를 하는 독자가 더 많았다. 이제 대부분의 웹소설 플랫폼이 이름만 다를 뿐 이 방식을 채택하고 있다.

카카오페이지는 '기다리면 무료'라는 비즈니스 모델로 웹소설 시장을 장악했다. 2013년에 21억 매출을 달성했던 카카오페이지였는데, 2019년에는 하루 매출 10억을, 2020년에는 하루 매출 20억을 돌파했다. 《템빨》, 《닥터 최태수》, 《나 혼자만 레벨업》 같은 작품은 누적 매출이 각각 100억을 넘는다. 《나 혼자만 레벨업》은 웹툰이 글로벌 시장에서 폭발적 인기를 누리면서 카카오페이지의 성장을 이끄는 또 하나의 기폭제가 되기도 했다. 카카오페이지의 2020년 매출은 3,592억 원이다(웹소설만의 매출은 아니다. 카카오페이지는 웹툰을 비롯해 일반 종이책, 동영상까지 서비스한다).

앞서 말했듯이 2013년은 웹소설 역사에서 가장 중요한 해였다. 문피아가 편당 결제를 시도하고, 네이버 웹소설이 태어나고, 카카오페이지가 《달빛조각사》 연재를 시작했다. 그 당시 웹소설 전체 시장 규모는 200억 원이 되지 않았는데, 2018년에는 4,000억 원 시장으로 발전하고, 2020년에는 6,000억 원 이상으로 커졌다. 그리고 2021년에는 글로벌 웹소설 플랫폼을 네이버와 카카오가 삼켰다. 가히 한국이 세계 웹소설의 최전선에 서며 시장의 중심으로 떠오르는 분위기다.

그러나 웹소설이 뜬다고 해서 모든 웹소설 플랫폼이 승승장구한 것은 아니다. 웹소설 플랫폼을 성공시키기란 보통 힘든 일이 아니다. 누구보다 먼저 유료화에 나섰던 웹소설 1세대 플랫폼 조아라는 위세가 예전 같지 않다. 조아라는 문피아와 함께 웹소설 쓰기를 처음 시도하는 작가들이 가장 먼저 가입하는 플랫폼이었다. 그러나 웹소설 시장이 폭발적으로 성장하는 와중에도 조아라는 제자리걸음을 하고 있다.

국내 굴지의 대기업 KT는 웹소설 시장의 성장세를 보고 2018년 '블라이스'라는 웹소설 플랫폼을 열었다. 블라이스는 신인 작가 발굴을 위해 적지 않은 창작 지원금을 지급하고, 3억 원 규모의 공모전도 열었다. 그러나 아직 눈에 띄는 히트작이 나오지 않고 있다.

출판 기업도 웹소설 시장을 눈 뜨고 보고만 있지는 않았다. 위즈덤하우스는 2017년 웹툰/웹소설 플랫폼 저스툰을 론칭했다. 윤태호 작가와 함께 《오리진》이라는 지식 만화를 선보이며 깊이 있는 서사 기반의 품격 있는 콘텐츠 플랫폼을 내세웠다. 하지만 현재 저스툰은 NHN(네이버)의 코미코에 흡수된 상태다.

이외에도 웹소설의 열매를 탐낸 곳은 많다. 19금 웹툰으로 크게 성공한 레진코믹스도 웹소설을 시도했다가 얼마 못 가 접었고, 리디북스도 자체적으로 웹소설 연재 서비스를 만들었다가 포기했다. 대표적인 게임 기업 엔씨소프트는 '버프툰'이라는 웹툰/웹소설 서비스를 운영 중이다. 안드로이드 앱 마켓을 운영하는 원스토어는 예전부터 웹소설에 관심이 많았다. 원스토어는 2021년에 웹소설 출판사 로크미디어를 인수해 반전을 노리고 있다. 교보문고나 예스24와 같은 서점도 자체 웹소설 플랫폼을 운영 중이다. 하지만 모두 시장에 별다른 임팩트는 만들지 못하고 있다.

웹소설은 작가들만 피 터지게 경쟁하는 시장이 아니다. 갈수록 커지는 웹소설 시장, 그리고 그 너머 콘텐츠 IP 시장을 선점하기 위해 수많은 기업이 덤벼들었다. 그러나 문피아,

네이버, 카카오 정도를 제외하면 시장에서 의미 있는 성장을 이뤄 내지 못했다. 그만큼 만만하지 않은 시장이다. 이 와중에 조아라가 남성향 성인 웹소설에서 위세를 잃어 가자 탑툰이 그 틈새를 치고 나갔다. 2021년 2월 설립한 노벨피아는 론칭 4개월 만에 회원수 30만 명, 연재작 1만 개를 넘기며 돌풍을 일으켰다. 그렇지만 남성향 성인 웹소설에 특화되어서 고민이 많은 것 같다.

2013년 시장이 본격화된 후, 10년도 되지 않는 사이에 웹소설 시장은 많은 변화를 겪었다. 시장 규모는 거대해졌고, 웹툰에 이어 한국 최고의 IT 기업이 콘텐츠를 놓고 진검 승부를 벌이는 판이 되었다. 이런 상황이 작가에게 어떤 영향을 미칠까? 일단 즐거운 생각, 천국 편을 먼저 상상해 보면 웹소설 작가에게 어마어마한 기회가 될 수 있다. 내가 쓴 웹소설 하나가 히트했을 때 기대할 수 있는 성공의 규모가 예전과는 완전히 달라졌다.

문피아 최고의 히트작 《전지적 독자 시점》은 네이버에서 웹툰을 독점 론칭한 지 2개월 만에 네이버 시리즈에서 웹소설 거래액 100억을 돌파했다. 연재 시작 후 2년 동안 판매된 금액보다 웹툰 론칭 후 2개월 동안 판매된 금액이 더 크다고 한다. 웹소설 히트작을 웹툰으로 내는 것은 이제는 당연한 공식처럼 굳어지고 있다. 웹소설을 원작으로 하는 웹툰이 나오면 원작 웹소설 매출도 덩달아 상승한다. 《전지적 독자 시점》은 영화화 계약도 체결했다.

그런데 과연 여기서 끝일까? 예전이라면 아마 영화화가 최대치였을 것이다. 하지만 이제는 글로벌 시장이 있다. 이미 《템빨》이나 《나 혼자만 레벨업》 같은 웹소설은 해외에서 서비스하고 있다. 아직은 시작 단계지만 왓패드가 네이버에, 래디쉬가 카카오에 인수된 지금은 국내 히트작이 전 세계 웹소설 플랫폼에 번역되어 서비스되는 것이 당연해질 것이다.

그뿐인가? 세계 시장에서도 먹히는 웹소설로 판명 나면 할리우드에서 영화로 만드는 것도 얼마든지 가능하다. 혹은 넷플릭스나 디즈니+, 애플 TV 등에서 영상화해서 단숨에 전 세계에 서비스될 수도 있다. 간단하게 말하면 내가 쓴 소설이 '해리 포터 시리즈'가 될 수 있는 것이다!

예전에는 그저 상상으로만 가능했다. 그러나 이제는 정말로 가능해졌다. 봉준호 감독과 배우 윤여정이 아카데미에서 상을 타고, BTS가 빌보드 싱글 차트를 석권하는 세상이다. 〈오징어 게임〉과 〈지옥〉이 넷플릭스에서 TV 드라마 부문 글로벌 1위를 연달아 달성했다. 북미 웹소설 시장에 진출할 수 있는 고속도로가 뚫린 지금, 콘텐츠의 확장에도 한계가 없어졌다. 예전에는 한 작품의 성공으로 작가가 10억을 벌었다면, 이제는 100억을 넘어 1,000억, 2,000억도 벌 수 있는 구조와 시스템이 갖춰지고 있다. 결코 꿈같은 얘기가 아니다. 예정된 미래다.

그러나 시장의 성장이 나의 성공을 보장하지는 않는다. 빛이 강하면 그림자도 짙은 법이다. 웹소설 시장이 커지면서 플랫폼 경쟁도 격화되고, 이는 결국 자본 싸움으로 번졌다. 웹소설 시장은 여전히 겉으로는 문피아, 카카오, 네이버 3강 구도다. 하지만 실제로는 네이버와 카카오의 대결로 압축되었다.

2021년 5월, 네이버가 문피아를 인수한다는 기사가 떴다. '신인 등용문'이라는 문피아의 포지션은 콘텐츠 제국을 꿈꾼다면 누구나 탐낼 영역이다. IP를 탐낸다면 신인 작가 발굴에 진심이어야 한다. 네이버도 무료 연재란이 있고, 자체 공모전도 매년 진행한다. 그렇지만 신인 발굴에 있어서 문피아만큼의 성과는 올리지 못하고 있었다.

그러자 카카오페이지도 곧바로 움직였다. 지금까지 카카오페이지에는 무료 연재 카테고리가 없었다. 반드시 매니지먼트/CP를 통해서만 정식 연재가 가능했다. 카카오페이지는 웹소설 플랫폼 중 가장 닫혀 있는 플랫폼이었고, 자체 검증을 거친 작품만 서비스했다. 문피아를 통해 가능성을 확인한 작가가 카카오페이지에서 작품을 내는 것이 웹소설 작가의 대표적인 성장 루트 중 하나였다. 그러나 카카오와 네이버/문피아의 경쟁 구도가 본격화되면서 작가들이 플랫폼을 오가며 작품 활동을 하기가 어려워졌다. 카카오페이지 역시 이를 우려했는지 카카오페이지 스테이지라는 무료 연재 플랫폼을 따로 열었다.

웹소설 시장 초창기에는 웹소설 플랫폼도 춘추전국시대였다. 작가는 자유롭게 플랫폼을 오가며 연재했고, 작품을 쓰고 어느 정도 시간이 지나면 다른 웹소설 플랫폼에도 제한 없이 올렸다. 그러나 이제 웹소설 시장은 네이버와 카카오 양강 세력이 경쟁하는 냉전 시대로 가고 있다. 독점 경쟁이 점점 치열해지면 플랫폼이 시장 지배력을 강화하기 위해 작품을 타 플랫폼에 서비스하는 것을 제한하기 시작할 것이다. 예전보다 작품을 서비스할 수 있는 플랫폼이 줄어들면 작가의 수입에도 영향을 미친다.

대박을 터뜨린 작가야 IP를 확장해서 어마어마한 돈을 벌 테니 상관없다. 하지만 그렇지 못한 작가들, 성적이 어중간한 대부분의 웹소설 작가들의 수입은 오히려 줄어들 가능성이 있다. 부익부 빈익빈이 오는 것이다. 지금도 한 달에 천만 원은 우습게 버는 대형 웹소설 작가가 있는 반면, 한 달에 치킨값 정도나 벌면서 최저시급에도 한참 미치지 못하는 수익을 올리는 작가도 많다. 플랫폼 독점화는 이런 현상을 더욱 가속화할 우려가 있다.

결국, 언제나 그렇듯 작가에게 답은 하나뿐이다. 시장에서 아무도 대체할 수 없는 작가가 되어야 한다. 걸출한 히트작을 써야 한다. 끊임없이 스토리와 캐릭터를 개발하고, 자기만의 스타일을 연마해서, 좋은 작품을, 팔리는 작품을 써야 한다. 어떤 시스템과 플랫폼이 자리하더라도 원칙은 똑같다. 히트작을 내는 작가만이 살아남는다. 콘텐츠 시장에서 좋은 작품보다 중요한 것은 없다. 웹소설에서도 이 원칙만큼은 변하지 않을 것이다.

완결은 있어도 완성은 없다

지난 몇 년은 내 인생의 격변기였다. 마흔의 나이에 그동안 쌓아 온 커리어를 버리고 전혀 다른 세계인 웹소설에 뛰어들었다. 지금 생각하면 인생을 건 도박이었다. 그런데도 나는 아무런 준비 없이 시작했다.

글쓰기에 어느 정도 훈련이 되어 있다는 자신감도 있었지만, 역시 웹소설을 쉽게 본 탓이다. 이 정도쯤은 내가 경험만 좀 쌓으면 얼마든지 쓸 수 있다고 생각했다. 내 오만과 편견의 대가는 혹독했다. 멋모르고 무작정 뛰어들고 보니, 어느새 퇴로는 없었다. 나는 웹소설로 성공하지 않으면 살아남을 수 없게 되어 버렸다. 그만큼 무지했고, 조급했고, 그래서 절박했다.

**웹소설을 쓰며 수없이 실패하는 과정은, 사실 웹소설을 배운
다기보다는 나를 내려놓는 과정이었다.** 웹소설이라는 새로운
세계에서 나는 아무것도 아니었다. 나의 어설픈 지식은 오
히려 새로운 세계에 적응하는 데 걸림돌만 되었다. 웹소설이
뭔지도 제대로 모르면서 그저 남들과 똑같은 걸 쓰기는 싫
다고 버텼다. 뻔한 소재, 뻔한 전개, 뻔한 스토리가 아니라 나
만의 이야기를 쓰고 싶었다. 뻔해 보이는 이야기를 재미있게
쓰는 게 얼마나 어려운지도 모르는 아마추어 소설가에 불과
하면서 내 고집만 부렸다.

웹소설에서 통하는 이야기와 문법은 따로 있다는 것을
진심으로 받아들이기 위해, 우선 나를 텅 비워야 했다. 그렇
지만 내 껍질은 생각보다 훨씬 단단했다. 나는 웹소설 작가
가 되었다는 사실보다 그 껍질을 깼다는 사실이 더 뿌듯하
다. 머리로 아는 것과 진심으로 받아들이는 것의 차이를 비
로소 깨우친 기분이다.

웹소설을 쓰기 전까지 이런저런 책도 내고 글도 많이 썼
지만, 스스로 '작가'라는 확신이 없었다. 나를 작가라고 부르
는 게 민망했다. 그전까지 글로 번 돈은 생활비는커녕 용돈
수준도 되지 못했다. 남들 앞에서 대표작으로 내세울 만한

작품도 없었다. 그러나 이제는 나에게 더 당당해졌다. 확실한 성과를 낸 경험은 분명 나를 한 단계 성장시켰다.

어떤 작가가 글을 잘 쓴다고 하면 흔히 문장력이 좋다, 혹은 문체가 좋다고 말한다. 하지만 웹소설에서는 문장력, 문체라는 말이 거의 쓰이지 않는다. 대신 '필력'이 좋다고 말한다. 한때는 이 '필력'이 뭔지 한참을 고민했었다. 지금은 간단하게 생각한다. 독자가 읽고 재밌으면 필력이 좋은 것이다. 필력은 웹소설의 스토리, 매력적인 인물, 지향하는 가치, 문장 등의 총체적인 집합이다.

그러니까 웹소설을 쓴다는 것은 필력을 꾸준히 갈고 닦는 일과 같다. 웹소설 쓰기는 생각보다 반복적이고 지루하다. 어제와 오늘과 내일이 톱니바퀴 맞물리듯 규칙적으로 착착 돌아가야 한다. 나는 웹소설을 쓰면서 독서량이 확 줄었다. 매일매일 5,000자를 넘게 써야 하기 때문이다.

과도한 업무량과 스트레스 때문인지, 매년 웹소설 작가의 부고를 접한다. 세상을 떠나기엔 너무나 젊은 작가들이다. 아파서 어쩔 수 없이 휴재하는 작가도 여럿 보게 된다. 일일연재는 웹소설 작가가 밥벌이를 할 수 있게 해 주고, 때로는 부자로 만들어 주기도 하지만, 모든 것을 끝장내기도 한다. 너무나 안타까운 일이다.

독자는 작가의 이런 고통을 모른다. 그리고 모르는 게 정상이다. 독자는 작가에게 관심이 없다. 독자가 궁금한 것은 오직 재미있는 이야기다. 그러니 글쓰기가 어렵다고 징징거려 봐야 아무런 소용도 없다.

웹소설 시장은 빠르게 성장하는 만큼, 빠르게 변하고 있다. 잠깐 정신을 놓고 있으면, 어느새 신인 작가가 새로운 작품으로 시장을 휩쓸고 있다. 작가와 작품만 변하는 것이 아니다. 플랫폼도 성장을 위해 계속 변하고 있다. 당연히 그 뒤에는 모든 이야기의 왕인 독자들의 취향과 안목이 변하고 있다.

슈팅 게임의 새 역사를 쓴 〈PUBG: 배틀그라운드〉를 개발한 크래프톤의 창업 이야기를 다룬 《크래프톤 웨이》를 보면 게임 플랫폼에 관해 이런 이야기가 나온다.

"새로운 플랫폼이 열리면 품질보다는 선점이 중요하고, 플랫폼이 안정화되고 포화되면 품질의 가치가 더 높아집니다."

온라인 게임의 경우 예전에는 PC와 콘솔이 게임의 주류였다. 그러다 스마트폰이 등장하며 모바일 플랫폼이 급격하게 성장하자 너도나도 모바일 게임에 뛰어들었다. 모바일 플랫폼 초창기에는 품질보다 속도가 중요했다. 시간을 들여 완벽한 게임을 내는 것보다 빨리 개발해 일단 출시하고 시장에서 먹히는지 확인하는 것이 사업에 유리했다. 그러나 시장이 성숙하자 모바일 게임 역시 속도보다 품질이 중요해졌다.

웹소설도 이와 비슷하다고 생각한다. 우리에게 읽을거리는 오랫동안 종이책이라는 플랫폼에 한정되어 있었다. 그러다 인터넷이 나타나며 조금씩 변화가 시작되더니, 모바일 플랫폼이 등장하면서 웹소설이라는 새로운 생태계가 열렸다.

웹소설 초창기에는 품질보다 일단 눈에 띄는 작품을 빨리 쓰는 게 중요했다. 얼른 써 보고 안 되면 접고, 곧바로 다음 작품을 준비했다. 하지만 몇 년 사이 웹소설 시장도 눈에 띄게 성숙해졌다. 웹소설에서 속도는 여전히 중요하다. 그런데 품질은 예전보다 훨씬 더 중요해지고 있다. 웹소설 시장이 빠르게 성장하고, 동시에 질적인 성숙이 더해지면서 나처럼 어중간한 작가는 더더욱 살아남기 힘든 시장이 되어 가고 있다.

그러나 아무리 변화무쌍한 시장이라도 결코 변하지 않는 근본 원칙은 있기 마련이다. 웹소설의 세계, 아니 이야기의 세계에서 가장 중요한 원칙은 사람들은 언제나 읽고 싶어 한다는 것이다. 사람들은 언제나 재미있는 이야기를 원한다. 재미있고 새로운 이야기를 원하는 독자의 탐욕은 끝이 없다. 이야기는 인류의 시작부터 함께했고, 아마 인류 문명이 완전히 멸망하는 날까지 함께할 것이다. 인류의 마지막 인간은 분명 자신의 이야기를 어떻게든 남기려고 발버둥 칠 것이 분명하다.

나는 보잘것없는 인간에 불과하다. 그렇지만 내가 쓴 이야기는 누군가 읽어 주는 한 영원히 남는다. 내가 쓴 글이 나라는 작은 인간을 넘어서기를 바란다. 나라는 인간의 한계를 넘어서기를 바란다. 그러기 위해서 내가 할 일은 그저 읽고, 쓰고, 읽고, 쓰고, 또 쓰는 것이다. 필력을 무한히 늘려야 한다. 앞으로 얼마나 더 웹소설을 쓸지는 모르겠지만, 꼭 웹소설을 쓰지 않더라도 계속해서 좋은 이야기를 만드는 사람이기를 바란다. 이것은 이야기를 만들고 싶은 작가의 탐욕이다.

웹소설 덕분에 나를 조금 더 잘 알게 되었다. 이전에는 내가 스포츠 소설을 실감 나게 쓸 수 있을 거라고는 생각도 하지 못했다. 200회가 넘는 소설을 쓰는 것은 불가능하다고 생각했다. 반면 글은 좀 쓰니까 웹소설에 쉽게 적응할 수 있을 줄 알았다. 보다시피 나는 모두 틀렸다. 웹소설을 쓰지 않았다면 아마 죽을 때까지 몰랐을 것이다.

웹소설은 성과에 따라 모든 것이 나뉘는 냉정하고 냉혹한 시장이다. 그렇지만 세상에 그렇지 않은 곳이 어디 있겠는가? 나는 작가로서 웹소설이란 시장이 존재한다는 사실에 감사한다. 이 책이 웹소설이 궁금한 분들에게, 웹소설 작가가 되고 싶은 분들에게 도움이 되었으면 좋겠다. 그렇지만 나도 아직 햇병아리 웹소설 작가일 뿐이다. 내 경험은 전체 웹소설 시장에 비하면 대단히 한정된 일부에 불과하다는 것을 꼭 생각해 주셨으면 한다.

나는 아직 갈 길이 한참 멀다. 이제 천 리 길에 딱 한 걸음을 떼었다. 막막하긴 하지만 오히려 그래서 희망도 크다. 그만큼 성장할 여지가 많이 남았기 때문이다. 독자가 늘지 않는, 성장을 멈춘 웹소설은 그때부터 서서히 죽어 간다. 성장을 멈춘 작가 역시 그렇다. 작가란 독자가 일부러 찾아서 읽는 글을 써야 한다. 글을 쓰는 한, 나는 계속 껍질을 깨고 성장하고 싶다. 끝없는 성장을 꿈꾸는 작가에게, 작품의 완결은 있어도 작품 세계의 완성이란 없다. 그래서 나는 오늘도 쓴다.

그럼 이제 또 웹소설 한 편을 쓰러 갈 시간이다.

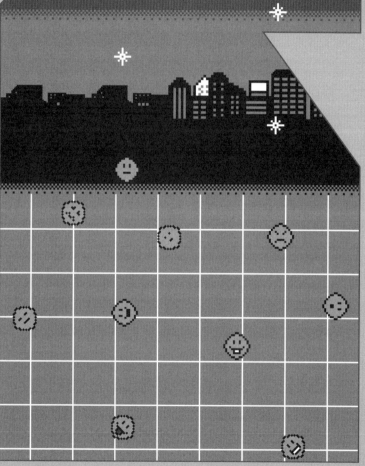

초판 1쇄 발행 2022년 4월 20일

지은이 Guybrush
펴낸이 이광재

책임편집 구본영
디자인 이창주
마케팅 정가현   **영업** 이윤철, 허남

펴낸곳 카멜북스   **출판등록** 제311-2012-000068호
주소 서울특별시 마포구 양화로12길 26 지월드빌딩 (서교동 395-7) 3층
전화 02-3144-7113   **팩스** 02-6442-8610   **이메일** camelbook@naver.com
홈페이지 www.camelbooks.co.kr   **페이스북** www.facebook.com/camelbooks
인스타그램 www.instagram.com/camelbook

ISBN   978-89-98599-96-6 (03810)